KB244243

OUT 아웃

2

OUT 아웃

2

기리노 나쓰오

김수현 옮김

황금가지

OUT

by Natsuo Kirino

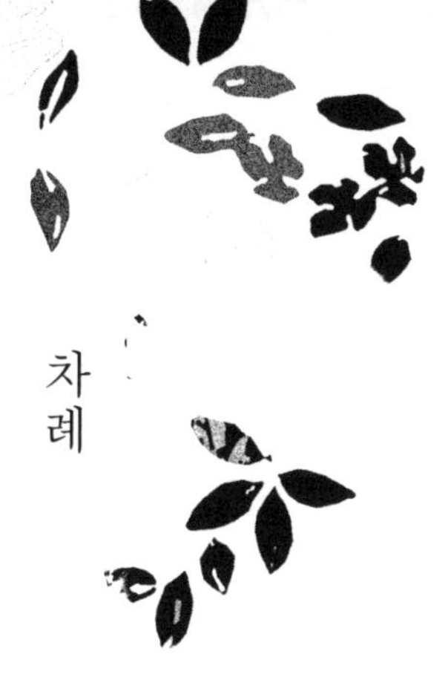

차
례

보수

돈이 없다. 지갑 안에는 잔돈과 1000엔 지폐 몇 장뿐. 집 안 어디를 뒤져 봐도 돈은 없었다.

구니코는 잡화점에서 산 카드 사이즈의 캘린더를 아까부터 쭉 쳐다보고 있었다. 몇 번 봐도 똑같았다. 주문지네 회사의 결제일이 닥쳐와 있었다.

그날, '밀리언 소비자 센터'에서 마사코는 다른 사채 회사에서 빌려서라도 갚게 하겠다고 큰소리를 쳤으면서 자신의 난처한 상황은 이미 싹 잊어버린 모양이다. 야요이도 조만간 돈을 치르겠다고 약속해 놓고 아직 한 푼도 주지 않았다. 두 사람 다 자신에게 그런 지독한 짓을 돕게 해 놓고, 범죄자로 만들어 놓고, 그 자리만 모면하기 위한 말을 하다니 너무하지 않은가.

화가 난 구니코는 테이블 위에 쌓아 뒀던 두꺼운 여성지를 난폭하게 쳐 넘겼다. 잡지는 니스 특집 그라비어 페이지를 보이면서 카펫 위에 요란스레 떨어졌다. 구니코는 발가락으로 페이지를 넘겼다. 꿈같은 명품 광고가 구니코를 소비로 유혹하고 있었다. 샤넬, 구찌, 프라다. 백과 구두와 초가을의 옷, 액세서리.

이 잡지도 쓰레기 집하장에 버려져 있던 것을 주워 온 것이었다. 음료수 얼룩이 곳곳에 졌지만 상관없었다. 어쨌든 무료니까.

신문도 끊었고 기름이 아까워서 요즘은 차도 타지 않는다. 텔레비전의 와이드쇼나 드라마를 보는 정도밖에 즐거움이 없는 구니코에게는 잡지가 버려져 있던 것만도 고맙다. 데쓰야가 어디 있는지 누구에게 연락해도 가르쳐 주지 않는 데다가 8월은 공장을 상당히 빼먹었기 때문에 수입도 줄었고 은행 잔고는 제로. 아무것도 없는 가난의 비참함을 견딜 수 없었던 구니코는 아악 하고 짐승같이 소리를 질렀다.

착실하게 주간 직장에 취직할까 하고 취직 정보지를 살펴보기도 했지만 어느 일도 빚을 다 갚을 수 있을 만한 수입을 바라기는 무리라는 것을 알았다. 수입이 많은 유흥업소에 나가면 될지도 모르지만 거기에는 빠지지 않는 용모에의 열등감이 방해가 됐다. 그렇다면 그대로 도시락 공장에 있으면서 근무시간이 짧은 야근을 하는 편이 그나마 나을 것 같다. 구니코의 내부에는 부자가 되어 화려하게 치장하고 눈에 띄고 싶다는 강한 바람과, 남들 눈에 띄지 않는 그늘에서 웅크리고 있고 싶다는 열등감이 동전의 앞뒷면처럼 존재했다.

차라리 자기 파산 신청이라도 해 버릴까. 순간 그런 생각도 했지만 그랬다가는 평생 카드를 쓰지 못하게 될지도 모른다. 있는 돈으로 검소하게 살아간다니 그것만은 사양이었다. 욕망을 나중으로 미루지 못하는 구니코로서는 참기 힘든 일이었다. 야요이에게서 거금이 들어올 것을 전제로 하고 있는 지금의 구니코에게는 어느 방책도 해 봤자 쓸데없는 생각이었다.

구니코는 눈 딱 감고 야요이에게 전화해 봤다. 이제까지는 걸고 싶어도 경찰이 있지 않을까 무서워서 걸지 못했는데 그런 여유도 이제 없다.

"여보세요, 조노우치인데요."

"어머나."

야요이는 난처한 눈치였다. 인사도 한마디 없는 것으로 보아 자신의 전화를 환영하지 않는 것이 엿보인다. 구니코는 열이 받아 느닷없이 말했다.

"요전에 신문 읽었는데. 당신 산 것 같네."

"무슨 말이야?"

야요이는 시치미를 떼고 있다. 전화에서는 시끄러운 텔레비전 만화영화 소리와 아이들 떠드는 소리가 들려온다. 아버지가 그렇게 죽었다는데 속도 편하다. 구니코의 분노는 죄 없는 아이들에게까지 돌아갔다.

"잡아떼기는. 카지노 경영자인가 하는 아저씨가 당신 대신 잡혀갔다고 쓰여 있던데."

"그렇다나 봐."

"'그렇다나 봐.' 가 아니지. 당신은 운이 좋은 거야."

"그건 너도 마찬가지지. 도움받고 이런 소리 하는 건 뭐하지만, 네가 거기에 버려서 발각 난 거잖아. 마사코 씨 화냈더랬어."

뜻밖에도 얌전하다고 생각했던 야요이가 반격해 왔다. 그렇게 되면 위세만 좋은 구니코는 대응이 곤란하다. 분한 마음을 지우는 것처럼 쏘아붙였다.

"흥, 말도 잘하셔, 살인자 주제에."

"왜 그래. 무슨 일 있었어?"

야요이는 당황하며 수화기를 누르는 기척을 보였다.

"왜긴 뭐가 왜야. 나는 그저 돈이 필요한 것뿐이야. 저기 말이야, 당신이 치른다는 돈 그거 언제 줄 거야. 하다못해 시기만이라도 약속해 주지 않겠어?"

"아아, 그거. 미안. 아직 확실하게는 말 못하지만 9월엔 될 것 같아."

"9월."

구니코는 말을 잃었다.

"그거 부모님한테 받는 거지. 그럼 지금 달라고 하면 되잖아. 기껏해야 앞으로 열흘 남았는데."

"그렇기는 하지만."

야요이는 확실히 말을 하지 않는다.

"저기, 정말 50만 주는 거지?"

"응. 그럴 생각이야."

"다행이야."

일단 안도한다.

"하지만 지금 나 정말로 상황이 나빠. 5만이라도 좋으니까 먼저 주지 않겠어?"

"그래. 저기, 조금만 더 기다려. 그러면."

"그러면 뭐. 보험금이라도 나온다는 건 아니겠지."

"설마."

야요이는 당황하며 말했다.

"그런 거 안 들었더랬어."

"그럼 당신 어떻게 먹고살 작정이야? 그럼 나랑 똑같잖아. 남편이 죽고, 파트타임만 남는 거잖아."

"맞아. 실은 미래에 대해 아직 생각 안 해 봤어. 하지만 아이도 있고, 당분간은 여기서 버텨 볼 생각이야. 어머니도 그편이 좋겠다고 하셨고."

야요이는 성실하게 대답했으나 야요이의 장래 따위 아무래도 좋은 구니코는 초조해졌다.

"당신 부모님은 생활비 대 줄 생각 없대?"

"아마 부탁하면 조금은 줄 거야. 하지만 우리 부모님도 회사원이라 그렇게 마구 억지도 부릴 수 없거든."

"마사코 씨 이야기랑 전혀 다르잖아."

"미안해."

"하지만 회사원이면 괜찮잖아. 정기 수입이 있는데."

어떻게 해서든 야요이에게서 돈을 끌어내고 싶은 구니코는 필사적으로 물고 늘어졌다. 그러나 야요이는 난처한 듯이 조금 더 기다려 달라는 말만 되풀이할 뿐 도무지 결말이 나지 않는다. 전화비조차 아깝다고 생각한 구니코는 끝내 수화기를 내려놨다.

다음은 마사코 차례였다. 마사코와는 매일 공장에서 마주치지만 쓸데없는 이야기는 일절 하지 않았다. 주몬지와 마사코가 아는 사이라고 안 시점부터 구니코는 마사코를 막연히 두려워하고 있었다. 구니코는 경제생활이 파탄 났으면서도 자신은 여성지에 나오는 것 같은 품위 있는 생활을 하고 있다고 믿었다. 그래서 마사코가 주몬지 같은 뒷골목의 어둠과 이어져 있다고 생각하면 왠지 기분이 나빴다.

그러나 결제일은 코앞이었다. 범죄에 가까운 짓을 해서라도 어떻게든 해야만 했다. 일찍이 이와 같은 절박한 심정에 몰려 야요이의 사건에 휘말려 든 것도 잊고 구니코는 마사코의 전화번호를 누르고 있었다.

"네, 가토리입니다."

마사코는 집에 있었다. 야요이의 집과 달리 수화기 너머에서는 아무런 소리도 들리지 않았다. 구니코는 마사코가 그 깔끔한 집에서 혼자 무엇을 하고 있는 건지 의아해했다. 욕실에 펼쳐졌던 처참한 광경을 떠올리고 등줄기에 오한이 달렸다. 살 조각이며 피가 튀었던 타일 위에서 몸을 씻고, 토막 낸 시체를 담았던 욕조에 들어가다니 대체 신경이 어떻게 생겨 먹은 건가 하고 생각한다. 어쩐지 다시 마사코가 무서워졌다. 구니코는 말을 못하고 머뭇거렸다.

"조노우치인데요, 저기."

"너, 슬슬 결제일이구나."

마사코 쪽에서 말을 꺼냈다. 역시 기억하고 있었던 모양이다.

"그거 말인데요, 저 어떻게 하면 좋은가요."

"나한테 묻지 마. 네 문제잖아."

"하지만 그때 사채 회사에서 빌려서라도 갚게 하겠다고 말해 주셨잖아요."

배신당했다는 생각에 구니코는 소리쳤다.

"그러니까 빌리면 되잖아."

마사코는 쌀쌀맞았다.

"또 다른 데를 찾아가 봐. 분명 빌려 줄 거야. 그 돈으로 밀리언에 갚고, 거기에는 또 다른 데에서 빌려 갚아 두면 되잖아."

"그러면 언제까지고 제자리걸음하는 거랑 같잖아요."

"이미 그렇게 살고 있는데 이제 와서 뭐가 어떻다고."

"그렇게 말씀하지 마시고 어떻게 하면 좋을지 가르쳐 주세요."

"가르쳐 주고 뭐고, 네가 바라는 건 돈이잖아."

마사코는 조롱했다. 구니코는 분한 마음에 이를 갈았다.

"그럼 돈 빌려 주세요. 야요이 씨는 아직 못 주겠대요."

"너한테 빌려 줄 돈 없어. 야요이는 안정되면 반드시 치르겠다고 하니까, 그때까지 어떻게 잘 버텨 봐."

"어떻게요."

"젊으니까 스스로 생각하지."

마사코는 차가웠다. 구니코는 수화기를 사정없이 내려놨다. 마사코에게 복수해서 용서해 달라고 빌게 해 주고 싶었다. 그러나 지금의 자신은 마사코의 약점이라곤 무엇 하나 쥐고 있지 않았다. 그 여자를 어떻게 해 줘야 하나. 구니코는 발을 동동 구른다.

그때 갑자기 초인종이 울렸다. 구니코는 철렁해서 몸을 굽혔다. 오늘만은 세상의 모든 추궁에서 몸을 숨기고 싶다. 가능하다면 자라처럼 회색 진흙 속에 이 몸을 숨겨 버리고 싶다. 구니코는 헉헉 거친 숨을 토하면서 머리를 싸안았다.

두 번째 소리가 울렸다. 가장 유력한 것은 형사의 방문이었다. 3주 정도 전에 왔던 이마이라는 끈질긴 눈매의 형사라면 사절이다. 하면 안 될 소리는 안 했다고 생각하지만 관찰하는 형사의 눈은 실로 불쾌했다. K 공원에서 녹색 골프를 봤다는 증언이 나왔다고 하면 어떻게 대응하면 좋을까. 이제 두 번 다시 만나고 싶지 않다.

이대로 없는 척하자고 결심한 구니코는 텔레비전 음량을 가만히 줄였다. 이번에는 문을 직접 두드렸다.

"조노우치 씨, 밀리언 소비자 센터의 주몬지인데, 계십니까."

놀란 구니코는 인터폰을 들고 쭈뼛쭈뼛 말했다.

"저기, 결제일은 아직이잖아요?"

구니코가 있는 데에 안심한 듯 주몬지가 대답한다.

"아니, 다른 얘기입니다."

"무슨 말이세요?"

"손해는 보시지 않을 테니, 잠시만."

대체 무슨 할 이야기가 있다는 걸까. 반신반의하며 문을 열자 주몬지가 케이크 상자를 들고 서 있었다. 선글라스에 극락조가 그려진 검은 바탕의 화려한 알로하셔츠, 면바지로 평소와 다른 소탈한 복장이었다.

"무슨 일이세요?"

구니코는 숏팬츠 아래로 나와 있는 두꺼운 다리를 신경 쓰며 뒷걸음쳤다.

"죄송합니다, 갑자기 찾아와서. 상담하고 싶은 것이 조금 있어서요."

주몬지는 케이크 상자를 구니코에게 내밀었다. 구니코는 경계하면서도 주몬지의 밝은 표정에 황홀해졌다.

"그럼 들어오세요."

처음 구니코의 집에 들어간 주몬지는 거리낌 없이 주위를 둘러보고 마음대로 다이닝 테이블 앞에 앉았다. 구니코는 급히 바닥에 떨어진 잡지를 주웠다.

"케이크 먹죠."

"잠시만요."

구니코는 접시와 포크를 꺼내 오고 냉장고에 든 마지막 우롱차 페트병을 테이블 위에 놓았다. 그리고 거짓말을 했다.

"상담이라니 뭔가요? 모레 결제는 맞춰서 할 생각인데요."

"실은 그 문제가 아닙니다. 저, 굉장히 신경 쓰이는 게 있어서 말입니다."

주몬지는 주머니에서 담배를 꺼내 구니코에게 권했다. 담배도 살 처지가 못 되는 구니코는 달려들었다. 주몬지는 구니코가 자신의 라이터로 불을 붙이고 맛있다는 듯이 한 모금 빠는 것을 가만히 쳐다본다.

"괜찮으시면 그 담배는 넣어 두시죠."

"정말 죄송합니다."

구니코는 담뱃갑을 자기 앞에 놓았다.

"많이 곤란하신 것 같군요."

"네, 뭐. 남편을 못 찾았으니."

이제 체면도 차리지 못하고 한숨과 함께 투덜댄다.

"오늘은 공장에 나가시죠. 그래서 출근 전에 와야지 싶어서 서둘러 달려왔습니다. 오늘 얘기는 요전에 보증인 도장을 받았던 야마모토 씨 일인데요."

구니코는 화들짝 놀라 주몬지의 얼굴을 봤다. 주몬지는 처진 눈썹을 열고 선량한 얼굴로 구니코를 쳐다봤다.

"야마모토 씨면 그 토막 살인 사건의 피해자 부인이시죠. 저, 다음 날에 조간신문 읽고 깜짝 놀랐습니다. 그래서 어째서 조노우치 씨는 야마모토 씨의 도장을 받아 온 걸까 하는 게 쭉 신경 쓰였거든요."

주몬지는 막힘없이 이야기했다.

"공장에서 사이가 좋아서 부탁한 거예요."

"그렇다면 가토리 씨도 있잖습니까. 게다가 그 사람은 신용금고에 20년이나 근무했었으니까 그런 데에 밝을 겁니다."

"신용금고였구나."

마사코의 전력에 대한 수수께끼가 싱겁게 풀려 구니코는 흐음하고 고개를 끄덕였다. 듣고 보니 딱 신용금고 안에서 컴퓨터 단말기를 두드리고 있게 생기기는 했다.

"그래서 제가 알고 싶은 건, 어째서 당신이 보증인으로 야마모토 씨를 선택했는가 하는 겁니다."

"어째서 그런 게 알고 싶으세요?"

구니코는 당연한 의문을 꺼냈다. 주몬지는 헤헤 웃으며 갈색으로 물들인 부드러운 머리칼을 두 손으로 쓸어 올렸다.

"단순한 호기심입니다."

"야마모토 씨가 좋은 사람이기 때문이에요. 가토리 씨는 좋은 사람이 아니고. 단지 그뿐."

"야마모토 씨의 남편 분이 실종 중인데도 부탁하러 갔던 겁니까?"

"그런 줄은 몰랐는걸요."

"야마모토 씨도 용케 도장을 찍어 줬군요."

"좋은 사람이니까요."

"그렇습니까. 그럼 가토리 씨는 어째서 그것을 되찾으러 온 겁니까?"

"글쎄요."

구니코는 시치미를 뗐다. 단순한 호기심으로 주몬지가 이런 것을 물을 리가 없다. 까다로운 일에 휘말려 들 것 같은 예감이 들어 구니코는 빨리도 겁을 먹었다.

"가토리 씨는 알고 있었던 거죠. 야마모토 씨의 남편 분이 실종 중이니까 장차 문제가 될 수 있다는 것을."

"아니에요. 가토리 씨는 제가 사고를 잘 치니까 걱정돼서 온 거예요."

"그럴까요. 아닌 것 같은데."

주몬지는 마치 추리 놀이를 즐기고 있는 것처럼 두 손을 머리 뒤에 깍지 끼고 구니코의 방 천장을 올려다봤다. 구니코는 주몬지와 이러고 있는 게 점점 즐거워지고 있었다.

"케이크, 먼저 먹을게요."

"아, 드십시오. 여기 맛있답니다. 여고생한테 물은 거니까 틀림없을 겁니다."

"여고생이랑도 다 어울리세요?"

포크를 집어 든 구니코는 교태를 머금고 약간 갈색을 띤 주몬지의 눈을 봤다. 주몬지는 쑥스러워하며 두 손으로 뺨을 문질렀다.

"그런 건 아니지만."

"주몬지 씨 인기 많을 것 같은데, 좀 노는 편이죠."

"아뇨, 아뇨. 그렇지 않습니다."

구니코는 금방 주몬지의 목적이 무엇인지 살피기가 귀찮아져 케이크를 먹는 데에 전념했다. 주몬지가 손목시계의 날짜 표시를 확인했다.

"조노우치 씨의 결제, 앞으로 몇 번 남아 있었죠?"

구니코는 허둥지둥 포크를 접시에 내려놨다.

"여덟 번요."

"여덟 번. 여덟 번으로 44만하고 조금 더였던가요. 그거 탕감해 드릴 테니까 이때까지의 이야기를 해 주시지 않겠습니까?"

"탕감요?"

"갚지 않으셔도 된다는 말입니다."

주몬지가 무슨 생각으로 말을 하는 건지 판단이 가지 않아 구니코는 생각에 잠긴다. 케이크 생크림이 입술에 붙어 있는 것을 깨닫고 그것을 혀로 핥아 냈다.

"이야기하다니 뭘."

"당신들이 무엇을 했는지, 그것 말입니다."

"아무것도 안 했는데요."

구니코는 포크를 손에 들었으나 머릿속에서는 생각지 못한 제안에 수지 타산을 계산하는 저울이 혼란을 일으키고 있었다.

"이야아, 아닐 텐데요. 저 여러모로 조사해 봤습니다. 당신과 야마모토 씨의 부인과 가토리 씨와 또 한 사람인가요. 그 네 명이 공장에서 사이가 좋다면서요. 야마모토 씨의 궁상에 동정해서 여럿이서 협력한 것 아닙니까?"

"궁상?"

"네. 궁핍한 상태."

"아무것도 안 했어요, 아무것도. 협력이라니 무슨 말이에요?"

케이크를 먹는 손을 멈춘다. 주몬지는 히죽히죽 웃어 댔다.

"조노우치 씨는 조만간 돈이 들어올 곳이 있다고 제게 말했죠. 그게 이 일에 관련된 것 아닙니까?"

"이 일이라뇨?"

"잡아떼지 마시고."

아까 구니코가 야요이에게 한 것과 같은 말을 주몬지는 던졌다.

"예의 토막 살인 사건 말입니다."

"하지만 그건 카지노 경영자가 잡혔다고 들었는데요."

"신문에 그렇게 쓰여 있기는 했죠. 하지만 저는 뭔가 이상한 것을 느꼈습니다."

"이상한 거라니 뭐요?"

"여자들의 연대랄까요."

"저희는 딱히 서로 돕거나 하는 사이 아닌데요."

"그럼 야마모토 씨는 어째서 보증인이 되어 준 겁니까, 이런 때에. 보증인은 연대보증인만큼은 아니지만 모두들 무척 꺼립니다. 자, 말씀해 주십시오. 빚 탕감해 드릴게요."

"그걸 들어서 어쩌시게요?"

구니코는 저도 모르게 그렇게 묻고 있었다. 주몬지의 눈에 성공을 거두어 만족하는 빛이 떠올랐다가 바로 사라졌다.

"딱히 뭘 하겠다는 게 아닙니다. 그저 호기심을 충족하는 것뿐이겠죠."

"만일 제가 아무것도 말하지 않는다면?"

"별다를 거 없습니다. 이때까지와 마찬가지로 결제해 주시는 것뿐입니다. 이틀 후였죠. 5만 5200엔씩 여덟 번. 괜찮으시겠습니까?"

구니코는 돈이 전혀 없는 것을 떠올리고 다시 입술을 핥았다. 그러나 이제 생크림은 붙어 있지 않았다.

"탕감해 준다는 증거는?"

"있습니다, 똑똑히."

주몬지는 무릎 위에 놔뒀던 손가방에서 접은 서류를 꺼냈다. 구니코의 차용증서였다.

"이것을 조노우치 씨의 눈앞에서 찢어 드리죠."

순식간에 구니코의 저울은 띵 소리를 내며 빚을 탕감받는 쪽으로 기울었다. 주몬지에게 돈을 갚지 않아도 된다면 언젠가 야요이에게서 들어올 50만은 전부 자신의 것이 된다. 그렇게 생각한 구니코의 굴복은 빨랐다.

"알았어요. 말할게요."

"그렇습니까. 이거 기쁘네요."

주몬지는 웃었으나 목소리는 진지했다.

그 뒤는 간단했다. 구니코는 어떻게 해서 자신이 속아 넘어갔는지를 거침없이 이야기하는 동안 마사코와 야요이에게 복수를 다한 기분이 되어 만족했다. 나중 일은 나중 일. 쾌락을 미룰 수 없는 구니코는 고뇌만은 미룰 수 있었다.

주몬지는 단지 앞에 만들어진 작은 아동 공원 벤치에 앉아 있었다.

담배를 물고 면바지 주머니에서 라이터를 꺼내다가 손이 가늘게 떨리고 있는 것을 깨달았다. 쓴웃음을 지으며 라이터를 고쳐 들고 불을 붙인다. 한 모금 빨고서 단지를 올려다보자 구니코의 집 베란다가 보였다. 에어컨 실외기 외에 검은 비닐봉지에 든 쓰레기 같은 것이 너저분하게 몇 개나 놓여 있었다.

'가연성 쓰레기라.'

공원에서는 소년 소녀가 뒤섞인 열 명 남짓한 아이들이 해 질 녘 광장에서 술래잡기를 하고 있었다. 초등학교 저학년 정도 나이대의 아이들은 귀가 시간이 닥친 게 초조해서인지, 아니면 여름방학이 이제 곧 끝나는 것을 아쉬워해서인지, 혹은 이윽고 학원에 내몰릴 운명을 느끼는 건지 얼굴을 발갛게 물들이고 달음질치고 있었다. 모래먼지가 피어오르고 날카로운 고함 소리가 귓속에 울린다. 그 어린 에너지에 덴 것처럼 주몬지는 벤치에 주저앉아 있었다. 그리고 그대로 얼마 동안 움직이지 못했다.

그는 지금 막 듣고 나온 구니코의 이야기에 흥분하고 있었다. 설마 했는데 틀림없는 사실이었다는 놀라움만이 아니다. 그 중심에 가토리 마사코가 있다는 사실에 주몬지는 충격을 받고 있었다. 악당인 척하는 자신도 막상 시체 처리를 하자면 몸이 벌벌 떨릴 것이다. 그것도 토막을 내다니. 그것을 해낸 마사코에게 주몬지는 존경심조차 생겼다. 그 비쩍 마른 여편네에게 그런 배짱이 있을 줄이야. 바보 같은 짓에 머리를 디밀었다는 생각은 전혀 들지 않았다.

"죽인다, 끝내 주잖아."

　담배는 오른손 손가락을 태울 것처럼 다 타들어가고 있었다. 주몬지에게는 그것이 자신에게 닥칠 운명의 불로 보였다. 자신도 함께 끝내 주게 멋진 일을 하고 싶다. 그리고 벌고 싶다. 뭉쳐 놀기는 싫지만 마사코라면 좋다. 왜냐하면 신용할 만한 사람이기 때문이다.

　몇 년 전인가, 점심 식사 시간에 들어갔던 신용금고 옆 카페에서 우연히 마사코를 본 적이 있었다. 가게 안은 붐벼서 자리가 다 차 있었다. 손님들 대부분은 신용금고 사원이라 그다지 친하지 않은 사이끼리 별수 없이 합석을 해야 했는데 개중에도 마사코는 창가 4인석에 혼자 앉아 있었다. 어째서 아무도 마사코가 있는 테이블에는 앉지 않는 건지 주몬지는 묘하게 생각했다. 나중에 마사코가 왕따를 당하고 있다고 듣고 깊이 납득했지만.

　그 시절 마사코는 노골적인 패거리 놀이 따위 신경 쓰는 눈치도 없이 혼자서 여유 있게 커피를 마시며 남자처럼 경제 신문을 넓게 펼쳐 놓고 읽고 있었다. 답답하게 앉아 있는 주위가 우스꽝스럽게 보였을 정도다.

　주몬지는 히죽 웃으며 쾌재를 불렀다. 공원에서 뛰어다니는 아이들이 멈춰 서서 기분 나쁘다는 듯이 주몬지를 봤으나 신경 쓰지 않았다. 어찌 된 이유인지 성숙한 여자에게는 성욕을 느끼지 않는 주몬지지만, 반대로 일을 하는 데에 있어서는 남자보다도 성숙한 여자를 의지하는 경향이 있다. 그것은 젊었을 적 마사코를 만났기 때문은 아닐까 하고 생각할 때마저 있다.

　주몬지는 손가방에서 수첩과 휴대 전화를 꺼내 주소록을 보면서 전화를 걸었다. 한 군데 믿는 구석이 있었다. 상대는 금방 전화를 받았다.

"도요스미회입니다."

"주몬지 아키라라고 합니다만, 소가 씨 계십니까."

젊은 남자가 익숙하지 않은 듯 잠시 기다려 달라고 힘겹게 대답하더니 폭력단에 어울리지 않는 「러버즈 콘체르토」가 전자음으로 흘렀다.

"아키라냐. 주몬지라고 해서 누군가 했다. 야마다 아키라라고 해, 이 자식."

히죽히죽 웃는 게 보이는 평면적인 목소리가 들렸다.

"명함 드렸잖습니까."

"글자로 보는 거랑 듣는 거랑은 다르다고."

소가는 외견에 어울리지 않게 때때로 유식한 소리를 했다.

"실은 조금 의논할 게 있는데요. 조만간 만나 뵐 수 없겠습니까?"

"조만간이라고 하지 말고 지금 와라. 한잔 하자. 우에노쯤이 어떠냐?"

소가는 소탈하게 말했다. 주몬지는 손목시계를 확인하고 그러기로 했다. 다소 성급하게도 여겨졌지만 44만이라는 빚을 탕감해 주고 얻은 정보다. 다음 일은 당연히 빠른 편이 좋았다.

약속 장소는 우에노에 옛날부터 있는 차분한 바였다. 주몬지가 덩굴이 얽힌 단층 목조 건물 가게 앞에 도착해서 보니 입구의 작은 간판 옆에 지난번 무사시무라야마의 패밀리 레스토랑에서 본 젊은 녀석들이 두 명 직립부동으로 서 있었다. 한눈에도 머리가 둔해 보이는 금발의 소년이 주몬지를 보고 인사했다.

"수고하십니다."

경호 대신 세워 놓은 모양이다. 폭주족 시절부터 소가가 두목 노릇 하기 좋아했음을 주몬지는 떠올렸다. 그렇다고 해서 소가가 으스대기 좋아하는 모자란 남자는 아니다. 주몬지는 긴장을 조이면서 문을 열었다.

"이쪽이다, 이쪽."

구석 그늘에서 소가가 담배를 든 손을 흔들었다. 가게는 조명이 어슴푸레하고 왁스 냄새가 나는 판자가 대어져 있었다. 카운터 안에서는 나비넥타이를 맨 노인 하나가 포커페이스로 쉐이커를 흔들고 있었다. 달리 손님의 모습은 보이지 않고, 소가는 안쪽에 딱 하나 있는 보풀이 일어난 녹색 벨벳 의자에 다리를 쩍 벌리고 앉아 있었다.

"지난번엔 정말 오랜만에 뵈었죠. 소가 선배, 일부러 불러내서 죄송합니다."

"됐어. 너랑은 어차피 한번 마실 생각이었으니까. 뭐 마실 테냐?"

"그럼 맥주를."

"여기는 칵테일만 한다고. 바텐더 기다리니까 뭐 좀 부탁해봐."

"하아. 그럼 진토닉요."

적당히 아는 술 이름을 주문한 후 주몬지는 소가의 눈을 쳐다봤다. 소가는 옅은 녹색 여름 정장을 입고 안에 검은색 오픈셔츠를 받쳐 입었다.

"멋지네요."

"이거 말이냐."

소가는 기쁜 듯이 웃으면서 재킷을 들춰 브랜드 이름을 보였다.

"이거 이탈리아의 이름 없는 브랜드인데 괜찮지. 뭘 모르는 중년들은 에르메스니 뭐니 하지만. 진짜 멋쟁이는 이런 걸 고르는 법이라고."

"어울립니다."

소가는 기분이 좋았다.

"너도 그 알로하셔츠 제법 괜찮은데. 빈티지냐?"

"아뇨, 지나다니다 청바지 가게에서 샀습니다."

"너는 아이돌처럼 생겨 먹었으니까 뭘 입든 여자들 인기를 사겠지."

소가는 놀렸다.

"왜 그러세요."

주몬지는 소가의 페이스에 빠진 채 용건을 꺼내지 못하고 있다. 소가는 갑자기 화제를 바꿨다.

"아키라, 너 무라카미 류의 『러브 앤드 팝』이란 책 읽었냐?"

"아뇨."

생각지도 못한 말에 주몬지는 고개를 흔들었다.

"뭡니까, 그거. 그런 거 안 읽었습니다."

"그러냐. 읽어 봐. 그 녀석은 여자를 정말 좋아해."

소가는 담배를 눌러 끄고 분홍색 농담을 이루는 칵테일을 한 모금 마셨다.

"그런가요. 읽으면 그런 게 보입니까?"

"알지 그럼. 그 녀석은 여고생을 좋아한다니까."

"헤에, 그런 내용입니까?"

"그런 내용이지."

소가는 가느다란 손가락으로 입술을 두드렸다.

"나도 읽어 볼까. 여고생 좋아하니까."

"바보 놈. 그런 좋아한다랑 달라. 같은 지평에 있다고 할까. 입장을 구분하지 않는다고 할까."

영문을 알 수 없는 소리에 주몬지는 난감하게 고개를 숙였다. 소가가 독서가였다는 사실을 잊고 있었다.

"그렇습니까."

마침 주몬지를 살리는 것처럼 진토닉이 나왔다. 주몬지는 반달형으로 자른 라임을 잔 받침 위에 치우고서 목을 쭉 내밀고 차가운 액체를 마셨다.

"그렇다고. 난 말이지, 책을 읽을 때 기준이란 게 있어."

"기준요?"

"다시 말해 내가 하는 일이랑 닮았나, 안 닮았나. 그것으로 소설의 가치가 결정되는 거야."

"그 말은 즉."

목이 말랐던 주몬지는 진토닉을 눈 깜짝할 사이에 다 들이켰다. 소가는 어이없이 흘겨보며 말을 이었다.

"합격. 우리가 하는 일도 이걸 닮았어."

"어떻게 말입니까?"

"무라카미 류나 여고생. 그 녀석들은 부모 세대를 증오하고 있어. 우리가 하는 일도 우리 부모 세대, 나아가서는 일본 전체의 부모 세대를 증오하는 데에서 시작된 것과 같지 않으냐. 다시 말해 사회에서 처진 녀석들이야. 어때, 그렇게 생각하지 않냐?"

"그럴까요?"

"그래, 처졌어." 하고 소가는 크게 소리쳤다.

"너는 중학교 졸업해서 폭주족 좀 들어갔다고 사회에서 처졌잖냐. 지금 너는 사채업 나부랭이나 하고 있어. 나는 야쿠자다. 이만하면 멋지게 처진 거지. 아니, 이미 부모 세대들한테 완전히 거부당했다고. 하지만 말이다, 그렇게 처진 녀석들은 무라카미 류나 여고생이랑 똑같아. 멋지다고. 알겠냐, 무슨 뜻인지?"

주몬지는 어두운 가게 조명에 더욱 가라앉아 보이는 파랗고 누런 소가의 얼굴을 봤다. 이대로 잘 알 수 없는 소가의 이야기를 참고 들어야만 하는 모양이다. 소가가 유쾌한 것은 기쁘지만 과연 자신이 생각한 일에 현실성이 있는 건지 아닌지 자신감이 사라지고 있었다. 주몬지는 소가에게 계획을 이야기하기를 주저하기 시작했다. 이야기는커녕 계획 그 자체에 겁이 났다.

"아키라, 너 무슨 이야기 하려고 왔나?"

갑자기 소가가 본론으로 들어왔다. 소가는 주몬지가 기죽어 들어가는 것을 민감하게 느꼈는지 그가 도망치기 전에 선수를 친 듯했다.

"실은 이상한 이야기지만요."

마지못해 이야기하기 시작한다.

"돈 되는 얘기냐?"

"가능하다면 그렇게 되기를 바란다고 할까, 아직 잘 모르겠습니다."

"확실히 말해. 나는 입은 무거우니까."

소가는 셔츠 앞으로 손을 집어넣어 자신의 가슴을 건드리는 몸짓을 했다. 소가가 진지해졌을 때 나오는 버릇이었다. 주몬지는 말할 결의를 굳혔다.

"실은 말입니다, 소가 씨. 시체 처리하는 일을 하고 싶은데요."

"무슨 말이야, 그거?"

소가는 이해 안 된다는 듯한 목소리로 말했다. 바텐더는 시치미를 뚝 떼고 목숨이라도 걸린 것처럼 레몬을 얇게 써는 데에 열중하고 있었다. 주몬지는 가게 안에 지극히 작은 음량의 오래된 리듬 앤드 블루스가 흐르고 있었음을 겨우 깨달았다. 역시 긴장하고 있었던 건가 하고 이마의 땀을 닦는다.

"예컨대 말입니다. 뒤가 구린 시체 같은 게 있으면 처리하는 일을 하고 싶다는 말입니다."

"네가 하는 거냐?"

"네에."

"어떻게? 안 잡힐 좋은 방법이 있다는 거냐?"

소가의 누런 눈이 번뜩였다.

"제가 생각한 건 말이죠. 묻는 건 위험하고 바다에 가라앉혀도 나중에 수색하면 나오지 않습니까. 그러니까 작게 토막을 쳐서 쓰레기로 버리자는 겁니다."

"너 말은 간단히 하지만 요전 K 공원 사건 알고 있을 거 아니냐."

소가는 목소리를 낮췄다. 패션이나 소설 이야기를 했을 때 보이던 젊음이 사라지고 여윈 얼굴에 굳은 의지가 나타났다.

"물론 알고 있습니다."

"그런 식으로, 토막 내 봤자 이번에는 버리는 게 만만치 않다고. 거기다 말이다, 간단히 인간을 해체한다고 말하지만 그거 장난 아니다. 알지, 너도? 손가락 하나 자르는 것도 힘 엄청 들어간다는 거."

"알고 있습니다. 하지만 제가 생각한 건 토막만 내면 확실히 버릴 수 있고 절대로 발견 안 될, 완벽한 말살법입니다."

"어떻게 할 건데?"

소가는 칵테일을 마시는 것도 잊고 몸을 내밀었다.

"저희 친가 쪽 시골이 후쿠오카인데 거기에 거대한 쓰레기장이 있거든요. 쓰레기장이라도 난지도 같은 게 아닙니다. 커다란 소각로가 있어서 언제나 불이 타고 있죠. 쓰레기를 깜박 내놓지 않은 사람은 그냥 거기에 차로 가져다가 던져 넣어 버리면 되는 겁니다. 그거라면 완전히 증거를 말살할 수 있습니다."

"어떻게 후쿠오카까지 가져가게?"

"그 방법 말인데요. 작게 해체해서 택배로 보내면 됩니다. 저희는 아버지가 돌아가시고 할머니 한 분만 낡아빠진 집에 살고 계시거든요. 후쿠오카에 먼저 가 있다가 짐을 받아서 버리고 오면 됩니다."

"흐음. 수고는 들어가지만."

소가는 생각에 잠겨서 중얼거렸다.

"하지만 수고는 토막을 내는 것뿐. 그것도 문제없습니다."

"무슨 말이냐."

"신뢰할 수 있는 상대가 있다는 겁니다."

"신뢰? 동료냐."

"네에. 여자지만요."

"네 여자냐."

"아니지만, 괜찮습니다."

주몬지는 경솔하게 고개를 끄덕였다. 이야기 도중부터 소가가 동하는 눈치라 실현 가능성이 있는 데에 기대를 몰아가고 있다.

"그런 이야기가 없지도 않거든, 실은."

소가는 가슴 앞에 집어넣고 있던 손을 꺼내 칵테일글라스를 잡았다.

"처리상이 있어서, 부탁하면 비싸다는 소문은 들은 적이 있어. 그렇다고 해도 막상 상황이 되면 저 바보 놈들을 믿고 맡길 수는 없고 말이야."

소가는 바깥을 턱으로 가리켰다.

"그 처리상이라는 건 얼마 정돕니까?"

"물건과 상황에 따르지. 하지만 위험한 일이니까 하나 정도는 가지 않을까. 너, 그거 하게 되면 얼마에 받을래?"

"그렇군요. 저도 하나로 가고 싶은데요."

"뭐, 처음부터 그렇게 욕심 내지 말고."

소가는 후배 주몬지를 째려봤다. 주몬지는 쑥스러워 웃는다.

"그럼 900 정도일까요."

"이것도 가격 경쟁이니까, 800으로 해."

"하아, 별수 없군요."

"내가 알선해 주면 반은 주는 거지."

"조금 비싸지 않습니까?"

눈살을 찌푸린 주몬지를 보고 소가는 희미한 웃음을 띠었다.

"확실히 비싼가. 그럼 300은 어떠냐."

"알겠습니다."

소가는 만족스럽게 끄덕였다. 주몬지는 속으로 셈한다. 남은 500 중 자신이 300, 마사코가 200. 구니코 같은 여자는 위험하니까 절대로 넣지 않도록 하고 마사코와 요시에라는 여자에게 시체 처리를 맡긴다. 마사코의 몫 200은 어떻게 나누건 마사코 마음이다.

"알았다. 없는 것도 아니니까 이야기가 오거든 내가 물어다 주마. 그 대신 절대 실수 안 하게 해. 내 체면 상하는 짓이 되니까."

"안 해 보면 모르지만 아마 괜찮을 겁니다."

"아키라, 너 설마 K 공원 사건과 관련이 있는 건 아니겠지."

"아뇨, 아뇨."

주몬지는 소가의 날카로운 감에 속으로 찔리면서도 고개를 저어 댔다. 어쨌든 씨는 뿌렸다. 다음 문제는 마사코를 어떻게 설득하는가였다.

분홍색 햄, 하얀 줄이 들어간 붉은 소 어깨 살. 붉은색과 분홍색과 흰색, 잘 저민 고기. 노란 지방이 붙은 검붉은 닭 내장.

마사코는 쇼핑 카트를 밀면서 슈퍼 정육 매장을 걷고 있었다. 무엇을 고르면 좋을지 결정이 안 가고 생각이 정돈되지 않았다. 끝내는 어째서 자신이 이곳에 있는 건지조차 모르게 되었다. 마사코는 멈춰 서서 쇼핑 카트를 내려다봤다. 스테인리스제 카트에 파란색 플라스틱 바구니가 실려 있었다. 안은 텅 비었다. 저녁 식사 재료를 사러 들렀는데 최근에는 식단을 짜서 식사를 만드는 것이 귀찮았다.

저녁 식사가 준비되어 있는 것이 집의 존재 증명이다. 만일 식사가 없더라도 맞벌이를 오래 해 온 요시키는 불평하지 않을 것이다. 하지만 어째서 준비되어 있지 않은지 그 이유를 마사코에게 물을 것이다. 이유가 없으면 마사코가 게으르다고 느낄 것이다. 노부키는 형사 앞에서 건방지게 말참견을 한 뒤로 다시 조개처럼 입을 닫아 버렸지만 식사만은 집에서 한다.

남자들은 자신의 시간을 자기 마음대로 쓰고, 마치 그곳이 정점인 것처럼 저녁 식사만은 있으리라고 믿고 귀갓길에 접어든다. 남자들의 순진한 신뢰가 마사코에게는 신기하다. 자기 혼자라면 뭘 먹어도 상관없는데 항상 누가 뭘 바라는지 마음을 쓰는 버릇이 붙었다. 그래서 그들이 바라는 저녁 식사를 만든다. 그러나 상대는 그것을 당연하게 생각한다. 서로의 인연은 이미 희박한데 역할만이 무겁게 압박하고 있었다. 마사코는 마치 밑 빠진 독에 물을 갖다 붓고 있는 것 같은 허탈감을 느끼고 있는데. 이때까지 새어 나간 물의 양은 어느 정도일까. 지금까지 당연하게 지내 온 일이 그렇지 않게 변해가고 있었다.

고기 매장 진열대에서 독가스 같은 하얀 냉기가 흘러나오고 있었다. 그 앞만 이상하게 춥다. 마사코는 자신을 달래기 위해 닭살이 난 팔을 문지르고 얇게 썬 쇠고기가 든 팩을 집어 들었다. 겐지의 근육 색깔을 떠올리며 가만히 다시 내려놓는다. 그러고서 겐지의 힘줄 색깔은, 뼈 색깔은, 지방 색깔은, 이렇게 찾고 있는 자신을 깨닫고 토할 뻔했다. 이런 기분은 처음이었다. 슬슬 긴장이 풀리기 시작한 건가. 마사코는 자신에게 낙담해 식사 준비는 그냥 관두기로 했다. 아무것도 먹지 않고 그대로 출근해 버리자고 결심했다. 배가 고파도 그게 벌이었다. 무엇을 위한 벌인지 그것도 알 수 없었다.

태풍이 오기 전의 잔잔하고 미지근한 공기가 답답했다. 이번 태풍은 상당히 규모가 큰 듯하다. 여름이 완전히 끝난다. 마사코는 하늘을 올려다보며 고오오 하고 상공에서 희미하게 울리는 바람 소리에 귀를 기울였다.

주차장에 세워 둔 빨간색 카롤라 앞으로 돌아오자 눈에 익은 자전거가 광대한 아스팔트 부지를 가로지르며 이쪽을 향해 오는 것이 보였다.

"스승님."

마사코는 요시에에게 손을 들었다.

"장 보러 온 거 아냐?"

요시에는 카롤라 옆에 자전거를 세우더니 마사코가 빈손인 것을 힐끗 보고 의아한 표정을 지었다.

"관뒀어."

"왜."

"마음이 안 내켜서."

요시에는 요즘 특히 백발이 눈에 띄게 된 머리를 흔들었다.

"밥 안 지어도 돼? 어째서."

"딱히. 별생각 없이. 나도 지쳤나 봐."

"넌 그래도 되니까 괜찮아. 난 그랬다가는 노인네도 잇세이도 굶어 죽으니까."

“손자가 아직 집에 있어?”

“딸은 행방불명인걸. 노인네는 죽을 것 같지 않고, 아이는 언제나 빽빽 울어 대고. 나는 그런 고생이나 짊어지고 살 팔자인가 봐.”

마사코는 그에 대답하지 않고 카롤라에 기대 태풍의 도래를 예감케 하는 불안한 색의 하늘을 올려다봤다. 요시에의 한없이 되풀이되는 푸념을 듣고 있으면 출구가 보이지 않는 터널에 갇힌 것 같은 기분이 든다. 그런 건 이제 아무래도 좋았다. 자유로워지고 싶다. 모든 것에서 자유로워지고 싶었다. 그러지 못하는 인간은 푸념하는 일상에 매몰될 수밖에 없다. 지금의 자신이 그런 것처럼.

“이제 곧 여름이 끝나네.”

“무슨 소리 해. 벌써 9월이잖아. 벌써 옛날에 끝났지.”

“알아.”

“너, 오늘 공장 올 거지?”

요시에가 걱정스러운 듯이 물었다. 마사코는 저도 모르게 요시에를 봤다. 지금의 말을 듣고 공장을 그만둔다는 발상이 솟아난 것이었다.

“갈 생각인데.”

“그래, 다행이다. 왠지 멍해 보이기에. 우리를 버리는가 싶어서.”

“버린다? 버린다는 게 무슨 뜻이야.”

마사코는 숄더백에서 담배를 꺼내면서 요시에의 얼굴을 봤다. 그때 불어온 바람에 요시에는 윤기 없는 머리카락을 두 손으로 눌렀다.

"너 신용금고에 다녔다며. 구니코한테서 들었어. 육체노동은 안 맞을 것 아니니."

"구니코가?"

그러고 보니 구니코의 빚 결제일은 진작 지나갔다. 수입이 없는 구니코가 어떻게 갚았는지 신경 쓰였다. 자신의 전력을 알았다니 주몬지에게서 들었다고밖에 생각되지 않는다. 막다른 곳에 몰리면 뭐든지 하는 구니코를 너무 오래 가만히 놔뒀나 보다. 마사코의 가슴에 반성과 의혹이 생긴다.

"갈 거야, 반드시. 거기다 나는 그만두지 않을 거야."

"잘됐다."

요시에는 얼굴에 웃음을 띠었다.

"저기, 스승님."

마사코는 요시에의 풀어진 얼굴을 봤다.

"스승님은 그 일을 하고 난 후에 뭔가 변화 없어?"

"변화라니 어떤 거 말이야?"

요시에는 허둥지둥 주위를 살폈다.

"아니. 경찰은 어떻게 따돌렸느냐는 그런 게 아니라 마음의 변화 같은 거."

요시에는 잠시 생각하다가 미안하다는 표정을 짓는다.

"없는 것 같아. 도와줬다는 느낌밖에 없어서 그런가."

"시어머니나 손자 수발과 같은 느낌?"

"아니, 그건 아니야."

요시에는 입을 삐죽 내밀었다.

"같은 취급 하지 마. 그런 짓이랑."

"그런가."

"당연하잖니. 하지만 아무도 하지 않으니까 내가 한다는 의미
에서는 똑같을지도."

요시에는 생각에 잠겨 가느다랗고 둥그런 눈썹을 찌푸린다. 얇
고 하얀 피부에 주름이 생기자 실제 나이보다 훨씬 늙어 보였다.

"그렇구나. 알았어."

마사코는 이야기를 끝내고 피우다 만 담배를 버리고 발로 비벼
불을 껐다.

"그럼 공장에서 만나."

"넌 어떠니?"

요시에는 역으로 물어 왔다. 진지한 눈빛이었다.

"딱히. 아무것도 변함없어."

마사코는 거짓말을 하고 차 문을 열었다. 요시에는 자전거를 끌
고 뒷걸음질쳤다.

"그럼 밤에 봐."

마사코는 운전석에 들어가 앞 유리 너머로 요시에에게 손을 흔
들었다. 요시에는 미소를 지으며 몸집 치고는 가볍게 자전거에 훌
쩍 올라타고 슈퍼로 향해 갔다. 쳐다보면서 마사코는 생각했다.
아직 기분에 변화가 없더라도 야요이에게서 얼마쯤 돈이 들어오
면 언젠가 요시에는 화학반응을 일으키듯 변해 갈 것이다. 눈곱만
큼의 악의도 없이 마사코는 냉정하게 그렇게 생각했다.

집에 돌아와서 보니 전화가 울리고 있었다. 마사코는 현관 신발
장에 백을 올려놓고 뛰어 들어갔다. 슬슬 야요이에게서 연락이 와

도 좋을 무렵이었다. 요즘 일주일 정도 연락이 끊겼다.

"네, 가토리입니다."

"가토리 씨입니까. 저는 주몬지라고 합니다. 전에 야마다라는 이름으로 같은 곳에서 일을 했습니다."

"아아, 당신."

의외의 인물로부터였다. 마사코는 의자를 빼고 앉았다. 서둘러 수화기를 드느라 전신에서 땀이 솟았다.

"오랜만입니다."

"바로 요전에 만났잖아."

"그건 어쩌다 우연히 만났던 거고요."

주몬지는 얼렁뚱땅 둘러댔다.

"무슨 용건이야?"

담배에 불을 붙이려고 생각했다가 백을 현관에 두고 왔음을 떠올렸다.

"길어질 것 같으면 잠깐 기다려."

"기다리겠습니다."

장단 좋게 주몬지가 대답한다. 마사코는 현관으로 돌아가 문에 체인을 걸었다. 이렇게 해 두면 가족이 돌아오더라도 시간을 벌 수 있다. 어떤 예감이 들었다. 백을 가지고 거실로 돌아왔다.

"기다렸지. 무슨 일이야?"

"전화로는 말하기 그런데, 괜찮으면 만날 수 없겠습니까."

"왜 전화로는 말하기 그런데?"

구니코의 빚에 얽힌 요청인가 하고 마사코는 생각했다. 그러나 사채업자 주몬지는 대단한 짓은 못하리라고 대수롭지 않게 여긴다.

"복잡한 이야기입니다. 예컨대 사업을 하지 않겠느냐 하는 권유니까요."

"잠깐. 그 전에 묻고 싶은 게 있어. 구니코는 결제 어떻게 했어?"

"분명히 갚으셨습니다."

"어떻게."

"정보로."

주몬지는 천연덕스레 대답했고 마사코는 자신의 예상이 옳았음을 알았다.

"어떤 정보."

"그 문제로 만나 뵙고 싶은 겁니다."

"알았어. 어디서 만나?"

"밤에는 출근하시죠. 그럼 그 전에 패밀리 레스토랑 같은 데에서 식사라도 하면서 어떻습니까."

마사코는 9시에 공장에서 그리 멀지 않은 패밀리 레스토랑을 지정했다.

끝내 파탄이 났다. 아까 요시에와 애기 나눌 때 예상은 하고 있었지만 자신의 실수처럼 느껴져서 마사코의 기분은 무거워졌다.

현관문이 일단 열렸다가 체인에 턱 하고 걸리는 소리가 났다. 누군가가 돌아온 모양이다. 신경질적으로 인터폰을 울려 댄다. 마사코는 직접 현관으로 향했다. 체인을 벗기고 문을 활짝 열자 노부키가 불쾌하다는 듯 고개를 휙 돌리고 서 있었다. 쪄 죽을 것만 같은 더위에 눈 바로 위까지 검은색 니트 모자를 푹 눌러쓰고 빛

바랜 검은색 티셔츠, 골반에 걸친 큼지막한 바지에 나이키 운동
화를 신고 있었다.

"어서 와."

아무 대답도 없이 아들은 집 안으로 슥 들어온다. 단단해 보이
는 젊고 우악스러운 몸이 의외의 유연함을 지니고 있음에 마사코
는 놀란다. 노부키가 말을 하는 아이라면 첫 마디에 체인 걸지 말
라고 불평했을 것이다. 노부키는 눈도 마주치지 않고 자기 방으로
뛰어 올라갔다.

"오늘 밥은 알아서 챙겨 먹어."

2층을 향해 고함친 그 목소리는 공허한 집 안에 쩌렁쩌렁 울렸
다. 마사코는 그것이 2층만이 아니라 집 전체에 고한 메시지인 것
처럼 여겨졌다.

약속 시간 정각에 지정한 패밀리 레스토랑에 가자 먼저 와 있었
던 주몬지가 눈에 띄지 않는 안쪽 자리에서 일어섰다. 손에 구겨
진 석간신문을 들고 있었다.

"감사합니다, 일부러 나와 주시고."

마사코는 눈만 마주치고 주몬지 앞에 앉았다. 주몬지는 하얀색
폴로셔츠에 재킷으로 가벼운 차림새였다. 마사코는 평소와 같은
노부키의 낡은 티셔츠에 청바지를 무신경하게 입었다.

"어서 오십시오."

검은 옷을 입은 지배인이 메뉴판을 놓고 마사코와 주몬지가 어
떤 관계인지 가늠하는 눈치로 자리를 떠난다.

"식사는 마치셨습니까?"

주몬지는 아이스커피를 마시고 있었다. 마사코는 순간 생각하다가 고개를 가로저었다.

"아니, 아직."

"그럼 드십시오. 저도 함께 들 테니까요."

마사코는 스파게티를 골랐다. 주몬지가 아까 그 검은 옷의 남자에게 같은 메뉴를 주문하고 식후에 커피를 가져오도록 자기 마음대로 부탁했다.

"이야, 정말 오랜만에 뵙는군요. 요전에 우연히 만났다고는 해도 잠깐이었고요. T 신용금고 때는 신세 참 많이 졌습니다."

주몬지는 마사코의 얼굴을 두려워하는 것처럼 보면서 아첨하는 어조로 말했다. 마사코는 주몬지가 어째서 자신을 두려워하는 걸까 생각했다.

"이야기라니 뭐야?"

"갑자기 본론이군요."

주몬지는 목을 움츠린다.

"주몬지 씨가 전화로는 좀 그렇다고 하니까."

"가토리 씨는 신용금고 때도 그런 사람이었습니까?"

"그런 사람?"

마사코는 물을 한 모금 마셨다. 차가웠다.

"합리적이랄까 뭐랄까."

"그래. 주몬지 씨도 빨리 본성 드러내. 어차피 다 아니까."

마사코는 추심 업무 하청으로 부려지던 무렵의 주몬지를 알고 있다. 지금은 차림새도 말투도 교묘하게 호감형으로 바뀌었지만 그 당시는 눈썹을 밀고 펀치파마를 해서 폭력단 풍을 가장한 깡패였다. 아다치 부근의 폭주족이었다는 소문도 들은 적이 있다.

"본성 말입니까."

주몬지는 머리를 긁적였다.

"가토리 씨한테는 못 당하겠군요."

주문한 스파게티가 나왔다. 마사코는 포크를 손에 들고 먹기 시작했다. 결국 이런 생각지 못한 형태로 저녁 식사를 하고 있다. 마사코는 혼자 웃었다.

"뭐가 재밌어서 웃으세요?"

"아무것도 아니야."

공복이 벌이라고 생각했던 것은 다름 아닌 자신인데 이렇게 먹고 있다. 벌이라는 것은 자유로워지고 싶다는 기분을 억누르고 있었던 데에서 비롯된 벌임을 깨닫는다. 다 먹고 나서 마사코는 종이 냅킨으로 입을 닦았다. 식사를 마친 주몬지는 마사코의 허락도 얻지 않고 담배를 피우기 시작했다.

"그래서 뭐야, 사업이라니."

"그 전에, 축하드립니다."

"뭐가?"

"아니, 멋지다 싶어서요."

주몬지는 히죽히죽 웃었다. 그러나 야유하는 눈치는 아니었다.

"뭐가 축하합니다야. 뭐가 멋지다고."

"토막 내기."

주몬지는 낮은 목소리로 중얼거렸다. 마사코는 얼어붙어서 주몬지의 얼굴을 봤다.

"알고 있구나."

"네."

"전부?"

"아마도."

"구니코가 얘기한 거군. 단 50만의 빚 때문에."

"뭐, 너무 나무라지 말아 주십시오."

"나무라기는. 주몬지 씨가 머리 좋은 거야."

"머리가 좋다고 할지, 나쁘다고 할지."

마사코는 주몬지가 피운 담배꽁초로 가득한 재떨이에 난폭하게 담배를 비벼 껐다. 졌다고 생각했다.

"그래, 사업이라니 뭐야?"

"시체 처리 일, 하지 않겠습니까."

주몬지는 몸을 내밀고 목소리를 낮췄다.

"몰래 처리하고 싶은 시체가 꽤 나오는 모양입니다. 그 처리를 하는 겁니다."

마사코는 말이 나오지 않았다. 주몬지의 목적이 협박해 돈을 뜯어내려는 거면 어쩌나 걱정했는데 뜻밖의 말을 꺼냈기 때문이었다. 그러나 생각해 보면 빈곤한 주부들이 저지른 범죄이니 돈을 뜯어낼 길이 없었다. 물론 보험금 나올 것을 상대가 몰랐을 때의 이야기지만.

"어떻습니까?"

주몬지는 비굴해 보이기도 하는 눈으로 마사코의 안색을 살폈다.

"어떻게 해서 할 생각인데."

"제가 일을 가져옵니다. 어둠에서 어둠으로 묻히는 일이니까 가토리 씨한테 폐는 끼치지 않을 겁니다. 그래서 물건이 오면 가토리 씨가 토막을 내서 제가 어떤 장소에 버리러 갑니다. 거대한 소각로가 있거든요. 그러니까 들통은 나지 않을 겁니다."

"처음부터 소각로에 집어넣으면 되잖아."

"아니, 그건 위험하죠. 사람 하나가 들어가면 아무리 아무도 신경 안 쓰는 곳이라고 해도 들통 납니다. 토막 내서 보통 쓰레기처럼 만들면 모를 거 아닙니까. 후쿠오카에 있는 곳입니다."

"택배로라도 보낸다는 거야?"

마사코는 질린 표정으로 주몬지의 얼굴을 봤다. 주몬지는 진지했다.

"맞습니다. 한 개당 5킬로그램으로 쳐서 열 몇 개 되나요. 그렇게 하면 제가 현지에서 받아서 버리러 갑니다. 완벽합니다."

"그럼 나는 해체만 하면 되는 거야?"

"그렇습니다. 싫습니까?"

필사적으로 표정을 읽고자 마사코의 얼굴을 쳐다보면서 주몬지는 나온 커피를 후룩후룩 마셨다. 주몬지의 둥근 눈에 지적이라고도 할 수 있을 빛이 머물렀다.

"어째서 그런 생각을 하게 된 거야?"

"가토리 씨랑 같이 일을 해 보고 싶어서요."

"나랑?"

"네. 가토리 씨, 죽여 주게 멋있어요."

"무슨 말을 하는 건지 잘 모르겠어."

"괜찮습니다, 몰라도. 저만의 가치관이니까요."

주몬지는 두 손으로 한가운데에서 가르마를 탄 머리카락을 쓸었다. 마사코는 고개를 돌려 텅 빈 패밀리 레스토랑 안의 객석을 빙 둘러봤다. 얼굴을 아는 사람은 한 명도 없다. 계산대에서는 아까 그 검은 옷의 남자가 갑자기 어린 얼굴로 돌아가서 젊은 여자 종업원과 즐거운 듯이 수다를 떨고 있었다. 좀처럼 대답을 하지 않는 마사코에게 주몬지는 자신감을 잃어버린 것처럼 투덜대기 시작했다.

"사채 회사 따위 기껏해야 1, 2년 가는 거잖아요. 내년에는 어차피 망할 테고, 여기서 뭔가 멋지고 폼 나는 일을 하고 싶다 해서요. 너무 가벼운 생각입니까?"

"그게 그렇게 돈 될 만한 일이야?"

마사코가 말을 막고 묻자 주몬지는 힘을 얻어 고개를 끄덕였다.

"그야 판 작게 돈놀이나 하는 것보다는 낫지요."

"너, 시체 하나당 얼마 받을 생각이야."

마사코는 협상을 하는 기분으로 물었다. 주몬지는 약간 얇은 편인 모양 좋은 입술을 혀로 할짝할짝 훔치면서 마사코에게 말해도 될지 안 될지 생각했다.

"말해. 거기까지 말했으면 정직하게 나와. 아니면 안 할 거야."

"알겠습니다. 정말 정직하게 말하겠습니다. 어떤 사람에게서 이야기가 와서 받아들이면 그게 800. 그 사람에게 소개료로 300 줄 예정입니다. 남은 500에서 제가 200, 가토리 씨가 300이면 어떻습니까."

마사코는 담배에 불을 붙이고 빠르게 말했다.

"500이 아니면 안 해."

"네?"

주몬지는 소리를 높였다.

"500?"

"그래. 넌 간단히 생각하고 있는지도 모르지만 작업이 얼마나 힘들다고. 더러워지지, 기분 나쁘지, 악몽 꾸지. 스스로 해 보면 잘 알걸. 거기다 욕실에서 해체한다고 해도 우리 집에서 하는 건 싫어. 보통 살림집이라 너무 위험해. 너 대체 어디서 할 작정이야?"

"제 예정으로는 조노우치 씨가 가토리 씨 집 욕실에서 했다고 하기에 그렇게 할 수 있었으면 싶었는데요."

주몬지는 머뭇거리며 제안했다.

"너희 집은 안 돼? 독신일 거 아냐."

"저희 집은 아파트라 욕실이 좁단 말입니다."

"하지만 정말 장난이 아니라고. 우선 집에 아무도 없을 때를 노려서 해야만 해. 옮겨 넣을 때 근처 눈도 신경 써야 하고. 꼬리 밟힐 만한 물건도 잔뜩 지니고 있을 테니 그 처리도 큰일이지."

마사코는 말을 끊었다. 문득 미야모리 가즈오가 열쇠를 주운 것이 떠올랐던 것이다. 주몬지는 숨을 멈추고 마사코의 말을 기다렸다.

"토막을 내는 것도 혼자서는 도저히 무리야. 그리고 욕실을 청소해야만 해. 이게 가장 어려운 문제고. 500 주지 않으면 우리 집에서 하는 건 거절이야."

주몬지는 곤혹스러운 듯이 빈 커피 잔에 입을 댔다. 잔이 빈 것을 깨닫고 신호를 하자 검은 옷 남자와 이야기하던 웨이트리스가 못마땅하다는 듯 와서 묽은 커피를 채워 주고 간다.

"제가 물건을 옮겨 와서 옷이나 소지품을 처리하고, 그것을 버리러 가기까지 해도 안 되겠습니까?"

"그러면 또 몰라도. 다만 처음 소개료가 300이라는 건 너무 많은 것 같은데. 800으로 받는다고 해도 그 사람은 1000이라고 하고 받아 오는 건지도 몰라. 거기서 200 챙기고 또 300 챙기고, 도합 500은 챙길 속셈 아닐까. 어차피 너니까 아는 폭력단인지 뭔지에서 오는 이야기일 거 아냐."

"그런가. 그럴 수도 있겠군."

주몬지는 입술에 손가락을 대고 생각에 잠겼다. 마사코는 주몬지가 어설프다고는 말하지 않았다.

"그러니까 그쪽을 조금 깎든가, 하다못해 처음부터 1000 정도 받든가, 둘 중 하나로 해."

"알겠습니다. 하지만 제가 150에 가토리 씨가 350이라도 안 되겠습니까?"

"안 돼."

마사코는 그렇게 말하면서 손목시계를 확인했다. 오후 11시가 가깝다. 슬슬 출근 시간이었다.

"잠깐 기다리십시오."

주몬지는 상대방과 교섭할 생각인지 이런 데에서 휴대 전화를 꺼냈다. 그 틈에 마사코는 자리를 떠서 화장실에 갔다. 거울로 얼굴을 봤다. 비지땀이 배어났다. 마사코는 손을 닦는 종이 타월로 얼굴을 눌러 닦았다. 자신은 대체 무엇에 발을 집어넣으려 하고 있는 걸까 하는 불안이 느껴졌다. 아니, 그 이상으로 흥분이 있었다. 문득 생각이 나서 백 바닥에 굴러다니던 립스틱을 꺼내 발랐다. 자리에 돌아가자 주몬지가 마사코의 얼굴을 보고 깜짝 놀란 표정을 지었다.

"왜 그래?"

"아니, 아무것도 아닙니다. 지금 얘기 나눴습니다."

"빠르네."

"아뇨, 마지막에는 선후배 사이에 봐 달라고 매달렸습니다."

주몬지는 웃는다.

마사코는 주몬지가 채권 회수 작업에서도 지시만 하면 임기응변이 뛰어나고 우수했음을 떠올렸다.

"그래서 얘기가 어떻게 됐어?"

"우겨 봤는데 800은 죽어도 어떻게 안 되겠답니다. 아직 실적이 없다고요. 하지만 배분에 대해서는 저쪽도 알겠답니다. 소개료 200, 제가 200, 가토리 씨가 400입니다. 다만 어떤 일이 있더라도 저쪽은 딱 잡아뗄 겁니다."

"당연하지. 그러니까 좀 더 비싸게 하라는 거잖아."

마사코는 머릿속으로 수지를 계산했다. 요시에의 도움을 받는다 치고, 요시에에게는 100만 주면 충분할 것이다. 구니코는 반드시 뺀다. 야요이는 어떻게 할지 상황을 봐서 나중에 생각하기로 한다.

"어떻습니까?"

주몬지는 자신감을 더한 표정으로 다시 물었다. 마사코는 승낙했다.

"좋아. 할게."

"합시다."

주몬지는 결심한 듯이 침을 삼켰다.

"다만 부탁이 있어."

"뭡니까?"

"옮기는 건 네 차로 해 줘. 그리고 어디 의료품 파는 데에라도 가서 외과용 메스 세트 같은 거 사다 줘. 아니면 자르기 힘드니까."

마사코의 말을 듣고 주몬지는 손가락으로 빰을 긁었다.

"꼭 고기 같군요."

"맞아. 고기랑 뼈랑 김이 나는 오물이야."

단호한 마사코의 말에 주몬지는 입을 다문다.

"그리고 너한테 묻고 싶은 게 있어."

"뭡니까?"

"이걸 듣는데 구니코를 뭐라고 하고 낚은 거야."

"이때까지의 빚을 탕감해 주겠다고요."

주몬지는 처음으로 유쾌한 듯이 웃었다.

"44만어치 정보입니다. 그러니까 일 많이 합시다."

"200으로 좋은 거지?" 하고 다짐을 시킨다.

"좋습니다. 그만큼 많이 해치우면 되니까요."

"그렇게 잘될까."

"시험 삼아 해 보자고요."

주몬지의 낙천적인 면이 마음에 들었다. 마사코는 고개를 끄덕이고 자기 식사비를 놓고 자리에서 일어섰다. 아직 이 시점에서는 이런 일이 장사가 되는 건지 반신반의였다.

뭔가를 고하는 것처럼 머나먼 상공에서 울어 대던 바람은 가라앉아 있었다.

대신 머리카락이 뺨에 찰싹 달라붙을 정도로 심한 습기에 휩싸였다. 무더위에 대기가 찌는 것처럼 열을 발하고 있었다. 태풍 상륙이 가까운가 보다며 마사코는 내일 이른 아침 날씨를 걱정했다. 바로 카 라디오를 켜서 일기예보가 나오는 곳을 찾았지만 못 찾는 사이에 공장 주차장에 도착하고 말았다.

한구석에 작은 가건물 초소 같은 것을 짓고 있는 중이었다. 마사코는 시선을 보냈으나 곧바로 마음을 어지럽히는 다른 일로 생각이 돌아갔다. 그것은 주문지가 가져온 '사업' 문제였다. 자신은 막연히 생각하고 있었던 것보다도 빨리 다른 세계로 뛰어들려 하고 있다. 일의 선악이나 성패에 상관없이 흥분이 눈에 보이는 평소의 광경을 의식에서 쫓아내고 있는 것을 즐기고 있기조차 했다.

공장 현관에서 운동화를 벗고 있자니 모르는 여자가 와서 섰다.

"마사코 씨, 좋은 아침."

잘 아는 목소리에 눈을 들어 보니 야요이였다. 어깨까지 오던 머리를 숏 컷으로 잘라 긴 목덜미가 보이고, 눈썹을 또렷이 그리고 짙은 립스틱을 발라 놀라울 만큼 이미지가 바뀌었다. 이전의 항상 망설이는 것 같은 나른한 부드러움이 사라지고, 대신 소년 같은 시원스러운 인상으로 바뀌었다.

"놀랐어. 누구인지 못 알아봤어. 변했구나."

"다들 그렇대."

야요이는 수줍어했다. 그 몸짓은 같았지만 자신감이라고 불러도 좋을 뭔가가 야요이를 다른 여자로 보이게 하고 있었다.

"하지만 마사코 씨도 오늘은 화장했잖아."

"그랬던가."

"립스틱 발랐어."

마사코는 패밀리 레스토랑 화장실에서 입술을 발랐던 것을 완전히 잊고 있었다. 손가락을 입술에 대 보니 끈적끈적 기름기 있는 붉은 것이 손가락에 묻었다.

"안 돼, 지우면."

야요이가 마사코의 손가락을 누른다.

"예쁘니까 그대로 놔둬."

"오늘부터 출근하는 거야?"

"아니, 오늘은 인사만. 폐를 끼쳐서 죄송했다고 주임이랑 고마다 씨한테 간소하게 선물 준비해서 온 거야."

"그럼 돌아가는 거구나."

"태풍 오고 있잖아. 새벽에 관동에 상륙한다니까 오늘은 돌아가기로 했어. 아이들도 기다리고."

"그편이 좋겠다."

"그리고 두 사람한테는 건넸으니까."

귓가에 빠르게 속삭인 후 야요이는 마사코의 손에도 두꺼운 갈색 봉투를 디밀었다.

"이거 뭐야?"

대답 없이 야요이는 머리를 기세 좋게 숙였다.

"내일부터 올 테니까, 다시 잘 부탁해."

그리고 마사코와 엇갈려 얼른 바깥으로 나갔다. 그 태도도 말도 명랑해서 이전의 야요이와는 크게 달랐다. 마사코는 당황해서 야요이를 쫓았다. 야요이는 녹색 인공 잔디가 깔린 외부 계단을 통통 튀는 발놀림으로 내려간다.

"잠깐."

야요이는 밝은 표정으로 돌아봤다.

"이거 뭐야?"

갈색 봉투를 흔들어 보이자 야요이는 손가락을 두 개 펴서 보였다. 약속한 200만이라는 뜻인 것 같다. 마사코는 작은 목소리로 물었다.

"벌써 나왔어? 보험금."

"아니, 아직."

야요이는 고개를 젓는다.

"빚을 갚겠다고 하고 부모님한테 빌렸어. 줄 거 먼저 주고 산뜻해지고 싶어서."

"너무 이르잖아."

"괜찮아. 구니코 씨한테서도 재촉받고 있었고, 스승님한테도 미안하고. 49일 지나면 내야지 하고 있었어."

"알겠지만, 너무 일러."

"그럴까. 하지만 겨우 해방됐다는 느낌이 들어."

너무 이르다는 것은 주위의 눈에 비치는 야요이의 변신을 가리킨 말이기도 했으나 무슨 말을 해도 소용없다는 것을 마사코는 깨달았다. 자신이 변한 것처럼, 야요이도 그러고 싶은 것이다.

"알았어. 어쨌든 고마워."

야요이는 그럼 가 보겠다고 손을 흔들고는 빠른 걸음으로 계단을 내려가 습한 어둠 속으로 사라져 갔다.

마사코는 야요이와 헤어진 후 위생 감시원의 롤러 체크를 받고 휴게실을 피해 제일 먼저 화장실에 들렀다. 개인실에서 갈색 봉투의 내용물을 본다. 약속대로 띠지로 묶인 100만 엔 다발이 두 개 들어 있었다. 마사코는 그것을 백 깊숙이 넣었다. 이 직장에서는 화장실 개인실밖에 프라이버시가 없다.

모르는 얼굴로 휴게실에 들어간다. 다다미 위에 앉은 요시에와 구니코가 사이좋게 앉아서 차를 마시고 있었다. 두 사람 모두 옷을 이미 다 갈아입었는데 얼떨떨함 반 기쁨 반으로 상기된 표정을 감추지 못한다.

"야요이 만났니?"

요시에가 마사코를 손짓해 불러서 물었다.

"응. 지금 저기서."

"받았니?" 하고 요시에는 속삭인다. 마사코는 시치미를 뗐다.

"돈 말이야?"

"그래. 우리 50씩 받았어."

구니코가 요시에의 말에 눈을 내리뜨며 동의한다. 그 뺨이 기쁨에 홍조됐다. 그러나 그런 돈 따위 언젠가 녹아 없어질 것이리라고 마사코는 생각했다. 그렇게 되면 고생하지 않고 돈을 손에 넣는 꿀맛을 안 구니코가 어떻게 나올지는 요주의였다.

"야요이, 무리한 거 아닐까."

"그렇지. 아직 괜찮다고 했는데도 막무가내로 안기더라고."

그렇게 말은 해도 요시에도 생각지 못한 수입에 목소리가 톡톡 튄다.

"그럼 받아 둬."

"하지만 정말 너는 괜찮니?"

요시에는 걱정스러운 듯이 물었으나 마사코는 웃으며 손을 저었다. 자신이 두 사람보다 많이 받아 봤자, 또 그것을 숨겨 봤자 돈은 도주나 새 일을 위한 자금이라는 의식이 있다. 동료를 위해 쓰는 일도 있으리라. 요시에에게 거짓말을 해도 아무런 가책도 느끼지 않았다.

"괜찮아."

"죄송하네요. 마사코 씨."

구니코는 도둑맞을 걸 두려워해서인지 돈이 든 백을 꽉 잡고서 말했다. 마사코는 구니코를 힐끗 보며 속에 끓어오르는 화를 억누른다.

"너도 이것으로 빚 갚을 수 있지 않겠니?"

듣기에 찔리라고 말했으나 효과가 없는 듯 구니코는 그저 애매하게 웃었다. 마사코는 익숙한 손놀림으로 머리핀으로 머리카락을 모으면서 물었다.

"그 돈 어쩔 셈이야?"

"바로 그거야. 걱정되니까 누구 사물함 가진 사람한테 부탁해서 넣어 둘까 하고."

요시에는 그 인물을 물색하는 것처럼 주위를 둘러봤다. 여기서 사물함을 받을 수 있는 것은 근속 3년 이상인 준사원 대우나 개인 의식이 강한 브라질인 종업원뿐이었다. 그러나 준사원은 손에 꼽을 정도밖에 없다.

"미야모리 씨한테 부탁해 볼까."

요시에는 등 뒤를 돌아보며 말했다. 브라질인 종업원들이 모인 휴게실 구석에 가즈오는 있었다. 어두운 눈으로 다리를 쭉 뻗은 채 담배를 피우면서 마사코 쪽은 결코 보려고 하지 않는다.

"고마다 씨로 하지."

마사코는 준사원인 위생 감시원의 이름을 말했다가 큰돈을 가진 것을 수상하게 여겨도 난처하겠다고 생각을 고쳤다.

"아니, 역시 위험하겠네."

"그렇지? 미야모리 씨라면 입도 무거울 것 같고, 신용할 수 있을 것 같잖아. 잠깐 물어보고 올게."

"일본어 통할까요."

구니코는 불안한 듯했지만 요시에는 영차 하고 가늘고 긴 나무무늬 코팅 테이블에 손을 짚고 일어섰다. 가즈오는 자신에게 다가오는 요시에를 보고 무슨 일인가 하는 표정으로 반사적으로 마사코에게 시선을 향했다. 그녀의 말 심부름이라고 생각한 건지 그 눈에 상처 입은 색깔이 떠오르는 것을 마사코는 확인했다. 가즈오와의 성가신 문제를 등에 짊어질 생각은 두 번 다시 없었으며, 받은 돈을 두 사람이 어떻게 하든 자신이 알 바 아니었다.

마사코는 자긴 모른다는 얼굴로 옷을 갈아입기 위해 탈의실로 향했다. 재빠르게 하얀색 작업복으로 갈아입고 작업 바지 주머니에 아까 그 갈색 봉투를 깊이 밀어 넣는다. 작업 중에 튀어나오지 않게 해야 한다. 나란히 걸린 옷걸이 너머로 마침 가즈오가 요시에의 이야기를 다 듣고 다다미에서 일어서는 것이 보였다. 요시에와 구니코가 그 뒤를 따라 휴게실을 나간다. 브라질인 종업원의 사물함은 화장실 옆에 설치되어 있었다.

복도에 있는 수돗가에서 마사코가 역성비누로 팔꿈치 위까지 씻고 있자니 요시에와 구니코가 돌아왔다.

"아아, 다행이다. 저 사람, 좋은 사람이구나."

요시에는 태평스레 말하며 마사코가 쓴 작은 브러시로 손을 씻기 시작한다. 구니코는 두 사람에게서 떨어진 곳에서 수도꼭지를 틀었다.

"일본어 해?"

"아아. 어떻게 통했어. 우리가 중요한 것을 가지고 있으니 사물함에 넣어 달라고 말했더니 곧바로 좋습니다 하는 거야. 퇴근은 조금 늦어지니까 기다려 달라고도 하고. 예의 발라, 저 사람."

가즈오가 눈앞을 지나갔다. 두터운 가슴팍 위의 두꺼운 목, 일본인과는 확연히 다른 이목구비가 뚜렷한 얼굴이 똑바로 앞을 향하고 있었다. 남미의 태양 아래에 있는 것이 어울릴 것 같은 육체와 하얀 작업복을 입고 파란색 주름 모자를 쓴 심야 노동 복장이 너무나도 어울리지 않았다. 마사코는 가즈오가 아직 그 열쇠를 가지고 있을지 생각했다. 그리고 어째서 가즈오 같은 젊은 이국의 남자가 자신에게 끌린 것인지 신기하게 생각하는 것이었다.

그날 작업은 태풍이 왔다는 이유로 일찌감치 끝났다.

신발장 위에 있는 창문으로 바깥을 내다본 파트타이머들이 한숨을 내쉬고 있다. 하룻밤이 밝은 바깥 세계는 이미 폭풍이 휘몰아치고 있었다. 굵고 세찬 빗줄기에 건너편 자동차 공장 담을 따라 심어진 궁상맞은 회화나무가 끊어질 것처럼 잎을 흔들어 댔다. 아스팔트 도로 양 가장자리에는 시냇물처럼 물이 기세 좋게 흘렀다.

"큰일이네."

자전거로 통근하는 요시에가 눈살을 찌푸린다.

"이래서는 자전거 못 타겠어."

"내 차에 타고 가지."

"바래다주게? 괜찮겠니? 그럼 부탁할게."

요시에가 안도의 한숨을 내쉬며 마사코의 얼굴을 올려다본다. 반면 구니코는 자기는 모른다는 얼굴로 타임카드를 찍고 있다.

"그럼 미안하지만 미야모리 씨 일이 끝날 때까지 기다려 주겠니?"

"좋아."

"주차장까지 갈 테니까."

"차 가져와서 아래에서 기다리고 있을게."

"고맙다."

요시에는 인사를 하고는 자신과는 관계없다는 것처럼 복도를 걸어가는 구니코의 넓은 등짝을 노려봤다.

얼른 옷을 갈아입은 마사코는 한 발 먼저 도시락 공장을 나왔다. 지난밤의 울적한 하늘이 끝내 터진 것처럼 세찬 비바람은 오히려 상쾌했다. 마사코는 도움이 되지 않는 우산을 아예 접어 버리고 주차장까지 가는 길을 바람을 거슬러 달리기로 했다. 굵직한 빗방울을 맞아 눈 깜짝할 사이에 온몸이 푹 젖었다. 마사코는 머리카락을 마구 흐트러트리며 돈이 든 백만 앞에 단단히 안고 달려간다. 폐공장 앞에 접어들었다. 가즈오가 연 콘크리트 속도랑 뚜껑은 그대로 있었다. 거기서 콸콸 물 흐르는 소리가 들렸다. 열쇠

이외의 겐지의 소지품은 전부 쓸려 내려갔을 것이다. 마사코는 바람에 휩쓸릴 뻔하면서 그 흐르는 모습을 생각하고 웃음을 띠었다. 자유로워지는 것이다. 그렇게 생각하고, 그렇게 생각함으로써 더욱 자유로워졌다.

카롤라에 도착해 젖은 옷 그대로 운전석에 들어간다. 대시보드 아래에 넣어 뒀던 걸레로 팔만 닦았다. 물 먹은 청바지가 무겁게 두 다리를 조였다. 마사코는 세찬 비에 저항하기 위해 와이퍼 스위치를 '강'으로 조절하고 안개 제거 장치를 켰다. 처음에 나온 냉기로 젖은 피부에 닭살이 돋는다.

천천히 차를 몰아 지금 왔던 길을 되돌아 공장 옆에 대자 구니코가 나왔다. 꽃무늬 스패츠에 검은색 큼직한 티셔츠를 화려하게 차려입은 구니코는 마사코의 차를 힐끗 봤다. 그러나 아무 말도 하지 않고 파란색 우산을 쓰고 강풍 속을 걸어간다. 우산은 당장이라도 날려 갈 것 같았다. 마사코는 그 모습을 뒷거울로 쫓았다.

공장에서 만나면 함께 작업도 하지만 이제 두 번 다시 구니코에게 관련될 생각은 없었다. 그런 마사코의 기분이 들린 것처럼 구니코는 바람에 휩쓸릴 것 같으면서도 금방 시야에서 멀어졌다.

요시에가 외부 계단을 내려오는 것이 보였다. 놀랍게도 그 뒤에서 가즈오가 요시에를 지키는 것처럼 투명 비닐우산을 받치고 있었다. 가즈오는 본 적 있는 검은색 모자를 깊숙이 썼다. 마사코의 차에 도착한 요시에가 거센 비에 눈을 좁히면서 운전석의 유리창을 두드렸다.

"저기, 미안하지만 트렁크 좀 열어 줄래?"

"왜?"

"이 사람이 자전거 넣어 준다고 하는 것 같은데."

요시에는 가즈오를 가리켰다. 가즈오와 마사코의 눈이 맞았다. 강아지 눈 같은 순결함이 엿보였다. 마사코는 아무 말도 하지 않고 운전석에서 트렁크 버튼을 눌렀다. 기세 좋게 열린 트렁크 뚜껑 때문에 뒤쪽 유리로는 아무것도 보이지 않게 되었다. 트렁크는 때마침 불어온 바람에 불안정하게 흔들렸다. 마사코는 문을 열고 밖으로 나갔다. 닦았던 팔에 굵직한 빗방울이 박히는 것처럼 부딪혔다.

"괜찮아. 젖으니까 너는 들어가 있어."

요시에가 고함쳤다. 비바람이 강해서 소리를 지르지 않으면 들리지 않았다.

"어차피 젖었으니까 됐어."

"들어가요."

가즈오가 다가와서 강한 힘으로 마사코의 어깨를 눌렀다. 가부를 묻지 않는 태도에 져서 마사코는 차에 들어간다. 이어서 요시에가 조수석으로 굴러 들어온다.

"지독한 날씨구나."

공장 뒤 자전거 주차장으로 사라졌던 가즈오가 요시에의 자전거를 끌고 돌아왔다. 가볍게 들어 올려 트렁크에 집어넣는다. 어떻게 넣은 건지 앞에 바구니가 달린 요시에의 낡은 자전거는 앞바퀴를 조금 내놓았을 뿐 트렁크에 잘 들어갔다. 마사코는 차 바깥에 상태를 보러 나갔다. 트렁크 뚜껑이 조금 떴지만 달리는 데 지장은 없을 것 같다.

"들어가요."

가즈오가 수영을 하고 온 것처럼 젖은 얼굴을 들고 마사코를 봤다. 하얀색 티셔츠가 가슴에 찰싹 달라붙어 피부가 비쳐 보였다. 그 맨가슴에 열쇠가 걸려 있는 것을 마사코는 봤다. 가즈오는 그것을 손으로 덮고 마사코에게서 눈을 돌린다.

"고마워."

"천만에요."

조금도 웃지 않고 가즈오는 대답했다. 바람이 윙윙대면서 어디선가 잔가지가 날아와 두 사람 사이에 떨어졌다.

"바래다줄 테니까 미야모리 씨도 타."

가즈오는 고개를 가로저었다. 그리고 떨어져 있던 자신의 비닐 우산을 주워 펴더니 폐공장을 향해 걸어간다.

"저 사람 왜 그냥 가?"

요시에는 돌아보며 가즈오의 뒷모습을 쳐다봤다.

"글쎄."

마사코는 차를 출발시켰다. 뒷거울로 그 모습을 쫓거나 하지는 않았다.

"하지만 살았어. 저 사람이 친절해서. 자전거가 없으면 나는 옴짝달싹 못하니까."

요시에가 크레졸 냄새가 나는 수건으로 얼굴을 닦으면서 중얼거린다. 마사코는 아무 대답 없이 세차게 움직이는 와이퍼 너머로 전방을 주시하며 운전에 마음을 집중시켰다. 전조등을 켠다. 이윽고 신 오우메 가도로 나왔다. 오가는 차들도 모두 전조등을 켜고 물보라를 일으키며 천천히 움직이고 있었다. 요시에는 하품을 참으면서 미안하다는 듯이 마사코의 얼굴을 봤다.

"멀리 돌아가게 해서 미안하다. 거기다 트렁크 안도 다 젖겠지."

마사코는 뒷거울을 봤다. 자전거를 넣은 덕분에 트렁크 뚜껑이 차의 진동에 맞춰서 위아래로 흔들흔들 움직이는 것이 보인다. 비가 들이칠 것이다. 겐지의 시체를 넣었던 곳이 씻겨지는 듯한 기분이 들었다.

"괜찮아. 트렁크는 한번 씻는 편이 좋아."

순간 요시에는 입을 다물었다.

"스승님."

마사코는 시선을 정면에 고정시키고 부른다.

"그 일, 또 한 번 할 생각 없어?"

"무슨 말이니."

요시에는 화들짝 놀라 다시 마사코를 향했다.

"일이 올지도 몰라."

"일이라니, 그것과 같은 짓을 한다는 말이니? 어디서 오는데."

요시에는 경악을 감추지 못하고 화장이 지워진 입을 쩍 벌렸다.

"구니코가 누군가한테 불어서. 그게 어찌저찌해서 사업이 될 것 같아."

"그 애, 이야기했니? 그럼 협박 같은 걸 당한 거야?"

요시에는 거품을 물고 대시보드에 두 손을 짚고 힘을 줬다. 마치 차가 앞으로 나아가는 것을 두려워하고 있는 것 같았다.

"아니야. 일거리가 될 것 같아. 스승님은 자세히 알 필요 없어. 나한테 다 맡겨. 그저 이런 일거리가 오면 도와줄지 못 도와줄지 알고 싶은 것뿐이야. 돈은 낼게."

"얼마나."

목소리는 떨리고 있지만 그 바닥에는 호기심이 힐끔거렸다.

"100만."

요시에는 100만이라고 듣고 한숨을 내쉬었다. 그리고 얼마 동안 침묵한 후 물었다.

"그것과 같은 일을 하는 거니?"

"버리는 건 안 해도 되고. 우리 집에서 토막만 내면 돼."

요시에가 망설이며 침을 삼키는 소리가 났다. 마사코는 잠자코 담배에 불을 붙인다. 꽉 닫혀 환기가 안 되는 차 안에 연기가 충만했다. 습한 앞유리에 연기가 달라붙었다가는 사라졌다. 이윽고 연기에 숨이 막힌 요시에가 기침과 함께 대답했다.

"해도 좋아."

"정말?"

마사코는 요시에의 표정을 확인했다. 안색은 창백하고 입술이 가늘게 떨렸다.

"나는 목에서 손이 튀어나올 만큼 돈이 필요해. 너와 함께라면 지옥까지 가겠어."

종점은 지옥인가. 마사코는 흐려진 앞유리에 시선을 향했다. 하염없이 내리는 비 너머에는 앞차의 어렴풋한 미등 불빛 말고 아무것도 보이지 않는다. 차조차도 아스팔트 위를 구르는 감촉이 없이 허공에 둥둥 떠 있는 것 같았다. 그 현실감 없는 느낌에 지금 이렇게 요시에와 이야기하고 있는 것도 꿈속처럼 여겨졌다.

큰 태풍이 지나간 후, 하늘을 솔로 쓸어 낸 것처럼 여름의 반짝임이 사라지고 채도가 떨어진 가을 하늘이 드러났다.

기온이 내려가는 데 비례해서 야요이의 원한도 후회도 공포도 희망도, 열을 띤 감정은 전부 서서히 가라앉아 가고 있었다. 아이들과 셋이서 산다. 그 일상이 당연해지고, 새 질서를 낳고, 그 생활에 익숙해졌다. 그러나 동정과 호기심을 가지고 야요이에게 접근해 왔던 이웃들이, 명랑한 여자 가장으로 변모한 야요이를 이번에는 멀찍이 떨어져서 쳐다보고 있었다. 야요이는 공장에 출근할 때와 보육원에 아이들을 데려가고 데려오고 할 때 말고는 외출을 삼가고 있었다. 묘한 고립감을 느꼈다.

자신은 그렇게나 변한 걸까. 머리카락을 자른 것뿐인데. 겐지가 없어지고 난 후로 아이들의 아버지 노릇을 대신하려 하고 있을 뿐이 아닌가. 겐지라는 바깥의 족쇄가 벗겨지고, 또 남편 살해라는 마음의 족쇄를 얻어 자신이 내면에서부터 천천히 바뀌고 있는 것을 야요이는 아직 깨닫지 못하고 있었다.

쓰레기장의 청소 당번이 돌아온 날 아침의 일이다.

야요이는 빗자루와 쓰레받기를 가지고 집을 나왔다. 골목길 담을 꺾어서 있는 전신주 아래에 이 동네의 쓰레기 집하장이 있다. 겐지를 죽인 다음 날 아침부터, 밀크가 도망가 웅크리고 있던 장소다.

야요이는 콘크리트 담 위를 봤다. 그곳에는 언제나 주변의 도둑고양이들이 음식 쓰레기를 노리며 숨어 있기 때문이다. 밀크로 보이는 지저분한 하얀색 고양이와 커다란 갈색 줄무늬가 있었지만 야요이의 모습에 당황해서 도망친다. 밀크는 그대로 도둑고양이가 되어 근처를 배회하고 있었다. 고양이 따위 진작 포기한 야요이는 개의치 않고 청소를 계속했다.

쓰레기차가 다녀간 후 어질러진 음식 쓰레기며 종이 나부랭이를 빗자루로 쓸어 쓰레받기에 담아 비닐봉지에 넣는다. 그때 이 집 저 집 창문에서 얄궂은 시선이 몰래 야요이의 거동을 살피고 있는 것 같은 기분이 들어 야요이는 이유도 없이 안절부절못했다. 그때 야요이를 구해 내는 것처럼 젊은 여자의 맑은 목소리가 들렸다.

"저기, 실례합니다."

고개를 들자 여자는 어머나 소리를 내며 야요이의 얼굴에 홀렸다. 그 눈에는 그저 순수한 감탄만이 존재했다. 자신을 모르는 걸까. 야요이는 여자가 마을 주민인지 아닌지 생각해 봤다. 서른 살 전후. 머리를 곧게 늘어뜨리고 회사원처럼 화장을 했지만 어딘지 모르게 세상 물정에 어두운 조심스러운 면이 엿보였다. 야요이는 한눈에 호감을 가졌다.

"새로 오셨나 봐요."

"네. 얼마 전에 저 아파트로 이사 왔는데요."

여자는 등 뒤의 낡은 아파트를 돌아봤다.

"여기에 쓰레기를 내놔도 되나요?"

"아, 네. 요일은 저기 적혀 있어요."

야요이는 전신주에 붙은 금속판을 가리켰다.

"아아, 감사합니다."

여자는 꼼꼼하게 메모를 했다. 이제부터 출근이라도 하는 건지 나갈 채비를 했지만 하얀색 긴팔 블라우스에 남색 스커트로 소박한 옷차림이었다. 야요이가 청소를 마치고 비닐봉지를 들고 돌아가려 하자 여자는 그러기를 기다렸다는 듯이 물어 왔다.

"여기 청소는 언제나 하고 계신 건가요?"

"이건 당번제예요. 댁에도 차례가 올 텐데, 회람이 도니까 보면 알 거예요."

"그렇군요. 가르쳐 주셔서 고맙습니다."

"직장 때문에 바쁘면 바꿔 드릴게요."

"에에, 아뇨."

여자는 깜짝 놀라 감사를 표했다.

"고맙습니다. 하지만 저, 직장에는 안 다녀요."

"어머나, 그래요. 전업 주부셨구나. 미안해요."

"아뇨, 독신이에요. 나이도 먹을 만큼 먹었지만."

여자는 웃었다. 웃자 눈 끝에 상냥한 주름이 생겨서 어쩌면 자신과 비슷한 나이인지도 모르겠다고 야요이는 생각했다.

"얼마 전에 회사를 그만둔 참이거든요. 실업자 상태예요."

"그럼 큰일이겠네요."

"그렇기는 한데, 나이는 좀 먹었지만 요즘 학교에 다니기 시작해서요."

"대학원 같은 거요?"

주제넘은 질문인가 싶었으나 야요이는 가벼운 마음으로 물었다. 근처에서 친하게 이야기할 상대도 없고 공장 동료들도 그 뒤로 신경이 날카로워졌다. 이렇게 모르는 타인과 잡담을 나누는 것이 즐거웠다.

"아뇨, 그런 대단한 데가 아니에요. 옛날부터 하고 싶었던 일인데, 염색 공부를 시작했어요. 장래에는 그것으로 먹고살자 싶어서."

"그럼 아르바이트하면서……"

"아뇨. 모아 둔 돈으로 2년간 노력해 볼 생각이에요. 그 대신 빈곤하지만요."

여자는 웃으면서 다시 목조 아파트를 돌아봤다. 그 아파트는 점점 낡아져서 집세가 싸기로 유명했다.

"그렇군요. 골목 안쪽 집에 사는 야마모토예요. 뭐 모르는 게 있거든 염려 말고 찾아오세요."

"고맙습니다. 저는 모리사키라고 합니다. 잘 부탁드려요."

모리사키는 침착한 목소리로 인사했다. 야요이는 모리사키가 겐지의 사건에 대해 알면 어떤 태도로 나올지 내심 걱정했다.

다음 날 오후 늦게 선잠에서 눈을 뜬 야요이가 저녁 식사 준비를 하고자 부엌에 선 그때 인터폰이 울렸다.

"모리사키인데요."

밝은 목소리가 들렸다.

서둘러 현관으로 뛰어가자 모리사키가 코슈(야마나시 현의 다른 이름—옮긴이) 포도 팩을 들고 서 있었다. 눈에 띄지 않는 옷차림에 얌전한 화장과 태도. 변함없이 호감 가는 용모였다.

"어머, 어서 와요."

"다시 인사드리러 찾아왔어요."

"괜찮은데."

야요이는 포도를 받아 들고 안에 들어오도록 권했다. 사건이 있은 뒤로 남편의 친척, 자신의 양친 친척, 겐지의 회사 관계, 구니코, 그리고 형사들. 그 이외에 처음으로 타인을 집 안에 들였다. 항상 신경을 곤두세우고 있었던 만큼 마음을 터놓을 수 있는 손님은 기뻤다.

"아이가 있으신가 봐요."

모리사키는 신기한 듯이 벽에 붙은 아이들의 크레파스 그림이며 복도에 떨어져 있는 미니카 등에 눈길을 주면서 거실에 들어왔다.

"네. 사내아이가 둘. 지금은 보육원에 가 있지만."

"좋네요. 저 애들 좋아하거든요. 다음에 같이 놀게 해 주세요."

"상관없지만 사내아이들이라 난폭해요. 피곤해질 테니 그만두는 편이 좋을걸요."

야요이는 웃으면서 의자를 권했다. 모리사키는 기죽지 않고 앉아서 야요이의 얼굴을 정면에서 쳐다봤다.

"야마모토 씨는 정말 예쁘시네요. 도저히 아이가 둘 있는 것처럼은 안 보여요. 젊고 굉장히 멋져요. 보이시하다고 하나."

"어머, 고마워요."

야요이는 자신보다 젊어 보이는 여자에게서 칭찬을 받고 솔직히 기뻤다. 바쁘게 홍차를 끓여 받은 포도와 함께 대접했다. 모리사키는 차에 설탕을 듬뿍 넣은 후 무심하게 물었다.

"남편께서는 회사에 다니시나요?"

"남편은 죽었어요. 두 달 전에."

야요이는 침실을 가리켰다. 그곳에는 새 불단이 있고 겐지의 사진이 걸려 있었다. 사진 속의 겐지는 2년 전의 젊디젊은 모습으로 미래의 운명도 모르고 웃고 있다. 모리사키는 새파란 얼굴로 야요이에게 사과했다.

"죄송합니다. 저, 아무것도 모르고."

야요이는 가엾다는 생각조차 들었다.

"괜찮아요. 모르는 게 당연하죠."

"병으로 돌아가셨나요?"

쭈뼛쭈뼛 묻는다. 아직 사람이 죽는다는 일에 실감이 없다는 듯한 말투였다.

"그런 게 아니라, 모르나요?"

야요이는 저도 모르는 게 의심하는 눈으로 모리사키의 얼굴을 봤다. 모리사키는 눈을 동그랗게 뜨고 고개를 저었다.

"뭘요? 전혀."

"우리 남편, 사건에 휘말려 들어서 죽었어요. 그 왜, K 공원 토막 살인 사건이라고 들은 적 없나요?"

"듣기는 했는데, 설마."

모리사키의 얼굴이 눈 깜짝할 사이에 어둡게 그늘졌다. 야요이가 그 당사자라고는 생각도 하지 못했던 모양이다. 고개를 폭 숙이고 눈에 눈물이 솟구치는 것을 야요이는 놀라서 쳐다봤다.

"왜 그래요. 왜 모리사키 씨가 울어요."

"아뇨, 너무 안됐다 싶어서."

"고마워요."

처음으로 타인의 다정한 마음씨를 직접 느낀 기분이 들어 야요이는 감동했다. 사건을 아는 인간은 입으로는 애도하지만 마음속 어딘가에서 야요이를 의심하고 있는 게 보인다. 겐지의 친척은 야요이를 욕했고 부모님은 돌아가 버렸다. 마사코는 의지가 되지만 건드리면 베이는 면도날 같아 무서웠고, 요시에는 나이가 있어서 매사가 고루하다. 돼먹지 못한 구니코의 얼굴은 두 번 다시 보고 싶지도 않았다. 최근 아무와도 친하게 지낼 수 없는 것 같은 기분이 들었던 야요이는 모리사키의 눈물에 감동하고 있었다.

"정말 고마워요. 근처에서도 왠지 수상쩍게 보고 있는 것 같아서 나 굉장히 쓸쓸했어요."

"아뇨, 고맙다는 말은 하지 말아 주세요. 저, 세상 물정을 너무 몰라서 이상한 소리를 하나 봐요. 그래서 누구를 상처 입혔을지 모른다고 생각하면 무서워서 말을 못하게 된 적도 있어요. 그것 때문에 회사를 그만둔 거나 같아요. 염색이라면 자기 세계에서 잠자코 있으면 되니까요."

"그랬군요."

야요이는 사건의 개요를 조금씩 이야기했다. 처음에는 두려운 듯이 그저 잠자코 듣고 있던 모리사키도 점차 흥미를 느낀 듯 몇 가지 질문을 했다.

"남편 분과는 아침에 헤어진 게 끝이군요."

"그래요."

어느새 야요이에게는 그것이 사실로 여겨지고 있었다.

"마음 아프시겠네요."

"응, 맞아. 분해요. 설마 이렇게 빨리 이별이 찾아오다니."

"그럼 범인은 아직 잡히지 않은 건가요?"

"잡히기는커녕, 누가 범인인지도 모르는걸요."

야요이는 한숨을 쉬었다. 계속 거짓말을 하다 보니 의식 속에서는 자신이 죽인 사실조차 흐려지고 있었다. 모리사키가 분개한 것처럼 말했다.

"토막 살인이라니, 그런 지독한 짓을 하다니 미친놈 아닌가요."

"그렇죠, 지독하죠. 상상도 못하겠죠."

야요이는 형사가 보여 줬던 겐지의 손바닥 사진을 떠올렸다. 마사코에게 강한 증오를 가졌던 그 순간을 반추한다. 그렇게까지 토막을 낸 마사코나 요시에에 대한 반감이 되살아났다. 도리에 어긋나다는 걸 알면서도 사실을 바꿔 이야기하거나 생각하는 사이에 야요이 안의 기억조차도 개조되고 있었다.

전화가 울렸다. 당사자인 마사코인지도 모른다. 야요이는 모리사키라는 새로운 친구를 얻고, 모든 것을 속속들이 지시하는 마사코와 이야기하는 게 처음으로 귀찮다고 느꼈다. 받지 않고 얼마동안 어떻게 할지 망설였다.

"받으세요, 저 신경 쓰지 마시고."

모리사키가 전화를 받도록 재촉했다. 별수 없이 야요이는 전화를 받는다.

"여보세요. 야마모토입니다."

"안녕하십니까, 기누가사입니다."

귀에 익은 형사의 목소리가 들렸다. 기누가사와 이마이는 매주 전화를 걸어와서 상태를 묻는다.

"아, 언제나 신세 지고 있습니다."

"부인, 아무 일 없습니까?"

"네. 없습니다."

"이제 공장에 나가고 계십니까?"

"네. 역시 친구도 있고, 손에 익었는데 그만두고 싶지 않아서
요."

"잘 압니다."

기누가사는 간사한 목소리로 말했다.

"그래서 자제 분들은 방치하고 계십니까?"

"방치라뇨."

야요이는 그 단어 선택에 무의식적인 악의를 느끼고 말을 잃
었다.

"아아, 죄송합니다. 하지만 정말 어쩌고 계십니까. 아이들은."

"재우고서 나가니 괜찮을 줄 압니다."

"화재나 지진이 걱정되시겠군요. 걱정되는 일이 있거든 파출소
에 전화를 걸어 주십시오."

"감사합니다."

"그런데 보험금이 나온다고요."

기누가사는 그 점을 기뻐하는 것처럼 말했으나 바닥에 작은 의
혹이 존재하는 것을 야요이는 꿰뚫어 봤다. 돌아보니 모리사키는
자리를 피해 준 듯 일어나 작은 마당에 있는 시든 나팔꽃 화분을
쳐다보고 있었다. 보육원에서 아이들이 키우다가 가지고 돌아온
화분이었다.

"아, 네. 그 사람이 회사에서 보험을 들었던 것도 몰랐어요. 놀
라긴 했지만 솔직히 말해서 살았습니다. 앞으로는 모자 셋뿐이니
까요."

"그렇군요. 그런데 이건 나쁜 소식입니다. 그 카지노 경영자가

사라져서 말입니다. 혹시 무슨 일이 있거든 가르쳐 주십시오."

"그게 무슨 말인가요?"

야요이는 처음으로 큰 소리를 냈다. 깜짝 놀란 모리사키가 이쪽을 쳐다봤다.

"무슨 말이고 뭐고, 갑자기 실종되어 버렸습니다. 경찰의 실수라면 실수지만 지금 필사적으로 뒤를 쫓고 있으니까요."

"실종되었다면 그 사람이 역시 범인인 건가요?"

그 물음에 기누가사는 대답하지 않았다. 경찰서인 듯 침묵 뒤로 남자들의 이야기 소리며 전화벨 소리가 들려온다. 남자들 냄새와 방에 들어찬 담배 연기까지 이쪽으로 흘러오는 것 같은 기분이 들어 야요이는 얼굴을 찡그렸다.

"뭐, 그 녀석은 찾고 있으니 걱정 마십시오. 무슨 일이 있거든 제게 전화 주십시오."

기누가사는 그렇게 말하고 전화를 끊었다. 그것은 야요이에게 있어서도, 마사코와 동료들에게 있어서도 낭보임에 틀림없었다. 카지노 경영자가 증거 불충분으로 석방되었다고 들었을 때는 낙담했으나, 실종됐다니 자신이 범인이라고 인정하는 것과 같지 않은가. 이것으로 안심했다. 야요이의 뺨이 저도 모르게 누그러졌다. 수화기를 놓고 자리로 돌아오자 이쪽을 보고 있던 모리사키와 눈이 마주쳤다.

"무슨 좋은 일이 있었나요?"

모리사키는 야요이의 웃는 얼굴을 보고 미소 지었다.

"아니, 아무것도 아니에요."

성급히 진지한 얼굴로 변한 야요이를 보고 모리사키가 조심스레 말했다.

"저, 이만 돌아갈까요?"

"괜찮아요. 좀 더 있다 가요."

"무슨 일이 있었나요?"

"용의자라는 사람이 사라졌대요."

"그럼 지금 그건 경찰의 전화였던 건가요?"

모리사키는 흥분한 듯이 물었다.

"그래요. 형사님."

"헤에, 뭔가 대단하네요. 아, 죄송합니다."

"괜찮아요. 그렇게 마음 쓰지 않아도."

야요이는 웃어 보였다.

"하지만 시끄러워요. 무슨 일 없었냐고 시종 전화를 걸어와서."

"그래도 범인이 발견되는 편이 좋잖아요."

"그야 그렇죠. 이대로는 너무 분하니까."

야요이는 안타까운 표정을 짓는다.

"그러네요. 하지만 그 사람이 도망쳤다는 건 역시 범인인 걸까요."

"그렇다면 좋겠지만."

야요이는 말실수를 할 뻔했다. 당황해서 입을 다물었으나 모리사키는 깨닫지 못하고 "그러네요." 하고 몇 번이나 고개를 끄덕이고 있었다.

모리사키와 야요이가 마음을 트고 보다 친해지는 것은 시간문제였다.

야요이가 선잠에서 눈을 뜨고 슬슬 보육원에 마중 갔다 오고 저

녀 식사 준비를 하고 있을 무렵에 모리사키는 곧잘 찾아왔다. 학교에서 돌아오는 길이라면서 비싸지 않은 과자며 반찬 등을 들고 온다. 야요이의 아이들과도 금세 사이가 좋아졌다. 유키히로가 하소연하는 밀크의 이야기를 듣고 동정해서 아이들과 함께 찾으러 가서 잡으려고 해 주기도 했다.

"야요이 씨, 야근하시는 동안 제가 이쪽에 묵어 드릴까요?"

모리사키가 제안했을 때 야요이는 놀랐다. 알고서 얼마 안 된 사람이 그렇게까지 친절하게 대해 주는 것이 믿어지지 않았던 것이다.

"하지만 미안해서 어떻게 해."

"미안하긴 뭘요. 어차피 저도 집에서 자 버릴 건데요. 밤중에 유키히로가 일어나서 아무도 없으면 불쌍하잖아요. 아빠도 없고, 엄마도 돈 벌러 가면."

모리사키는 작은아이를 무척 귀여워해 줬다. 유키히로도 모리사키를 따르며 곁을 떠나지 않았다. 타인의 친절에 굶주리던 야요이는 그 제안을 기꺼이 받아들이기로 했다.

"그럼 우리 집에서 저녁 식사 해. 그 정도 보답하는 건 괜찮지?"

"고마워요."

갑자기 모리사키는 눈물지었다.

"왜 그래."

야요이가 묻자 모리사키는 눈물을 닦으며 웃었다.

"새로 가족이 생긴 것 같아서 기뻐요. 이쪽에서 혼자 생활이 길어서 가족애에 굶주렸어요. 집에 돌아가면 굉장히 쓸쓸하거든요."

"나도 쓸쓸해. 갑자기 남편이 죽고 난 후로 여자 혼자 노력해도 사람들이 무슨 말을 하는지 생각하면 분해서. 아무도 알아주지 않는걸."

"정말 가엾으세요."

"됐어."

두 사람은 서로 어깨를 끌어안고 울었다. 다카시와 유키히로가 놀란 것처럼 멍하니 쳐다보고 있는 것이 우스워서 야요이도 눈물을 닦고 웃음을 터트렸다.

"이 누나가 밤에 같이 자 준대. 잘됐지."

모리사키 때문에 마사코와 서로 소리를 지르게 되리라고 야요이는 생각도 하지 못했다.

"너희 집에 전화하면 받는 사람 누구?"

마사코가 캐물은 것이다.

"모리사키 요코라는 사람. 근처 사는 사람인데 친절해서. 아이들을 봐주고 있어."

"집에 묵는다는 거야?"

"응. 묵으면서 봐주고 있어."

마사코는 납득이 가지 않는다는 표정을 지었다.

"같이 사는 거야?"

"그만큼 친한 건 아니야."

야요이는 울컥했다.

"그 사람은 학교 다니니까 저녁에 들러서 식사하고, 그리고 밤에 다시 와 주는 거야."

"밤 내내 아이들 봐주고 공짜야?"

"응, 대신 내가 저녁 해 주고."

"꽤 기특한 사람이잖아. 뭔가 속셈이 있는 거 아니야?"

"없어."

야요이는 항의했다. 아무리 마사코라도 그런 비열한 상상을 하는 것만은 용서할 수 없었다.

"단지 친절로 그러는 것뿐이야. 무례하게."

"무례고 뭐고, 그 일이 들통 나면 난처한 건 너잖아."

"그건 그렇지만."

야요이는 입술을 삐죽 내밀고 고개를 숙였다.

"그렇지만 뭐."

야요이는 마사코의 엄격한 추궁에 진저리를 냈다. 마사코라는 사람은 상대의 대답이 말로 나올 때까지 계속 묻는 것이다.

"어째서 그렇게 걸고넘어져?"

"걸고넘어지는 거 아니야. 너야말로 왜 그렇게 화를 내?"

마사코는 도리어 야요이의 태도가 이해가 가지 않는다는 눈치였다.

"화내는 건 아니지만 나도 하고 싶은 말이 있어. 최근 마사코 씨랑 스승님, 살금살금 뭐 하고 있는 거야? 구니코 씨는 어째서 혼자 돌아가? 무슨 일 있었어?"

마사코는 미간에 작은 주름을 지었다. 구니코 때문에 주몬지에게 범행이 알려진 것도, 그것을 계기로 마사코가 새로운 '일' 을 시작할 상황에 놓인 것도 야요이는 무엇 하나 몰랐다. 그 이유가 자기 자신이 무방비하고 위태로워져서 마사코의 신용을 잃었기 때문이라고는 생각지도 못한다.

"아무것도 아니야. 그보다 그 사람, 보험금을 노리고 그러는 건 아니야?"

야요이는 끝내 분노가 폭발했다.

"모리사키 씨는 그런 사람 아니야. 구니코랑은 다르다고."

"알았어. 보험금 얘기는 잊어 줘."

야요이의 분노를 보고 바닷물이 빠지듯 마사코는 입을 다물었다. 야요이는 마사코의 도움으로 살아난 것을 떠올리고 곧바로 사과했다.

"미안, 열 내서. 하지만 괜찮아, 모리사키 씨는."

그래도 마사코는 납득하지 않았다.

"그만큼 같이 있으면 아이가 뭔가 지껄이는 거 아냐?"

끈질긴 마사코를 부담스럽게 여기며 야요이는 대답한다.

"아이들은 이제 그날 밤 일은 잊어버렸어. 그 후로 두 번 다시 말하지 않는걸."

마사코는 얼마 동안 입을 꾹 다물고 허공을 노려보고 있었다. 그리고 이렇게 말했다.

"두 번 다시 말하지 않는 건 네가 난처해질 것을 알고 있기 때문인지도 몰라."

그 말은 야요이의 마음을 자극했다. 그러나 강하게 부정했다.

"그렇지 않아. 아이들 일은 내가 가장 잘 아는걸."

"그럼 됐고."

마사코는 야요이의 얼굴을 확인하고 옆을 보고 말했다.

"하지만 마무리가 약하면 끝이야."

"마무리? 마무리라니 어느 단계를 말하는 걸까."

야요이는 모두 끝난 것 같은 기분이었다.

"카지노 경영자는 도망쳤다고. 우리는 살아난 거야."

"무슨 소리야."

마사코는 코웃음 쳤다.

"네 경우에는 죽을 때까지 마무리가 계속되는 거야."

"지독한 소리를 하네."

문득 주위를 보니 어느새 마사코의 뒤에 요시에가 서 있었다. 요시에도 야요이를 꾸짖는 듯한 눈으로 쳐다보고 있다. 분명히 두 사람이 결탁하여 자신을 나무라고 있는 것 같아 야요이는 견딜 수가 없었다. 둘이서 자신을 비난하다니, 사례는 했지 않은가 하는 생각이 솟아올랐다.

돌아갈 때는 누구와도 말을 하지 않고 혼자서 공장을 나왔다. 날이 밝는 것이 늦어져 아직 어슴푸레하다는 것도 야요이에게는 쓸쓸했다.

야요이가 집에 돌아와 보니 아이들과 모리사키는 아직 침실에서 자고 있었다. 기척을 느낀 건지 모리사키가 파자마 모습으로 일어났다.

"다녀오셨어요."

"어머, 깨웠어?"

"괜찮아요, 괜찮아요. 오늘은 빨리 가야 하니까 이제 일어나야 하던 참이에요."

그렇게 말하며 기지개를 편 모리사키는 야요이의 마음속 이변을 깨달은 듯 눈살을 찌푸렸다.

"야요이 씨, 무슨 일 있었어요? 안색이 나쁜 것 같아요."

"아무것도 아니야. 공장에서 좀 싸워서 그래."

야요이는 모리사키를 감싸느라 그랬다고는 물론 입 밖에 내지 않았다.

"누구랑?"

"우리 집에 자주 전화가 오잖아. 마사코 씨라는 사람."

"아아, 그 조금 무뚝뚝한 사람이요. 왜요. 뭐라고 그러는데요."

모리사키는 자신이 싸운 것처럼 흥분했다.

"아무것도 아냐, 쓸데없는 이유야."

야요이는 얼버무리고 아침 식사 준비를 하고자 앞치마를 둘렀다. 모리사키는 낮은 목소리로 물었다.

"저기, 어째서 야요이 씨는 그 사람 전화만 왔다 하면 비굴하게 굽실거려요?"

"뭐!"

야요이는 놀라서 돌아봤다.

"아니야, 안 그래."

"무슨 약점이라도 잡혔어요?".

모리사키의 눈에서 야요이의 속을 떠보려는 끈질김이 느껴졌다. 근처 주민들 눈과 같다고 야요이는 생각했으나 모리사키만은 그럴 리가 없다고 생각을 바꾸었다.

테이블 위에 올려 둔 돈다발에 가을날의 오후 햇살이 부드럽게 비치고 있었다.

손이 베일 정도로 빳빳한 만 엔권 다발 두 개는 마치 장난스러운 디자인의 문진같이 조금의 진실미도 없었다. 그런데 도시락 공장에서의 1년간 수입은 이 금액에도 미치지 못한다. 신용금고 시절의 연봉도 이 단 두 배에 지나지 않았다. 마사코는 야요이에게서 받은 200만의 돈을 앞에 두고 이때까지의 노동과 앞으로의 '사업'에 대해 생각했다.

이윽고 궁리는 이것을 숨길 장소 문제로 옮겨 갔다. 은행에 예금해 두는 편이 좋을까. 그러나 그래서는 자신에게 무슨 일이 일어났을 때 바로 찾을 수 없고 증거로 남는다. 그러나 서랍장에 넣어 뒀다가는 가족에게 발견될 염려가 있었다.

망설이고 있자니 인터폰이 울렸다. 마사코는 급히 싱크대 서랍에 돈을 집어넣었다.

"저어, 잠시 실례합니다."

머뭇거리는 여자 목소리가 들렸다.

"무슨 일이시죠?"

"맞은편 땅을 사려는 사람인데요."

별수 없이 마사코는 현관으로 가서 문을 열었다. 연보라색 촌스러운 정장을 입은 중년 여자가 송구스러워하며 서 있었다. 얼굴은 아직 마사코와 비슷한 나이로 보였으나 몸매가 방가졌다. 목소리도 기합이 빠졌고 높은 톤으로, 뭔가에 자신을 맞추는 훈련을 필요로 한 적이 없는 사람인 것 같았다.

"실례합니다, 이렇게 갑자기."

"아뇨, 괜찮습니다."

"저어, 실은 저 땅을 살까 생각 중인데요."

여자는 같은 말을 반복했다. 5미터 정도의 사설 도로를 낀 마사코의 집 바로 맞은편에는 조성 중인 공터가 있었다. 몇 번인가 팔린다는 이야기가 있었다가 무산되고 지금은 그냥 방치되어 있다.

"그래서 뭔가?"

마사코의 사무적인 대답에 여자는 당황한 듯 말을 잃었다.

"저어, 다시 말해서요. 어째서 저 땅만 팔리지 않았는지 이상해서, 무슨 일이 있었던가 싶어서요."

"글쎄요, 모르겠는데요."

"사고 같은 건 없었나요? 그런 내력이라도 있는 거면 나중에 싫잖아요."

"그렇겠네요. 하지만 저는 몰라요. 부동산에 가서 물어보시죠."

"물어봤는데, 가르쳐 주지를 않아서."

"그럼 아무것도 없나 보죠."

말도 못 붙이도록 쌀쌀맞은 마사코에게 여자는 변명했다.

"하지만 남편이 적토니까 안 좋은 것 아니냐는 등 해서요."

마사코는 고개를 갸웃거린다. 그런 이야기는 들은 적이 없다. 마사코의 얼굴을 보고 여자는 당황해서 덧붙였다.

"토대가 안 좋은 것 아니냐는 말 같은데요."

"저희도 똑같은 땅인데요."

"아, 죄송합니다."

여자는 가엾을 정도로 허둥댔다. 마사코는 이야기를 이만 끝내자는 눈치를 줬다.

"괜찮다고 생각하는데요."

"그럼 물이 잘 빠지지 않는다든가 하는 문제는 없나요?"

"여기는 조금 높은 지대라 물난리는 나지 않아요."

"그렇군요."

여자는 마사코의 집 안을 잽싸게 들여다보고 겨우 고개를 숙였다.

"알겠습니다. 정말 실례했습니다."

단지 그것뿐이었으나 마사코는 느낌이 좋지 않았다. 사실은 며칠 전에 이웃집 주부가 불러 세워 한 이야기가 있었던 것이다.

"가토리 씨."

뒤에 사는 초로의 주부로, 마사코의 집과 그 집은 서로 등을 맞대고 있었다. 집에서 꽃꽂이를 가르친다는 그 주부는 이야기도 요령 있게 잘 하고 이 근처에서도 마사코와 비교적 사이가 좋았다.

"얼마 전에 조금 이상한 일이 있었는데."

주부는 마사코의 소매를 당기며 목소리를 낮췄다.

"뭔데요."

"가토리 씨 회사 사람이 와서 이것저것 묻고 가더라고."

"회사요?"

마사코는 순간 자신이 아니라 요시키의 회사 관계나 은행이라고 생각했다. 그러나 요시키는 새삼스레 신용조사를 받을 일이 없다. 노부키도 아직 그런 일에는 연이 없을 터였다. 그렇다면 역시 자기밖에 없었다.

"분명 도시락 공장 사람이라고 했어."

주부는 의심스러운 듯이 눈살을 찡그렸다.

"하지만 흥신소 같은 데일지도 모른다는 생각에 조심하고 들어보니까 가토리 씨 댁에 대해 이것저것 묻더라고."

"어떤 걸요?"

"가족 구성이라든가 댁의 일상이라든가 이웃들의 평가라든가. 물론 나는 대답하지 않았어. 하지만 옆집은 이것저것 지껄였을지도 몰라."

주부는 마사코네 옆집을 가리켰다. 그곳은 노부부 둘이 사는데 노부키가 중학생 때 음악 소리가 시끄럽다며 몇 번이나 와서 호통을 쳤던 적이 있었다. 평소 못마땅하게 생각한다면 이거 잘됐다 하고 되는대로 지껄였을 수도 있으리라.

"그렇게 여기저기 다 다녔나요?"

마사코는 불안을 느꼈다.

"그런 것 같아. 보고 있었더니 가토리 씨 집 쪽을 살피면서 옆집 벨도 누르고 있었으니까. 어때, 기분 나쁘지."

"뭐 때문에 묻는다던가요?"

"음, 그게 이상한 거야. 가토리 씨가 정사원이 되기 위한 조사라잖아."

"설마요."

파트타이머가 승격한다면 준사원이다. 그것도 최저 근속 3년은 필요했다. 분명 거짓말이었다.

"그렇지. 나도 그런 이야기는 들은 적 없는걸."

"어떤 사람이었나요?"

"젊은 남자. 말쑥하게 양복 차려입은."

순간 주문지인가 생각했으나 주문지는 자신을 몇 년이나 전부터 아는 사이니까 아마 아닐 것이다. 경찰일 가능성도 생각했으나 형사가 그런 비밀 탐문을 할 거라는 생각은 들지 않았다.

누군가가 염탐하고 있다.

마사코는 사건 이후 처음으로 '제3의 인물'의 존재를 의식했다. 그것도 경찰이 아니라 모습이 보이지 않는 수수께끼의 '제3의 인물'. 어쩌면 갑자기 야요이 앞에 나타났다는 모리사키라는 여자도 그 동료가 아닐까 하는 생각에 이르렀다. 아무 연고도 없는 여자가 아이들을 돌봐 주는 것부터가 부자연스러운데, 야요이가 그에 대해 아무것도 의심하지 않는 것 자체가 이상하다. 그만큼 교묘하게 짜여 있는 것이 아닐까. 경찰이 이렇게 공들인 함정수사를 할 리는 없었다.

젊은 남자, 모리사키, 방금 그 중년 여자. 그들이 모두 같은 목적으로 나타난 거라면 그 '제3의 인물'은 팀 같은 것을 짜고 있을 것이다. 대체 어디의 누가 무엇을 위해 자신들을 염탐하고 있는 걸까. 마사코는 갑자기 정체 모를 공포를 느끼고 오한이 들었다. 요시에나 야요이에게 이 사실을 알리는 편이 좋을까. 아직 확신이 없다. 관두는 편이 좋겠다고 마음속으로 생각했다.

공장에 출근하자 어느새 주차장에 가건물 초소가 완성되어 있었다. 아직 사람은 없고 유리창이 달린 겨우 4분의 1평 정도 크기의 공간은 깜깜했다.

마사코는 카롤라에서 내려서 문을 연 채로 초소를 쳐다보고 있었다. 그때 구니코의 골프 카브리올레가 자갈을 튀기면서 요란스럽게 들어왔다. 치일 리는 없었지만 악의가 느껴지는 난폭함에 마사코는 저도 모르게 뒷걸음쳤다.

구니코는 좌우로 흔들리는 서툴기 그지없는 후진으로 자기 주차 공간에 차를 세우고 끼익 하고 큰 소리를 내며 사이드브레이크를 당겼다. 캔버스 톱을 연 운전석에서 마사코에게 인사한다.

"좋은 아침입니다."

변함없이 은근히 건방지게 정중했다. 빨간색 새 가죽점퍼를 입었다. 아마도 야요이가 준 돈으로 산 것이리라.

"좋은 아침."

여기서 구니코를 만난 것은 오랜만이었다. 만나서 가기를 관두고부터 어찌 된 영문인지 엇갈리면서 좀처럼 마주치지 않았다. 구니코가 교묘하게 피하고 있는 것이리라고 마사코는 생각하고 있었다. 그 증거로 구니코는 아차 하는 표정이었다.

"오늘은 빨리 오셨네요."

"그러네."

마사코는 손목시계를 어둠에 비춰 봤다. 확실히 정각보다 10분 정도 빨랐다.

"저거 뭔지 아세요?"

구니코는 차에서 내려 캔버스 톱을 닫는 조작을 하면서 초소를 턱으로 가리켰다.

"경비원이라도 오나 보지."

"단순한 경비원이 아니에요. 치한이 나온다는 걸 경찰이 알아서 회사가 저기에 사람을 세우기로 한 모양이에요."

쓸데없는 짓을 한다고 생각했지만 누구든 들어올 수 있는 주차장은 최근 불법 주차도 많았다. 그 대책도 생각한 결과임이 틀림없었다.

"그럼 너, 치한 못 만나게 돼서 재미없겠구나."

"무슨 소리세요."

구니코는 노골적인 마사코의 야유에 뺨을 옴츠리고 빨갛게 칠한 입술을 삐죽 내밀었다. 마치 도심에 쇼핑이라도 나가는 것처럼 완벽하게 화장을 했다. 그런 구니코의 허식이 마사코에게는 도리어 결함으로 여겨져 차갑게 쳐다봤다.

"그런데."

마사코는 반짝반짝하게 닦인 골프를 봤다.

"너 아직 차 몰고 다니니? 자전거 타면 돈 안 들어."

"먼저 갈게요."

구니코는 울컥해서는 먼저 갔다. 곁눈질해 볼 가치도 없다고 생각한 마사코는 고개를 돌리고 닭살이 돋은 팔을 쓸었다. 오늘 밤은 10월 초 치고는 조금 서늘하다. 대기가 차갑고 건조하면 공기 중에 떠도는 다양한 냄새를 확실히 알 수 있다. 튀김 냄새, 배기가스 냄새, 금계나무와 산뜻한 풀 냄새. 어딘가에서 조심스레 이 여름 마지막 벌레가 울고 있었다.

마사코는 차 뒷좌석에서 트레이너를 꺼내서 티셔츠 위에 걸쳤다. 습관이 된 담배에 불을 붙이고 구니코의 빨간 뒷모습이 어둠 속으로 완전히 사라지기를 기다렸다.

낮은 엔진 소리를 울리며 대형 오토바이 한 대가 주차장 안에 들어오는 것이 보였다. 흙길에 들어서 뒷바퀴가 미끄러지는 소리가 들리고, 부지의 완만한 높낮이를 타고 전조등이 위아래로 움직였다. 누굴까. 공장에 오토바이로 오는 파트타이머는 없을 텐데. 마사코는 놀라서 운전자를 쳐다봤다.

"가토리 씨."

얼굴을 완전히 가린 헬멧 덮개를 위로 열고 젊은 남자가 소리쳤다. 주몬지였다.

"주몬지 씨였구나. 깜짝 놀랐어."

"다행이다. 제때 와서."

주몬지는 시동을 껐다. 주차장은 정적에 휩싸였다. 귀에 선 엔진 소리에 겁을 먹은 건지 벌레 소리가 뚝 그쳤다. 주몬지는 익숙한 몸놀림으로 바이크 스탠드를 발로 차 펴고 내려섰다.

"무슨 일이야?"

"일입니다."

드디어 왔다. 오토바이가 들어왔을 때부터 심상치 않은 뭔가가 다가오는 걸 예감하기는 했지만 그것이 예의 일이었다니. 마사코는 빨라진 고동을 억누르기 위해 두 팔로 자신의 가슴을 눌렀다. 반년 만에 입은 트레이너에서 코에 익은 자기 집 세제와 서랍장 냄새가 났다. 이것으로 끝내 그 평안에서도 멀어져 버린다는 생각이 밀려 올라와 마사코는 자신을 꼭 끌어안았다.

"일이라니, 그거?"

"그렇습니다. 아까 갑자기 전화가 와서 시체가 하나 나왔으니 완벽하게 처리해 달라고 하더라고요. 쩔쩔맸습니다. 이제 가토리 씨랑 연락 못 하는 줄 알고. 여기서 잡으려고 했는데, 제 차는 조노우치 씨도 알잖아요. 보이면 큰일이다 싶어서."

주몬지의 목소리는 흥분으로 희미하게 떨리고 있었다.

"그래서 오토바이로 왔구나."

"최근에 안 탔더니 시동이 안 걸려서 애타 죽는 줄 알았습니다."

주몬지는 배우가 가발을 벗는 것처럼 헬멧을 확 벗더니 흐트러진 머리카락을 매만졌다.

"이쪽은 어쩌면 돼?"

"지금부터 제가 차를 가지고 물건을 받으러 갈 거니까요, 후에 반입하겠습니다. 공장 끝나는 게 몇 시입니까?"

"5시 30분. 여기 오는 건 6시 다 돼서."

마사코는 땅바닥을 콩콩 밟았다.

"집에 돌아가는 건?"

"6시 넘어서. 하지만 가족이 있으니까 들여 넣으려면 9시 넘어야 해. 그때까지 옷 벗기고 하는 건 너 혼자 할 수 있겠어?"

"못해도 해야죠."

주몬지는 역시 우울한 듯 대답했다.

"혼자서 옮길 수 있어?"

"해 보겠습니다. 그리고 메스 세트는 샀으니까 같이 가져가겠습니다."

"부탁해."

마사코는 더 할 말이 없는지 손톱을 깨물면서 필사적으로 머리를 굴렸다. 그러나 너무 갑작스러워서 머리가 잘 돌아가지 않았다. 간신히 한 가지 떠올랐다.

"택배 보낼 때 쓸 종이 상자 준비해 줘."

"큰 거 말입니까?"

"응. 가능한 한 야채 가게 상자같이 눈에 띄지 않는 게 좋겠어. 그리고 튼튼한 거."

"어디서든 내일 오전 중까지 손에 넣겠습니다."

"그렇게 해 줘."

"봉지는 있습니까?"

"사 뒀어."

그렇게 대답한 후 중요한 것을 떠올렸다.

"내일 아침이 돼서 상황이 나빠지거든 어떻게 하면 돼?"

요시키가 회사에 가지 않을지도 모른다. 노부키가 아르바이트를 빼먹을지도 모른다. 불안은 한이 없었다.

"구체적으로?"

주몬지는 당황해서 되묻는다.

"예를 들면 가족이 갑자기 집에 있다든가, 그런 거."

"아, 그렇군요. 그럼 휴대 전화에 전화해 주십시오."

주몬지는 청바지 주머니에서 명함 한 장을 꺼내 마사코에게 건넸다. 거기에는 휴대 전화 번호가 적혀 있었다.

"알았어. 무슨 일 있거든 8시 30분까지 연락할게."

"네. 잘 부탁합니다."

주몬지는 갑자기 손을 내밀어 마사코에게 악수를 청했다. 마사코도 맞잡는다. 맨손으로 바람을 맞으며 온, 거스러미가 일어난 차가운 손이었다.

"그럼 가겠습니다."

주몬지는 키를 돌려 시동을 걸었다. 사람의 중저음을 닮은 강력한 엔진 소리가 사방이 암흑에 녹아든 넓은 주차장에 울렸다. 마사코는 당황해서 주몬지를 세웠다.

"잠깐만."

"뭡니까?"

주몬지는 다시 헬멧 덮개를 열었다.

"내 쪽에 이상한 흥신소 같은 게 왔다는데."

"네?"

주몬지는 놀란 눈치였다.

"무슨 말입니까, 그게."

"나도 뭔지 모르겠어."

"경찰 아닙니까. 이거 큰일인데."

주몬지의 말에 마사코는 허둥댔다. 이번 일은 관두자는 말이 나올 뻔했다. 그러나 이미 늦었다. 마사코는 침을 꿀꺽 삼키고 주몬지에게 말했다.

"그래도 하자."

"여기까지 오면 물러설 수 없죠. 체면 망가지는 사람이 있으니까요."

주몬지는 능숙하게 오토바이의 방향을 전환시키더니 흙덩이를 튀기며 주차장을 나갔다.

남겨진 마사코는 홀로 어두운 밤길을 걸으면서 수순을 생각하고 있었다. 목을 떨어트리고 팔다리를 자르고 동체를 딴다. 이전의 귀신같이 잔인한 작업이 떠올랐다. 시체가 어떤 상황에서 오는 건지 생각하면 무섭기도 하다. 마치 몸이 그것들을 거부하고 있는 것처럼 무릎이 오들오들 떨리기 시작했다. 그러는 사이 떨림이 심해져 걷지도 못하게 되었다. 마사코는 밤길에 멈춰 섰다.

그러나 떨림의 진원은 마사코의 마음속에 있었다. 그것은 모습을 알 수 없는 '제3의 인물'이라는 어렴풋한 존재였다.

휴게실에 들어가자 구니코가 보라는 듯이 고개를 획 돌리고 엇갈려 나갔다. 마사코는 어린애 같은 구니코 따위 개의치 않고 우선 요시에의 모습을 찾았다. 요시에는 야요이와 함께 탈의실에서 옷을 갈아입는 중이었다.

"잠시만."

작업복을 입고 지퍼를 위까지 끌어 올린 요시에의 어깨를 두드린다. 옆에 있는 야요이가 무슨 일인가 하고 돌아봤다.

야요이는 악의 없는 밝은 얼굴로 마사코의 딱딱하게 굳어진 눈을 봤다. 이번에는 야요이를 뺄 생각이었는데 이 모든 것을 잊어버린 얼굴을 하고 있는 야요이에게도 그 무릎 후들거리는 경험을 맛보게 해 주고 싶다는 폭력적인 충동이 느닷없이 마사코를 덮쳤다. 이를 악물고 그것을 참는다.

"무슨 일 있었니?"

바로 일이 있음을 알아차린 듯한 요시에가 겁에 질린 표정을 지었다.

"일이 들어왔어."

마사코는 그렇게만 말했다. 요시에는 입을 꾹 다물고 침묵했다. 요시에에게만은 '제3의 인물'에 대해 말하지 말아야겠다고 생각했다. 그러지 않으면 요시에의 각오는 시들 것이 뻔했다. 해체는 혼자서는 못한다.

"둘이서 무슨 이야기 해?"

야요이가 마사코와 요시에 사이에 끼어들었다.

"알고 싶어?"

마사코는 야요이의 얼굴을 정면에서 주시했다. 그리고 야요이의 가느다란 손목뼈를 잡는다.

"뭐야, 왜 그래?"

야요이의 얼굴이 순식간에 겁에 질렸다. 마사코는 개의치 않고 손목을 놓고 이번에는 팔꿈치를 잡았다.

"여기를 자르는 거야. 그런 일."

야요이는 팔을 잡힌 채 허리만 뒤로 뺐다. 요시에는 주위 눈을 신경 쓰며 마사코에게 눈짓으로 주의를 촉구했다. 그러나 다른 종업원들은 아무도 마사코와 동료들을 신경 쓰지 않고 이제부터 시작될 괴로운 작업을 생각해서인지 불쾌한 얼굴로 묵묵히 옷을 갈아입고 있을 따름이었다.

"거짓말이지?"

야요이는 어린애 한숨 같은 작은 목소리로 중얼거렸다.

"진짜야. 너 할 마음 있어? 있으면 우리 집으로 와."

마사코는 잡고 있던 야요이의 팔을 놨다. 야요이는 멍하니 정신을 놓은 채로 팔을 축 늘어트렸다. 야요이의 주름 모자가 바닥에 떨어진다.

"그 전에 할 말이 있었지."

마사코는 말했다.

"너희 집에 있는 모리사키라는 여자를 쫓아낸 후에 와."

야요이는 얼마 동안 말없이 마사코를 노려보다가 과장스레 시선을 피한 후 탈의실을 나갔다. 그 등에는 분노가 선명했다.

시체는 예순 살 정도 먹은 작고 마른 남자였다.

머리가 벗어졌고 이는 전부 있으며 가슴 한복판과 오른쪽 배에 수술 자국이 있다. 흉부의 커다란 수술 자국에 비해 배 쪽은 작아 한눈에 맹장임을 알 수 있었다. 두 손으로 목을 졸린 듯, 얼굴은 보라색으로 울혈이 생겼으며 목에 손가락 자국이 나 있다. 그때 다투다 생긴 건지 뺨과 두 팔에 찰과상이 수없이 있었다.

이 남자가 어떤 직업을 가졌으며 어디서 어쩌다 누구에게 살해 당했는지는 모른다. 옷이 벗겨져 단순한 시체가 된 그것은 생전의 모습이나 그 생활을 전혀 상상시키지 않았다. 또한 그 필요마저 없었다. 마사코와 요시에는 해체해서 봉지에 담아 종이 상자에 포장만 하면 됐다. 공포심만 마비시키면 그것은 도시락 공장의 작업과 닮지 않은 것도 아니었다.

요시에는 저지 바지를 넓적다리까지 걷어 올리고 마사코는 숏 팬츠에 티셔츠를 입었다. 두 사람 다 공장에서 슬쩍해 온 앞치마를 매고 비닐장갑을 꼈다. 맨발로는 뼛조각을 밟을 위험이 있으므로 마사코는 요시키의, 요시에는 마사코의 고무장화를 신고 있었다. 그 차림새도 공장에서 작업하는 모습과 비슷했다.

"이 메스 잘 베이는구나."

요시에는 감촉을 못 참겠다는 것처럼 말했다. 주몬지가 사 온 메스 세트는 실로 도움이 되었다. 생선회용 칼을 이용해 겐지의 살을 베어 내던 때와는 달리 새 천에 잘 드는 가위로 가위질을 할 때 같은 상쾌함이 있었다. 덕분에 생각했던 것보다 작업이 빨리 진행됐다.

뼈는 요시에와 분담해 톱으로 잘랐다. 그러나 주몬지가 준비한 전동 톱은 유감스럽지만 쓸 수 없다는 것을 알았다. 뼛조각과 고

기 조각, 피가 미세한 안개가 되어 튀어서 눈에 들어가기 때문이었
다. 전동 톱을 유효하게 사용하기 위해서는 고글이 필요했다. 해
체가 진행됨에 따라 주위가 온통 피투성이가 되고 내장이 악취를
풍기며 흩어지는 것도 지난번과 같은 풍경이었지만 기분은 작업
과 마찬가지로 훨씬 편했다.

"이 수술, 심장 아닐까. 불쌍하네. 기껏 심장 수술까지 해서 살
아났는데 살해당하다니."

요시에는 잠 부족으로 눈시울이 빨개져서 연보라색 지렁이 같
은 남자의 수술 자국을 비닐장갑 끝으로 훑었다. 멋대로 이야기를
지어내고 있다. 마사코는 잠자코 남자의 팔다리를 더욱 작게 토막
내 갔다. 혈기 왕성한 나이였던 겐지의 다리와 달리 피부는 윤기
가 없고 오므라들었으며 지방이 거의 없다. 기분 탓인지 톱으로
써는 감촉 또한 바람이라도 든 것처럼 퍼석퍼석했다.

"지방이 톱에 감기지 않아서 편해. 겐지 씨 때와 달리, 봉지도
가벼워."

손을 움직이면서 요시에가 혼잣말을 한다.

"체중이 50킬로그램도 안되니까."

"응. 하지만 이 사람 분명 부자야."

확신에 차서 요시에가 단언했다.

"어떻게 알아?"

"손가락이 이렇게 움푹하게 들어갔잖아. 여기에 큼지막한 반지
를 끼고 있었던 거야. 굵직한 순금 반지. 다이아몬드 같은 큼지막
한 보석이 박힌. 분명 빼앗겼겠지."

"또 이야기 지어내고 있다."

마사코는 쓴웃음을 지었다.

이건 꿈이 아닐까. 아침부터 마사코는 몇 번이나 생각했다.

예정대로 오전 9시가 지나 얼굴이 창백하게 질린 주몬지가 와서 모포에 감싸인 시체를 욕실에 옮겨 넣었다. 요시에는 아직 도착하지 않았다.

"무서워 죽는 줄 알았네."

주몬지는 북쪽의 극지를 여행하다 온 것처럼 얼어붙은 뺨을 문질렀다. 10월 치고는 따뜻한 날이었음에도 불구하고.

"뭐가?"

마사코는 욕실 타일에 전에도 사용했던 파란색 돗자리를 빈틈없이 깔았다.

"뭐긴요, 가토리 씨. 저 시체 보는 거 처음이라고요. 그런데 여기 오기까지 시간이 있잖아요. 별수 없이 트렁크에 이걸 싣고 심야 영업하는 패밀리 레스토랑 가서 시간 죽이다가 그 후에 롯본기를 빙글빙글 돌고 있었단 말입니다."

"검문이라도 하고 있으면 어쩌려고 그랬어."

"그것도 머리로는 알고 있었는데 아무리 해도 사람이 있는 쪽, 있는 쪽으로 가게 되어서요. 내가 싣고 있는 게 보면 안 되는 시꺼먼 덩어리인 것처럼, 나도 죽으면 이렇게 된다고 알아도 절대 보고 싶지 않고 중력에 끌리는 것처럼 등이 무겁더라고요. 옷 벗기고 뭐고, 할 일은 여러 가지 있을 것 같은데 혼자서는 못하겠는 겁니다. 거기다 날이 밝을 때까지 볼 수도 없는 거예요. 나도 참 한심하다 생각했죠."

이해가 가지 않는 것도 아니었다. 마사코는 평소보다 하얗게 질러 보이는 주몬지의 얼굴을 쳐다봤다. 잠 부족 때문만이 아닌 것 같았다. 시체에는 아무래도 살아 있는 자의 눈을 돌리게 만드는 뭔가가 있다. 이게 자연스러운 것이라고 생각할 수 있게 되기까지는 대체 얼마만큼의 시간이 걸릴까.

"너, 어디로 가지러 갔다 왔어?"

마사코는 시체가 된 남자의 굽은 손가락 끝을 만져 봤다. 상당히 경직됐고 차가웠다.

"그건 듣지 않는 편이 좋을 겁니다."

주몬지는 단호하게 말했다.

"무슨 일 있으면 위험하니까요."

"무슨 일이라니, 뭐?"

마사코는 일어섰다.

"모르겠지만, 뭔가 위험한 일."

주몬지는 무서운 듯이 들춰진 모포 틈으로 엿보이는 시체의 얼굴을 쳐다보고 있다.

"위험한 일이라니, 경찰 같은 거?"

"그것만이 아닐지도 모르죠."

"예를 들면."

"복수라든가."

마사코는 정체 모를 '제3의 인물'을 생각하며 말하고 있었다. 그러나 주몬지는 시체 뒤에 존재하는 현세적인 이해관계를 말하고 있는 듯하다.

"어떤 이유로 살해당한 걸까?"

"아마 실종됐다고 하고 돈을 가로채거나 그런 거겠죠. 시체를 완전히 없애려는 걸 보면."

그렇다면 이 시체에는 몇 억의 돈이 걸려 있는 건지도 모른다. 마사코는 윤기를 잃은 남자의 민둥산 같은 머리를 쳐다봤다.

이해관계만 없으면 시체의 뒤처리를 받아들이는 것은 쓰레기를 잘 버리는 것과 다름없었다. 생활 속에서 쓰레기는 반드시 생긴다. 누가 뭘 버리든 알 바 아니었다. 그 생각에는 물론 자신 또한 버려질 때는 쓰레기와 같은 것이라는 각오가 필요했다. 마사코는 냉정하게 주몬지에게 말했다.

"옷 벗기는 거 도와줘."

"네."

마사코가 가위로 시체가 입은 양복을 오리고 재주 좋게 벗기기 시작했다. 주몬지는 흠칫거리며 그것을 봉지에 넣었다.

"지갑 같은 건?"

"아아, 그런 건 없습니다. 그 녀석들 벗겨먹을 수 있는 건 전부 벗겨먹으니까요. 여기 있는 건 그 나머지."

"진짜 쓰레기라는 말이네."

자신을 납득시키기 위해 마사코는 중얼거린다. 그 말에 주몬지는 충격을 받은 것 같았다.

"그렇게도 말할 수 있나요."

"그래. 쓰레기 처리라고 생각하면 돼."

"그렇군요."

"보수는 어떻게 돼?"

"가지고 있습니다."

주몬지는 빵 봉지라도 들어 있을 것 같은 작은 갈색 종이봉투를 면바지 뒷주머니에서 끄집어냈다.

"정확히 600 들었습니다. 현금 선불이 아니면 안 된다고 말했는걸요."

"잘됐네. 하지만 만에 하나 이 시체가 발견되면 어떻게 해?"

"돈을 돌려주게 되어 있습니다. 하지만 체면이 망가진다는 사람도 있으니까 이쪽도 책임을 져야 할지도요."

주몬지는 일의 중대함을 처음 깨달은 것처럼 목소리를 떨었다.

"그러니까 신중하게 합시다."

"알고 있어."

옷을 다 벗기고 알몸뚱이 시체를 욕실에 눕힌 후 주몬지는 종이봉투 안에서 띠지에 감긴 100만 엔 다발을 네 개 꺼내 마사코 앞에 놨다.

"먼저 건네 두겠습니다."

그 돈은 야요이가 준 것 같은 신권이 아니었다. 잔뜩 구겨진 지저분한 지폐가 고무줄로 묶여 있었다. 신용금고에 모이는 돈과 똑같았다. 더티 비즈니스. 마사코의 뇌리에 그런 말이 떠올랐다.

마사코는 세탁기 위에 놔둔 자명종 시계를 봤다. 이제 곧 낮이었다. 슬슬 주몬지가 종이 상자를 들고 돌아올 것이다. 작업은 막바지에 이르렀다. 겐지 때는 잔뜩 긴장해서 그랬는지 깨닫지 못했지만 엉거주춤한 자세로 힘이 들어가는 일을 몇 시간 동안 하고 있었더니 어깨와 허리가 무거웠다. 공장에서 돌아와 한숨도 자지 못하기도 해서 빨리 끝내고 자리에 눕고 싶었다. 요시에가 구부러진 허리를 펴고 그 허리를 두드리려다 주저했다.

"두드리려 해도 손에 피가 묻어서."

"새 장갑을 쓰지."

"아깝잖니."

"무슨 소리야."

마사코는 공장에서 슬쩍해 온 장갑 다발을 턱으로 가리켰다.

"써. 얼마든지 있으니까."

"얘, 야요이는 끝내 오지 않았구나."

요시에는 끈적하게 피가 묻은 장갑을 손가락에서 벗겨 내면서 말했다.

"응. 한번 현장을 보여 주자 생각했는데."

"자기 쪽이 죄가 가볍다고 생각하는 거야. 남편을 죽인 주제에."

요시에가 밉살스럽다는 듯이 말했다.

"우리가 돈 목적으로 이런 짓을 하고 있다고 생각하고 내심 경멸하고 있는 거겠지. 우리 쪽이 나은 건 따질 것도 없는데."

초인종이 울렸다. 요시에가 놀라서 외쳤다.

"누가 돌아왔나 봐. 네 아들 아니니?"

마사코는 고개를 젓는다. 노부키는 이런 시간에 돌아온 적이 거의 없다.

"아마 주문지일 거야."

"그렇구나."

요시에는 안도한다.

만일을 위해 현관문 도어 렌즈로 보니 주문지가 접은 종이 상자를 힘겹게 들고 서 있었다. 마사코도 도와 그것을 옮겨 넣는다. 주몬지가 요시에에게 보고했다.

"다녀왔습니다."

"수고하네."

요시에가 공장의 젊은 종업원을 격려하는 것처럼 말한다.

"종이 상자 몇 개나 접을까요?"

마사코는 손가락을 여덟 개 펴 보였다. 작은 남자라 생각했던 것보다 봉지가 작았다. 거기다 꼬리가 밟힐 수 있는 옷만은 신중하게 주몬지 본인이 옮기는 편이 좋을 것 같았다.

"여덟 개라."

주몬지는 놀란다.

"의외로 적게 나오네요."

"누구한테 보이지 않았겠지."

요시에가 걱정스러운 듯이 다짐을 시켰다.

"괜찮습니다."

"누가 널 감시하고 있지 않았어?"

마사코는 진지한 얼굴로 주몬지를 봤다. '제3의 인물'에게 이 작업을 들켜서는 안 됐다.

"그런 일 없었다고 생각합니다. 다만."

"다만, 뭐?"

"댁 앞 공지에 여자가 하나 서 있었는데, 금방 돌아간 것 같습니다."

"어떤 여자."

"살찐 중년 아줌마요."

땅을 산다고 하면서 마사코의 집에 왔던 여자가 틀림없었다.

"이 집을 보고 있던 것 같았어?"

"아뇨, 땅을 조사하고 있는 것 같았습니다. 그것 말고는 주변 사는 사람이 장을 보러 가는 정도. 아무도 눈치 채지 못했을 거라고 생각하는데요."

주몬지의 시마를 쓴 건 좋지 않았을지도 모른다. 역시 다음번에는 카롤라를 쓰는 편이 눈에 띄지 않으리라고 마사코는 생각했다.

종이 상자를 차에 싣고 주몬지가 가 버리자 요시에가 절묘한 말을 했다.

"꼭 나카야마가 완성된 도시락을 옮겨 가는 것 같구나."

두 사람은 웃음을 터트렸다. 그리고 마사코와 요시에는 교대로 샤워를 했다. 그러면서 욕실을 청소한다. 요시에는 시간이 걱정되는지 안절부절못했다. 마사코는 나눠 두었던 돈을 내밀었다.

"자, 보수."

요시에는 그것을 더러운 것이라도 되는 양 손가락으로 집어서 비닐제 백 깊숙이 넣었다. 그러나 깊이 안도한 듯 이렇게 말했다.

"고맙게 됐어."

"그 돈, 어쩔 셈이야?"

"미키를 전문대에 보낼까 싶어서."

요시에는 헝클어진 머리를 매만지면서 대답했다.

"너는?"

"글쎄."

마사코는 고개를 갸웃거렸다. 이것으로 500만. 자신은 대체 이 돈을 무엇에 쓰려 하고 있는 걸까.

"얘, 이런 소리 한다고 나쁘게 생각하지 말아 주겠니."

머뭇머뭇 요시에가 말한다.

"뭔데?"

"너도 100만이니?"

"응, 그래."

마사코는 조금도 동요하지 않고 요시에의 얼굴을 봤다. 요시에는 미안스럽다는 듯이 백에서 아까 그 지폐 다발을 꺼냈다.

"그럼 갚아야지. 지난번 8만."

미키의 수학여행 비용을 빌렸던 것을 말하는 모양이다. 요시에는 구겨진 지폐다발에서 만 엔 지폐를 여덟 장 뽑아 머리를 숙이면서 마사코에게 건넸다.

"이제 3000엔 남았지. 잔돈이 없는데 공장에서 줘도 되겠니?"

"좋아."

빚은 빚이다. 마사코는 깎아 준다고는 말하지 않았다. 그 말을 기대해서인지 요시에는 얼마 동안 마사코의 얼굴을 보고 있었으나 이윽고 포기한 듯 일어섰다.

"그럼 밤에 만나자."

"응, 밤에."

야근 동료는 밤에 만나는 게 정상이다. 그래서 낮의 일은 어딘지 모르게 수상쩍었다.

412호실

저녁이 되어 일어나면 기분이 우울해진다. 특히 초겨울은 일몰이 빨라 울적했다. 마사코는 침대에 누운 채로 해가 떨어져 방이 점점 어두워져 가는 것을 쳐다봤다.

야근을 하면서 기분이 처지는 것은 이런 순간이었다. 이것이 원인이 되어 노이로제에 걸린 파트타이머 동료가 있었는데 잘 알 것 같다. 금방 어두워지기 때문에 우울해지는 것이 아니라 남들 같은 정상적인 활동에서 벗어나 있다는 떳떳하지 못한 기분을 느끼는 탓이다.

얼마만큼의 바쁜 아침을 보내 왔을까. 집 안에서 누구보다 빨리 일어나서 아침 식사를 준비하고 도시락을 싸고 빨래를 널고 나갈 채비를 하고 기분이 안 좋은 아이를 달래서 보육원에 바래다준다. 언제나 벽시계를 올려다보고 손목시계를 들여다보며 안달하면서 뛰어다니는 생활. 조간신문을 읽을 틈도, 책을 고를 여유도 없이 잠잘 때는 항상 수면 시간을 셈하고 가끔 있는 휴일에는 산더미 같은 빨래와 청소에 쫓기는 나날. 울적하거나 떳떳하지 못한 기분과는 연이 없는, 강하고 바른 나날.

돌아가고 싶지는 않다. 그러니까 이것으로 됐다고 마사코는 생각한다. 양달의 데워진 돌멩이를 뒤집으면 습하고 차가운 흙이 나온다. 지금 자신은 차분히 그 어두움을 맛보고 있다. 흙에 온기는 없더라도 그립고 편안하다. 마치 둥글게 몸을 만 벌레 같다. 그렇다. 자신은 벌레가 된 것이다. 마사코는 다시 한 번 눈을 감았다. 얇고 짧은 수면을 불규칙적으로 취하기 때문인지 피로는 회복되지 않고 몸이 무거웠다. 중력에 끌려 들어가는 것처럼 졸음이 찾아온다. 이윽고 꿈을 꿨다.

마사코는 안쪽 벽을 연두색 판자로 댄 T 신용금고의 낡은 엘리베이터를 타고 천천히 내려간다. 판자 여기저기에 난 상처는 현금 수송 짐차가 난폭하게 부딪친 자국이다. 이 엘리베이터에서 동전이 가득 찬 무거운 주머니를 고생하며 끌어낸 적도 다 헤아릴 수 없다. 2층에서 엘리베이터가 멈춘다. 마사코가 있던 융자실이다. 눈을 감고도 걸을 수 있을 만큼 익숙한 자신의 일터. 그러나 이제 거기에 볼일은 없을 터다. 문이 열리고 마사코는 아무도 없는 어두운 사무실을 바라보면서 '닫힘' 버튼을 누른다. 닫히기 직전에 남자가 훌쩍 올라탔다.

죽은 겐지였다. 마사코는 숨이 멎을 뻔했다. 겐지는 하얀 셔츠에 수수한 넥타이를 매고 회색 바지를 입었다. 그때의 모습과 같았다. 겐지는 마사코를 향해 깍듯하게 꾸벅 목례한 뒤 등을 돌리고 엘리베이터 문을 바라보았다. 마사코는 자란 머리카락이 살짝 내려오는 목덜미를 쳐다보면서 뒷걸음친다. 거기에 자신이 잘라 낸 자국이 없는지 저도 모르게 찾고 있었다.

엘리베이터가 유난히 천천히 1층에 도착한다. 문이 열리고 겐지는 접객 카운터가 있을 암흑 속으로 사라져 간다. 혼자 엘리베이터 상자 안에 남겨진 마사코는 차가운 땀을 흘리며 자신도 거기에 발을 내딛을지 말지 망설였다.

굳은 결심과 함께 엘리베이터에서 나오자 암흑 속에서 누군가가 뛰쳐나오는 기척이 느껴졌다. 도망칠 사이도 없이 누가 등 뒤에서 마사코를 확 끌어안는다. 긴 팔이 몸에 감겨 꿈쩍할 수가 없다. 살려 달라고 소리치고 싶지만 말이 나오지 않는다. 남자는 마사코의 목을 조르려고 한다. 몸을 뒤틀어 벗어나려 해 보지만 팔다리가 마음대로 움직이지 않는다. 안타까움에 공포는 배가 되고 마사코는 꿈속에서 엄청난 양의 땀을 흘린다. 이윽고 남자의 손가락이 목에 얽혀 들었다. 마사코는 공포에 굳어 버린다. 그러나 조여드는 손가락의 따스함이, 목덜미에 닿는 남자의 거친 숨결이, 서서히 마사코를 어두운 충동으로 몰아넣는다. 그대로 강한 힘에 몸을 맡기고 목이 졸려 죽어 버리고 싶다는 충동에. 그 순간 마사코의 공포가 무중력 상태로 들어간 것처럼 모습을 감췄다. 대신 믿기 어려운 황홀감이 마사코를 덮치고 마사코는 놀라움과 환희의 목소리를 흘렸다.

마사코는 눈을 떴다. 위를 보고 누워서 심장을 눌러 본다. 아직 고동이 세찼다. 이때까지도 몇 번인가 성적인 유희를 느끼는 꿈을 꾼 적은 있었다. 그러나 공포와 등을 맞댄 황홀감은 처음이었다. 마사코는 어둠 속에서 꿈을 반추하며 자신의 마음속에 자리 잡은 풍경을 발견한 기분으로 얼마 동안은 움직이지 못했다.

꿈속의 남자는 대체 누구일까. 마사코는 몸에 감겨든 팔의 감촉을 떠올리면서 생각해 봤다. 겐지는 아니다. 겐지는 마사코를 공포로 이끄는 유령으로 나타난 것이니까. 요시키도 아니다. 요시키는 마사코에게 난폭한 행위는 한 번도 하지 않았다. 가즈오의 팔의 감촉도 아니다. 그렇다면 지금 불안을 느끼고 있는 보이지 않는 '제3의 인물'의 존재가 이런 형태로 나타난 건지도 몰랐다. 지나친 공포가 성적인 희열과 연결되다니. 마사코는 오랫동안 잊어버리고 있었던 감각이 너무 강렬한 데에 낙담마저 했다.

마사코는 일어나서 침실 불을 켰다. 커튼을 치고 화장대 앞에 앉는다. 거울을 들여다보자 형광등 때문에 안색이 나쁜 자신이 이쪽을 노려보고 있었다. 겐지의 시체를 해체한 후 얼굴이 변했다. 스스로도 확실히 알 수 있다. 미간의 작은 주름이 깊어지고 눈이 더욱 날카로워졌다. 삭았다고도 할 수 있다. 그러나 입술만은 반쯤 열린 채로 누군가의 이름을 부르고 싶어 하고 있었다. 이런 때에 대체 어찌 된 일일까. 마사코는 손으로 입을 가렸다. 그러나 눈의 반짝임만은 감출 수 없었다.

정신이 들고 보니 무슨 소리가 나고 있었다. 요시키나 노부키가 돌아왔나 보다. 머리맡에 놓인 시계를 보자 오후 8시가 가깝다. 마사코는 머리만 빗고 카디건을 걸친 뒤 방을 나왔다. 욕실에서 세탁기 돌아가는 소리가 난다. 요시키가 빨래를 하고 있는 모양이다. 최근 몇 년째 요시키는 자기 속옷류는 스스로 빨고 있었다.

마사코는 요시키의 방문을 두드렸다. 대답이 없기에 멋대로 열었다. 요시키가 와이셔츠 차림으로 침대에 걸터앉아 헤드폰으로 음악 시디를 듣고 있었다. 두 평이 조금 넘는 공간에 트윈베드 중 하나를 옮겨 넣었더니 좁아 보인다. 요시키는 그 방에 책꽂이며 책상을 놓고 하숙생처럼 살고 있었다. 마사코는 뒤에서 요시키의 어깨를 두드렸다. 요시키는 놀라서 돌아보더니 헤드폰을 뺐다. 마사코의 파자마 모습을 보고 묻는다.

"기분이라도 안 좋아?"

"아니, 깜박 늦잠을 잔 것뿐이야."

막 잠이 깬 마사코는 약간 싸늘함을 느끼고 카디건의 단추를 채웠다.

"깜박 늦잠 자는 게 밤 8시라니."

요시키는 말을 툭 던진다.

"뭔가 이상하군."

요시키는 '양달'에서 말을 하고 있다. 마사코는 북쪽 창문에 기대섰다.

"확실히 이상하네."

침대 위에 놓인 헤드폰에서 클래식 음악이 새어 나왔다. 마사코가 모르는 곡이었다.

"최근 식사 준비 안 하더군."

요시키는 마사코의 눈을 보지 않는다.

"응."

"왜?"

"그러기로 정했어."

요시키는 더는 이유를 묻지 않았다.

"뭐 아무래도 좋지만. 그럼 당신은 뭐 먹고 있는 거야."

"있는 걸로 적당히 때우고 있어."

"가족은 어찌 되든 상관없나."

요시키는 쓴웃음을 짓는다.

"맞아."

정직하게 대답한다.

"미안하지만, 각자 알아서 해 줘."

"어째서."

"나 벌레가 된 거야. 아무것도 안 하고 땅바닥에 있을 거야."

"벌레가 될 수 있으면 괜찮지."

"여자는 괜찮다는 말이야?"

"그렇지, 그럴지도 몰라."

"당신도 그러든가."

"그럴 수는 없지."

요시키는 질린 것처럼 마사코의 얼굴을 봤다.

"당신이 그런 소리를 하다니."

"당신도 요새 속에 들어 있잖아. 회사에 갔다가 여기 돌아와서 좋아하는 일을 하고 있는 것뿐. 그렇다면 하숙하고 있는 거나 같잖아."

마사코는 요시키의 방을 손으로 가리켰다. 이야기가 그쪽으로 가자 요시키는 귀찮은 듯이 이야기를 끝내려 했다.

"뭐, 됐어."

헤드폰을 든다.

마사코는 눈앞의 요시키를 바라본다. 처음 만났을 무렵에 비해 머리숱이 적어지고 흰머리가 늘었다. 체중도 떨어지고 그 육체는 언제나 알콜이 다 증발되고 남은 찌꺼기의 냄새가 나게 되었다. 그러나 외견의 변화보다도 요시키의 혼이 점점 그 순도를 높여 가고 있는 게 신경 쓰인다.

결혼 당초 요시키는 누구보다도 자유롭고 싶어 하며 언제나 정신을 긴장시키고 살고 싶다고 생각하는 인간이었다. 회사에 육체를 얽매이더라도 혼자가 되면 마음은 풍요롭고 따스한 남자였다. 아직 미숙한 마사코를 사랑해 줬다. 마사코도 그런 요시키를 좋아하며 신뢰했다.

그러나 지금은 회사에서 해방되면 가족에게서도 해방되고 싶어 한다. 요시키의 주위는 확실히 더럽고 탁하다. 회사는 물론이거니와 맞벌이를 하는 마사코도 요시키를 자유로이 놔두지 않았다. 노부키는 생각지 못한 방향을 향해서 길 도중에 멈춰 서 있다. 요시키의 정신이 고결한 만큼, 다른 자들이 그를 따라가지 못하는 사실에도 포기하기 쉬우리라. 그러나 모든 것에서 도망치려면 모든 인간관계를 끊고 속세를 버릴 수밖에 없다. 마사코는 속세를 비린 사람과 살 마음은 없었다. 그 생각은 아까 끈 꿈속의 황홀감과도 통했다. 그것이 자신의 우회로인 걸까.

마사코는 헤드폰을 귀에 댄 요시키에게 과감하게 물었다.

"어째서 나랑 자지 않게 된 거야?"

"뭐?"

요시키는 헤드폰을 뺐다.

"어째서 여기 혼자 있는 거야?"

"글쎄. 혼자 있고 싶어서겠지."

요시키는 책장에 질서정연하게 꽂힌 소설 책등을 쳐다보면서 대답했다.

"누구나 혼자이고 싶지 않을까."

"그렇겠지."

"어째서 나랑 자지 않게 된 거야?"

"그런 건 자연스레 그렇게 되는 거야."

요시키는 쩔쩔매는 얼굴을 감추지 못하고 눈을 돌린다.

"당신도 피곤한 것 같았고."

"그러네."

마사코는 침실을 따로 둔 4, 5년 전을 떠올리려고 했다. 극히 하잘것없는 일들뿐이고 세세한 기억은 잊어버렸다. 바로 그 세세한 것이 쌓여 지금 이렇게 두 사람을 무너트려 온 것이라는 생각이 들었다.

"섹스만이 부부의 결속은 아니야."

"그건 알지만, 당신은 그 이외도 전부 거부하고 있는 것처럼 여겨져. 나나 노부키와 관련되는 것도 싫어하고 있는 것 같아."

마사코가 중얼거리자 요시키는 뜻밖이라는 듯이 말했다.

"하지만 야근을 나가고 싶다고 한 건 당신이잖아."

"다시 취직할 곳이 없어서 별수 없었어."

"거짓말."

요시키는 이번에는 똑바로 마사코를 봤다.

"경리 일이라면 작은 회사라도 어딘가 분명 있었을 거야. 당신은 상처 입은 거야. 두 번 다시 같은 일을 하고 싶지 않았던 거겠지."

민감한 요시키가 그 점을 깨닫지 못했을 리가 없었다. 그러기는 커녕 함께 상처 입기조차 했던 것도 알고 있었다.

"내가 야근을 선택했기 때문에 우리 관계가 무너지기 시작했다는 거야?"

"아니, 그런 말은 하지 않았어. 하지만 서로 혼자가 되고 싶다고 생각했던 건 확실해."

마사코는 자신이 따로 문을 연 것과 마찬가지로, 요시키도 다른 문을 열었음을 깨달았다. 슬프지는 않았지만 쓸쓸했다. 두 사람은 침묵했다.

"내가 집을 나가면 놀랄 거야?"

"갑작스럽게라면 놀랄지도 모르지. 그리고 걱정할 거야."

"하지만 찾지는 않는다?"

얼마 동안 생각한 후 요시키는 끄덕였다.

"아마도."

요시키는 이야기가 끝났다고 생각한 건지 헤드폰으로 돌아갔다. 마사코는 요시키의 옆모습을 얼마 동안 쳐다보고 있었다. 언젠가 이 집을 나가자고 결심했다. 그 결심을 재촉하는 것은 아까까지 마사코가 누워 있던 침대 바로 아래, 침구가 든 정리함 안에 있었다. 500만 엔의 현금.

조용히 문을 열고 요시키의 방을 나와서 보니 어둑어둑한 복도에 노부키가 있었다. 노부키는 갑자기 나온 마사코를 보고 당황한 표정을 지었으나 가위에 눌린 것처럼 우뚝 멈춰 선 채 움직이지 않았다. 마사코는 손을 뒤로 돌려 문을 닫았다.

"지금 얘기 들렸어?"

노부키는 대답하지 않았다. 곤혹스러워하며 눈을 내리깔고 있다.

"보기 싫은 일에는 그렇게 입 다물고 있으면 된다고 생각하고 있지. 하지만 그렇게는 되지 않을 거야."

노부키는 침묵을 지키고 있다. 마사코는 자기보다 키가 큰 아들을 올려다봤다. 지금은 자신의 배에서 나왔다는 게 믿어지지 않을 정도로 크게 자란 아들. 여태까지 지켜봐 왔고, 그리고 얼마 안 가 마사코 쪽에서 떠나려 하고 있는 아들.

"난 이 집을 나갈지도 몰라. 하지만 너는 이제 어른이라고 생각하니까 알아서 해. 학교로 돌아가고 싶으면 돌아가고, 여기서 나가고 싶으면 그래도 돼. 전부 네가 정하고 의사표시해."

마사코는 얼마 동안 아들의 홀쭉한 뺨을 쳐다보고 있었으나 노부키는 입술만 부들부들 떨 뿐 아무 대답도 하지 않았다. 마사코가 발길을 돌리자 등에 변성기가 된 아들의 욕이 퍼부어졌다.

"응석 부리지 마, 이 할망구."

노부키의 목소리를 듣는 것은 올해 들어서 두 번째였다. 더욱 성인 남자의 목소리에 가까워졌다. 마사코는 고개를 돌려 아들의 얼굴을 봤다. 눈에 눈물이 그렁거린다. 말을 걸려고 했으나 노부키는 씩씩 숨을 몰아쉬며 2층으로 뛰어 올라갔다. 가슴이 아팠다. 하지만 마사코는 돌아갈 길을 찾고 싶지 않았다.

마사코는 출근 도중에 들르고자 오랜만에 야요이의 집으로 향했다.

앞 유리에 낙엽이 날아와 부딪치며 바스락 하고 살짝 기분 좋은 소리가 났다. 바람이 조금 차가워졌다. 추위를 느끼고 창을 닫으려 하자 어디선가 작은 날벌레가 날아 들어와서 차 안 어둠 속에 숨어 버렸다. 그날 밤 궁지에 몰린 야요이의 목소리를 듣고 도울지 말지 망설이면서 차를 운전하던 때가 떠올랐다. 열린 창으로 치자나무 향기가 들어왔다가 금방 사라졌더랬다. 여름에 있었던 일인데도 벌써 몇 년이나 지난 옛날 같은 기분이 든다.

컴컴한 뒷좌석에서 무슨 소리가 났다. 아마 항상 싣고 다니는 지도책이 좌석에서 미끄러져 떨어진 소리이리라고 짐작하면서도 마사코는 겐지가 함께 타고 야요이를 보러 가려 하고 있는 것 같은 기분이 자꾸만 들었다.

"같이 갈까."

이미 겐지와 꿈에서 친숙해진 마사코는 어둠에 대고 말을 걸었다. 지금부터 마사코는 야근 나가는 야요이와 교대하는 식으로 집을 보러 오는 모리사키 요코라는 여자를 확인하러 갈 생각이었다.

시체를 옮겼던 그때처럼 야요이의 집 앞 골목에 들어가 차를 세워 놓고 마사코는 인터폰을 눌렀다. 커튼이 쳐진 거실에 안정된 노란색 조명이 켜져 있었다. 두려움이 느껴지는 목소리로 야요이가 대답했다.

"가토리야. 밤중에 미안."

야요이는 놀란 눈치였다. 바로 복도를 걸어 나오는 발소리가 들렸다.

"무슨 일이야? 이런 시간에."

문을 열어 준 야요이는 막 목욕을 하고 나온 건지 젖은 머리카락이 뺨에 붙어 있었다.

"들어가도 돼?"

마사코는 뒤로 문을 닫고 좁은 현관에 들어가서 반사적으로 마루 끝에 눈을 향했다. 겐지가 죽은 장소. 야요이도 그 의미를 알고 있다. 성급히 눈을 내리깔았다.

"나, 아직 갈 시간 안 됐는데."

"알아. 아직 10시인걸. 잠깐 할 이야기가 있어서."

마사코가 그렇게 말하자 야요이는 공장에서 한 말싸움을 떠올리는 건지 긴장하는 표정을 지었다.

"이야기라니 뭐?"

"모리사키 씨, 몇 시에 와?"

마사코는 안쪽 거실에서 무슨 소리가 나지 않는지 귀를 기울였다. 아이들은 잠이 들었는지 텔레비전 뉴스 소리 말고는 아무런 소리도 들리지 않는다.

"그게 있지."

야요이의 두 눈썹 끝이 축 처졌다.

"이제 오지 않게 됐어."

"어째서?"

마사코의 가슴속에 말 못할 불안이 퍼졌다.

"갑자기 시골로 돌아가게 됐다고 일주일인가 전에 말을 꺼내서. 깜짝 놀라서 가지 말라고 했는데 꼭 가야 한다는 거야. 아이들도 낙담하고 본인도 울음을 터트리려고 하더라고."

"시골이 어딘데."

"확실히 말을 안 하는 거 있지."

야요이는 상처 입은 표정을 감추지 않는다.

"그렇게 사이좋았다고 생각했는데. 다시 연락한다고만 하는 거야."

"야요이, 그 사람 어떻게 해서 오게 된 거야?"

마사코의 질문에 야요이는 군데군데 막히면서 이때까지의 경위를 이야기하기 시작했다. 마사코는 모리사키가 조사를 하기 위해 잠입한 것이리라는 확신을 더했다. 입을 다문 채 생각에 잠겨 있자니 야요이가 이상하다는 듯이 물었다.

"마사코 씨. 어째서 그런 걸 신경 써? 나는 마사코 씨 생각이 지나치다고 봐."

"아직 잘 모르겠지만 누군가가 우리들을 염탐하고 있는 것 아닌가 싶어. 너 조심하는 편이 좋아."

마사코는 마침내 말했다.

"그게 무슨 말이야? 누가 염탐하는데? 뭘 위해서?"

야요이는 놀란 듯이 외쳤다. 머리카락에서 물이 줄줄 흘러 얼굴이 점점 젖었지만 신경도 쓰이지 않는 모양이다.

"마사코 씨, 그거 설마 경찰이야?"

"아니라고 생각해."

"그럼 누구?"

"모르겠어."

마사코는 고개를 저었다.

"모르니까 기분 나쁜 거야."

"그럼 그 일파라는 거야? 모리사키 씨가."

"어쩌면."

이미 아파트도 나갔을 테니 주거를 조사해 봤자 아무런 소용도 없을 것이다. 그러나 아파트를 빌려서까지 야요이의 주변을 염탐했다. 돈이 들어간 것이다. 돈을 들인다는 것만으로도 마사코에게는 참을 수 없이 섬뜩했다.

"보험금 조사일까."

"돈 나올 건 이미 결정된 일이잖아."

"응. 다음 주에 나온대."

"그 사실을 알고 있을까."

마사코는 고개를 갸웃거렸다. 야요이는 추운 것처럼 두 팔을 문질렀다.

"나, 표적이 되고 있나 봐. 어쩌지."

"너는 방송에 나와서 유명하니까. 이제 공장에도 오지 않는 편이 좋다고 생각해. 조용히 살아가는 게 좋아."

"그래? 정말로 그렇게 생각해?"

야요이는 매달리는 눈으로 마사코를 봤다. 그리고 안도한 건지 입을 일그러트렸다.

"내가 가지 않게 되면 돈이 들어온 거 아니냐고 다들 생각하지 않을까."

요시에와 구니코에게 보험금이 눈치 채일 것을 두려워하며 지금까지와 마찬가지로 행동해 온 건가. 마사코는 내심 혀를 내두르며 야요이를 쳐다봤다. 겐지를 죽인 후 야요이는 그전까지와 달리 계산적인 면이 생겼다.

"그 사람들은 가만히 놔둬. 무서워할 것 없어."

"그렇지."

야요이는 고개를 끄덕이면서도 의심하는 눈으로 마사코를 봤다. 그렇다면 과연 당신은 신용할 수 있는 거냐는 얼굴이었다. 마사코는 선수를 쳐서 말했다.

"나는 아무것도 말 안 해."

"그렇겠지. 200만이나 냈고."

야요이는 천연덕스러운 말투로 말했다. 마사코는 야요이가 요전에 공장에서 했던 말다툼을 마음에 두고 있다고 느낀다.

"그래. 너희 남편을 해체하는 데에는 충분한 보수였어."

볼일을 다 본 마사코는 손을 들었다.

"그럼 이만 갈게."

"일부러 찾아와 주고 고마워."

바깥으로 나가 차에 타고 문을 닫은 순간 야요이가 쫓아왔다. 마사코는 조수석 문을 열어 줬다.

"묻는다는 걸 잊었어."

야요이는 바깥 공기에 닿아 차가운 건지 아직 젖은 머리카락을 두 손으로 만져 넘기면서 같이 올라탔다. 젊은 처녀들 같은 린스 냄새가 차 안을 채웠다.

"무슨 일인데?"

"요전에 공장에서 말했던 일이라는 게 뭐야? 또 시체를 토막 냈다는 거야?"

"너한테는 말 안 하기로 할래."

마사코는 시동을 걸었다. 조용한 주택가에 엔진 소리가 울려 퍼진다.

"어째서?"

야요이는 굴욕에 몸을 부들부들 떨며 예쁜 입술을 깨물었다. 마사코는 고개는 돌리지 않고 앞 유리만 노려봤다. 깔끔하게 접히지 않은 와이퍼에 낙엽이 몇 장 끼워져 있었다.

"말하고 싶지 않은걸."

"어째서? 그게 무슨 뜻이야?"

"너 같은 무방비한 여자한테 말하면 변변한 일이 없는걸."

야요이는 아무 말도 하지 않고 차 문을 열고 밖으로 나갔다. 마사코는 야요이 쪽을 보지 않고 차를 후진시켜 골목을 나갔다. 분노를 드러내며 문을 쾅 소리가 나게 닫고 야요이가 집으로 들어갔다.

구니코는 오후 늦게 일어나서 우선 텔레비전을 켰다. 그리고 근처 편의점에서 사 온 자기들 공장에서 제조된 도시락을 먹었다.

아마도 옆 라인이 만들었을 갈비 도시락. 이 고기가 골라진 모양을 보니 신입이 한 일이 틀림없다고 구니코는 기뻐했다. 신입은 컨베이어 속도를 따라가지 못해 고기를 펼 시간이 없다. 따라서 뒤틀린 소고기가 보통 양보다 많이 들어가게 되는 것이다.

이런 도시락에 당첨된 것만으로도 오늘은 행운이라고 하겠다. 구니코는 신이 나서 고기가 몇 장인지 세어 봤다. 열한 장이나 들어 있다. 나카야마가 용케 불평을 하지 않았구나 하고 실실 웃는다. 스승님이 고른 날에는 예쁘게 펴진 갈비 여섯 장으로 흰밥을 메워 버린다.

거기서 구니코는 요시에에 대해 생각하기 시작한다. 최근 요시에의 씀씀이가 좋은 것이 마음에 걸렸다. 갑자기 딸을 진학시키겠다고 하지를 않나, 아파트를 물색하고 있다는 얘기도 했다. 야요이에게서 받은 50만으로 그만한 일이 가능할 리가 없다. 50만이라고 하면 기껏해야 이사나 갈 수 있을 돈이 아닌가.

모아 둔 거라도 있었던 걸까. 아니, 그 가능성은 절대 없다며 구니코는 고개를 젓는다. 요시에의 생활이 얼마나 어려웠는지는 잘 알고 있다. 그렇게 빈곤하게 살 바에야 죽는 편이 낫다고 내심 경멸하고 있었을 정도다. 어딘가 이상하다. 돈에 관해서만은 유난히 감이 좋은 구니코는 고개를 갸웃거린다.

상상은 사악한 추측으로 발전했다. 어쩌면 자신에게 비밀로 야요이가 요시에에게만 50만 넘게 준 게 아닐까. 한번 그런 발상이 들자 멈추지 않는다. 근본적으로 타인의 행복을 참을 수 없는 구니코는 자신만이 손해를 본 것 같은 기분이 들었고 그것이 다시 망상에 박차를 가한다. 오늘 공장에서 만나면 요시에를, 아니, 야요이를 추궁해 보자고 결심한다. 구니코는 다 쓴 젓가락을 힘줘 부러트려서 도시락 용기에 쑤셔 넣었다.

자신의 돈은 아직 18만 정도 남아 있다. 구니코는 그것을 떠올리고 빙그레 웃었다. 그 돈으로 각종 대출금의 이자를 내고, 빨간색 가죽점퍼, 검은색 스커트, 보라색 스웨터를 샀다. 부츠도 가지고 싶었지만 역시 참고 대신 화장품을 몇 점인가 샀다. 그러고서도 아직 18만이나 남아 있는 것이다. 이만한 행복은 없다. 주몬지 쪽 결제가 없어진 것도 뜻밖의 횡재였다.

구니코는 주몬지가 그 비밀을 어째서 알고 싶어 한 건지, 그리고 그것을 알아서 어떻게 했는지 관심도 흥미도 없었다. 불똥이 자기에게만 안 튀면 되는 거다. 그 비밀이 발각 나면 자신도 체포

되는 것이 아닌가 불안했던 적도 있었지만 형사가 전혀 오지 않게 된 지금은 아무래도 좋았다.

구니코의 마음속에서는 해체한 겐지를 버린 일은 이미 옛날 일이었다. 다만 그 건수를 가능한 한 철저하게 이용해 주고 싶었다. 협박이든 공갈이든 다 나와 봐라. 그것밖에 머리에 없었다.

구니코는 도시락 용기를 쓰레기통에 버리고 나서 공장에 가기 위해 세수를 하고 거울 앞에서 화장을 시작했다. 최근에 산 립스틱을 포장에서 꺼내서 발라 본다. 가을의 신색상 갈색이다. 점원의 권유로 사 봤는데 피부가 희고 살찐 구니코에게는 얼굴이 어두워 보여 어울리지 않았다. 입술이 쑥 튀어나와 보인다. 가게에서 발라 봤을 때 "잘 어울리십니다." 하고 점원이 치켜세워 주는 것을 듣고 마음이 동한 게 화근이었다. 4500엔이나 했는데.

구니코는 산 것을 후회했다. 이 색깔이라면 슈퍼에서 파는 800엔 짜리로 충분했다. 분해서 참을 수가 없다. 하지만 파운데이션을 바꾸면 어울려 보일지도 모른다는 생각이 들자 구니코는 그 아이디어에 푹 빠졌다. 서둘러 여성지의 메이크업 특집을 펴 놓고 그 페이지에 홀렸다. 새로운 파운데이션과, 이 김에 새 부츠를 살 것을 결심한다.

욕망을 만족시키기 위해 상품을 사고, 그 상품을 위해 또 새로운 물욕이 태어난다. 서서히 확대되어 간다. 끝없는 술래잡기를 하는 것이 구니코의 사는 보람이었다. 아니, 구니코 자신이었다.

화장을 마친 구니코는 새로 산 보라색 스웨터에 팔을 꿰고 검은색 스커트를 받쳐 입었다. 아래에 검은색 타이츠를 신으면 평소보다 멋스러워 보인다는 사실을 발견한다. 구니코는 거울 앞에서 섹시하게 포즈를 취해 봤다. 그러자 몸속 깊은 곳에서 뭔가가 욱신거리며 쑤셨다.

남자다. 남자가 필요하다. 마지막으로 섹스를 한 게 대체 언제였을까. 구니코는 성급히 미니 달력을 손에 들었다. 데쓰야가 나간 것이 7월 말. 그 후 계속이니까 3개월 이상은 격조했다는 말이 된다. 그런 바보 같은 남자라도 같이 있을 가치는 있었던 것이다. 구니코는 갑자기 처량해져서 옷으로 복작대는 침대 위에 몸을 던졌다.

이렇게 예쁘게 멋을 냈으니 누군가에게 멋지다는 소리를 듣고 싶다. 꼭 끌어안기고 싶다. 물론 궁상맞게 생긴 데쓰야 따위와 다른 늠름한 남자에게. 치한이든 뭐든 좋다. 아무 데나 길가에 지나다니는 남자라도 상관없다. 구니코의 욕망은 급속히 배가되어 긴박해져 갔다.

물욕이 대강 만족되자 이번에는 다른 욕망이 자극된다. 멈추지 않는 상상이 잇따라 추측을 낳는 것처럼, 하나의 상품이 다른 상품에의 물욕을 자극하는 것처럼, 구니코는 성욕조차도 발전시켜 부풀려 간다.

구니코의 뇌리에 미야모리 가즈오가 떠올랐다. 연하인 듯하지만 혼혈에 핸섬한 가즈오는 전부터 마음에 들었다. 몸도 좋다. 요전에 요시에와 돈이 든 봉투를 맡겼을 때도 선선하고 친절했지 않은가. 기숙사에서 룸메이트와 살고 있다니까 분명 여자에 굶주려 있을 것이다. 멋대로 확신한 구니코는 공장에 가거든 말을 걸어 보자고 결심했다. 그렇다, 그렇게 하자. 품에 돈이 있으면 씩씩해지는 구니코는 힘이 넘쳐서 일어났다.

구니코는 차 문을 열었다. 빨간색 점퍼는 보라색 스웨터를 돋보이게 하도록 손에 들었다. 기껏 세트한 머리가 흐트러지지 않도록 오늘은 캔버스 톱을 열지 않고 갈 생각이다.

다만 한 가지 걱정되는 것은 마사코와 주차장에서 부딪치는 것. 최근에는 마사코의 얼굴을 보는 것도 지긋지긋해서 같은 라인에도 들어가지 않게 조심하고 있을 정도다. 그것을 피하려면 조금이라도 빨리 도착할 수밖에 없다. 구니코는 골프를 기세 좋게 출발시켜 단지 주차장을 나왔다.

주차장에 도착해 보니 초소 옆에 경비원이 서 있었다.

남색 제복에 경봉을 허리에 달고 가슴에는 커다란 회중전등. 경비원이 있어서야 마사코가 말한 대로 치한과 마주칠 리도 없겠다고 조금 낙담한 마음으로 구니코는 차에서 내렸다. 문을 닫고 경비원을 흘겨본다.

"수고하십니다."

경비원이 경례하면서 고개 숙여 인사했다. 그 정중함이 마음에 든 구니코는 남자를 찬찬히 뜯어봤다. 공장의 야간 경비원은 퇴직한 초로의 남자였지만 여기 경비원은 공장의 남자와 비교하면 훨씬 젊다. 체격이 딱 벌어졌고 제복이 의외로 잘 어울린다. 얼굴은 주차장이 어두워서 잘 알아볼 수 없었지만 어쩐지 자기 취향일 것 같은 예감이 들었다. 구니코는 들뜬 목소리로 따라서 인사했다.

"좋은 아침입니다."

경비원은 그 인사에 익숙하지 않은 건지(야간조 업무가 아침에 끝나므로, 밤에 아침 인사를 하는 것이 경비원은 익숙지 않다.——옮긴이) 순간 어리둥절한 표정을 지었다.

"공장에 가시죠?"

"네, 그래요."

"그럼 바래다드리겠습니다."

경비원은 선선히 말하며 구니코에게 다가왔다. 목소리는 낮고 부드럽다. 구니코는 아양을 떨며 높게 가다듬은 목소리로 물었다.

"어, 그래도 되세요?"

"네. 도중까지 바래다드리게 되어 있거든요."

"한 사람 한 사람 바래다주는 건가요?"

"도중까지라 죄송하지만요. 그 공장 터만 넘으면 밝으니까요."

초소의 조명이 이쪽을 향한 경비원의 옆모습을 비쳤다. 평범한 생김새로도 보였지만 두터운 입술을 꾹 다물고 있는 점이 믿음직스럽기도 하고, 구니코가 만난 적 없는 종류의 남자로 보였다. 그러나 그게 어떤 종류인지는 구니코의 머리로는 분류하기 힘들었다.

"그럼 부탁드려요."

구니코는 새 옷을 입고 오기를 잘했다고 생각했다. 게다가 오늘 자신은 평소보다 정성 들여 화장했으니까 분명 예쁘게 보일 것이다. 뭔가가 일어날 것 같은 예감을 느끼면서 주차장 출구에서 기다리고 있자니 경비원이 가슴에서 떼이 낸 회중전등을 손에 들고 발치를 비쳤다. 가는 곳마다 자갈이 흩어진 땅바닥이 둥글게 나타난다. 마치 둘이서 탐험을 하러 가는 것 같다고 구니코는 가슴을 두근거리면서 경비원과 나란히 밤길을 걷기 시작했다.

"저 차 주인이십니까?"

구니코의 기분에 동화해서인지 경비원이 밝은 목소리로 말을 걸었다.

"네, 맞아요."

"참 멋지네요."

그는 감탄한 듯 말했다.

"감사합니다."

구니코는 아직 할부가 3년이나 남아 있다는 것도 잊고 자랑스레 웃었다.

"몇 년 정도 타셨습니까?"

젊은 남자와 대화하고 있는 것 같아 구니코는 즐거워진다.

"3년째요. 하지만 돈이 많이 들어요. 그 뭐라고 하더라. 기름 들어가는 거."

"연비 말입니까?"

"맞아요. 그거, 그거."

구니코는 자연스러움을 가장해 경비원의 팔을 잡았다. 남자의 팔 근육이 손에 느껴지면서 가슴이 쑤신다.

"리터당 얼마나 나가는데요?"

"글쎄요. 잘 모르겠지만 주유소 사람이 연비가 별로 안 좋다고 하더라고요."

"그렇습니까. 거기다 저 차는 핸들도 꽤 무겁죠."

"그런가요? 잘 아시네요."

오랜만에 물욕을 만족시킨 덕분에 구니코는 행복해져서 생글생글 웃으며 말했다.

"전에 타 보신 적 있으세요?"

"설마요. 외제 차를 제가 무슨 재주로."

쓴웃음 지은 남자는 폐공장 앞에서 걸음을 멈췄다. 왼쪽 폐공장은 평소에는 기분 나쁘지만 오늘은 꼭 놀이공원에 조성된 폐허처럼 구니코를 모험으로 유혹하고 있었다.

"자, 도착했습니다."

구니코는 이것으로 끝인가 낙담했다. 경비원은 경례하면서 "조심해서 가십시오. 일 열심히 하시고요." 하고 말해 주었다.

"네에."

어린애 같은 투로 대답한 구니코는 새로운 기쁨을 발견한 마음에 날아오를 것 같았다. 이런 일도 다 생기고, 자신의 욕망은 더욱 자극될 것이다. 그러면 모든 의욕이 솟아날 것이다. 구니코는 부츠와 어울리는 새 정장도 사자고 마음먹었다. 색깔은 당연히 날씬해 보이는 검은색이다. 공장에 도착해서도 그 들뜬 기분이 이어지느라 미야모리 가즈오의 모습을 봐도 마음은 조금도 움직이지 않았다.

콧노래를 부르면서 슬슬 세탁할 시기가 된 지저분한 작업복으로 갈아입는다. 요시에가 출근했다. 요시에는 낡은 저지 바지에 검은색 스웨터를 입었지만 가슴에 새 은 브로치를 달고 있었다. 구니코는 재빠르게 알아보고 값을 매긴다. 5000엔은 나갈 것 같은 물건. 요시에에게는 너무 사치스럽다.

"일찍 왔구나."

요시에는 구니코를 본 순간 싫은 표정을 지었다. 구니코는 울컥 화가 났지만 표면적으로는 선배를 존중해 주는 것을 잊지 않는다.

"좋은 아침입니다."

정중하게 인사하고 곧바로 아첨을 한다.

"스승님, 그 브로치 예쁘네요."

“아아, 이거.”

요시에는 싱글벙글 좋아했다.

“눈 딱 감고 사 버렸어. 전부터 이런 거 가지고 싶었는데 그동안은 못 샀잖니? 파마할까 이걸 살까 망설이다가 이걸로 해 버렸어. 나도 여자다 싶었지.”

“그 돈으로요?”

구니코는 목소리를 낮추고 묻는다. 요시에는 얼굴을 붉혔다.

“그러면 안 되니?”

“아뇨, 안 되긴.”

구니코는 시치미를 떼고 옷을 마저 갈아입었다. 슬슬 마사코가 올 때였다. 그 전에 그 일을 물어보자.

“스승님, 야마모토 씨에게서 받은 사례 말인데요.”

요시에는 주위를 신경 쓰며 목소리를 줄이고 구니코의 커다란 얼굴에 자기 얼굴을 갖다 댔다.

“뭔데.”

“저기, 그거 정말 저랑 같은 액수인가요.”

“그게 지금 무슨 뜻이니?”

요시에는 울컥해서 되물었다. 구니코는 당황하지 않고 변명한다.

“그런 뜻이 아니라. 대단한 것도 하지 않았는데 이렇게 많이 받아도 되는 건가 싶어서요. 스승님이랑 같다니 죄송스러워요. 마사코 씨는 처음에 10만이라고 했잖아요.”

“괜찮아.”

요시에는 구니코의 두꺼운 어깨를 다독였다.

“다들 같은 기분이었으니까.”

"그럼 진짜로 50?"

"진짜로 50이야."

요시에는 고개를 끄덕였지만 구니코의 눈을 보려고 하지 않았다. 거짓말을 하고 있다. 구니코는 추궁한다.

"저랑 같네요. 그런데 어떻게 사치를 할 수 있어요?"

"내가 무슨 사치를 했다고 그러니. 무슨 소리야."

요시에는 아연실색했다.

"그럴까요. 뭔가 더 들어온 것처럼 보이는데."

"설사 그렇다 한들 너랑은 관계없잖니."

"과연 관계가 없을까요."

구니코는 심술궂게 요시에의 브로치를 대놓고 쳐다봤다.

요시에가 도움을 구하는 것처럼 탈의실에서 휴게실을 둘러본다. 그 얼굴에 안도의 빛이 떠올랐다. 마침 마사코가 들어온 것이었다. 마사코 치고는 드물게 몸에 딱 맞는 검은색 스웨터에 검은색 바지를 차려입었다.

"헤에. 저 사람, 여자 옷도 가지고 있구나."

구니코는 들리라고 큰 소리로 말했으나 마사코에게는 들리지 않은 모양이다. 마사코는 두 사람이 있는지 모르고 자판기와 같이 있는 재떨이 앞에서 담배에 불을 붙이고 있다. 우울한 듯이 얼굴을 찡그리고 표어가 덕지덕지 붙은 벽을 응시하며 담배 한 대를 천천히 맛보고 있었다. 구니코는 마사코를 노려본다. 본 적 없는 옷이다. 마사코가 돈을 받지 않았다는 것도 거짓말이 아닐까. 둘이서 짜고 자신을 속이고 있는 것이 아닐까. 그러나 역시 마사코는 거북했다.

"그럼 먼저 갈게요."

구니코는 주름 모자를 손에 들고 얼른 탈의실에서 나갔다. 마사코가 벽을 보고 있는 사이에 눈치 채이지 않도록 등 뒤를 빠져나가 복도로 나간다. 다음은 야요이였다. 야요이를 추궁해 자백시키지 않으면 마음이 풀리지 않을 것 같다.

그러나 아무리 기다려도 야요이는 오지 않았다. 타임카드를 찍는 곳에서 계속 현관을 감시하고 있자니 뒤에서 인기척이 났다.

"야요이는 이제 오지 않아."

작업복으로 갈아입은 마사코가 서 있었다.

"아, 안녕하세요."

"안녕하세요는 무슨."

마사코는 구니코를 밀어내고 자기 카드를 빼서 찍었다.

"저기, 야마모토 씨가 이제 오지 않는다니 무슨 말인가요? 두 번 다시 안 온다는 건가요?"

구니코는 마사코를 보면 언제나 주눅이 드는 기분을 어떻게든 하고자 애를 태우면서 묻는다.

"그래, 맞아."

"어째서요?"

"글쎄. 너한테 협박당하는 게 싫었나 보지."

마사코는 재빨리 신발장에서 모양이 망가진 스탠스미스 운동화를 꺼냈다. 신발은 바닥의 기름이며 튀김덮밥의 끈적끈적한 국물이 묻어서 갈색으로 때가 탔다.

"듣는 사람 기분 나쁘게 협박이라뇨. 저는 단지."

"적당히 좀 해. 구니코."

돌아본 마사코는 고함을 쳤다. 닿으면 베이는 칼날처럼 눈빛이 더 날카로워졌다. 구니코는 무서워져서 그 자리에 못이 박혔다.

"적당히라니 무슨 말이세요?"

"야요이한테 50 받고, 주몬지한테 빚 탕감받고. 그 이상 뭘 더 바라."

주몬지에게 분 것을 알고 있었나. 구니코는 입을 쩍 벌렸다.

"어떻게 알고 계세요?"

"주몬지가 말했으니까. 너는 바보에 얼간이에, 한심하기 짝이 없는 애야."

전에도 마사코에게 같은 말로 욕을 들었던 기분이 든다. 구니코는 뺨을 볼록하게 부풀렸다.

"무례하게……."

"무례한 건 그쪽이지."

마사코는 구니코의 어깨 부근을 팔꿈치로 쿡 찔렀다. 마사코의 불거진 팔꿈치 뼈가 쇄골에 부딪쳐 구니코는 비틀댄다.

"뭐 하는 거예요!"

"네가 불어서 모두 지옥에 가는 거야. 바보구나, 정말. 자기 목이나 조르고."

마사코는 그렇게 내뱉고서 공장으로 향하는 계단으로 걸어갔다. 마사코의 등이 쫙 펴진 뒷모습이 모퉁이를 돌아 사라진다. 홀로 남겨진 구니코는 그때 처음으로 자신의 행동이 그렇게 엄청난 것이라는 데 와들와들 떨었다.

그러나 언제나 그렇듯 반성은 오래가지 않았다. 구니코는 여기에 있을 수 없다면 다른 직장을 찾아야겠다고 생각했다. 기껏 그 경비원과도 사이가 좋아지려던 참이었는데 유감이었지만, 위험하다면 한시라도 빨리 마사코나 다른 동료들에게서 떨어지는 편이 좋으리라.

구니코는 파트타이머의 타임카드가 꽂힌 벽의 목제 선반을 쳐다봤다. 여기서 2년 가까이 근무했다. 익숙해졌지만 다른 직장을 찾아야만 한다. 좀 더 수입이 좋은 편한 일, 이런 기분 나쁜 동료가 없는 멋진 직장. 좋은 남자가 기다리는 장소. 어딘가에 분명 있을 거다. 이번에는 유흥업소라도 상관없다고, 오늘만큼은 스스로에게 자신을 갖고 생각한다. 그렇다, 찾아보자. 평소와 같은 욕망의 술래잡기가 시작되었다. 그것은 귀찮은 일로부터의 도피이기도 하다.

이른 아침 근무를 마치고 녹초가 돼서 돌아온 구니코에게 환영할 만한 일이 기다리고 있었다.

단지 주차장에 차를 세우고 우편함이 늘어선 초라한 건물 현관으로 들어간다. 구니코의 발소리에 남자가 돌아섰다. 남자는 얼굴에 웃음을 띠었다.

"어라, 이런 우연이 다 있군요."

구니코는 얼마 동안 남자가 누구인지 알아보지 못했다.

"왜, 어젯밤 주차장에서 만났지 않습니까."

"아아, 몰랐어요."

구니코는 교태로운 환성을 올렸다.

"어머, 웬일이야."

남자는 주차장 경비원이었다. 제복 차림이 아니라 남색 점퍼에 회색 작업 바지로 갈아입고 있었고, 그때는 어두워서 얼굴도 잘 보이지 않았던 탓이다.

남자는 전에 살던 집 아이가 붙인 스티커며 판박이가 덕지덕지 붙은 지저분한 목제 우편함 문을 닫고 구니코를 보고 섰다. 정면에서 보니 남자의 얼굴은 나쁘지 않았다. 피부가 검고 어딘지 모르게 정체 모를 위험한 느낌이 난다. 구니코는 마음이 설레었다. 갈비 도시락에서 시작된 행운은 아직 끝나지 않았다.

"언제나 이 시간에 돌아오십니까?"

구니코의 속은 눈치도 못 채고 남자가 손목시계를 봤다. 싸구려 디지털시계였다.

"이야, 힘든 일이로군요."

"그렇죠. 하지만 그쪽도 그렇잖아요."

"저야 이제 막 시작한 거고요. 힘든지 어떤지 잘 모르겠습니다."

남자는 고개를 갸웃거리고는 점퍼 주머니에서 담배를 꺼내며 졸린 표정으로 밖을 내다봤다. 11월에 들어 일출이 늦어져서 이제 겨우 해가 오른 참이었다.

"겨울은 밤이 길고, 여자 분은 큰일이군요."

구니코는 이제 그만두니까 괜찮다는 말은 할 수 없었다.

"하지만 이제 익숙해요."

"아, 소개가 늦었습니다. 저는 사토라고 합니다."

남자는 담배를 든 손을 내리고 정중하게 인사했다. 구니코도 서둘러 허리를 굽힌다.

"저는 조노우치 구니코. 5층에 살아요."

"그렇습니까. 이야, 잘 부탁드립니다."

사토는 기쁨을 감추지 않고 튼실한 흰 이를 보이며 웃었다.

"저야말로. 저어, 가족 분들과 살고 계신가요?"

"아, 아니요."

사토는 어물거렸다.

"실은 이혼을 해서 말이죠. 혼자 살고 있습니다."

이혼이래. 탐욕스러운 구니코의 눈에 불이 켜졌다. 그러나 사토는 사생활을 이야기한 게 부끄러운지 고개를 돌린다.

"그러시군요. 하지만 기뻐요. 저도 그렇거든요."

사토가 의외라는 얼굴을 하며 구니코를 봤다. 그 눈에 기쁨이 있지 않았는가. 그 눈에 욕망이 있지 않았는가. 구니코는 마음이 들떠서, 오늘은 부츠와 정장 그리고 금목걸이를 사러 가자고 생각했다. 그리고 사토의 옆으로 그가 방금 닫은 우편함 호수를 확인했다. 412호실이었다.

뭔가가 걸렸다. 욕실을 청소하며 마사코는 계속 그 생각을 했다. 하지만 대답은 좀처럼 나오지 않는다.

마사코는 욕조의 물때를 스펀지로 지우고 거품이 완전히 사라질 때까지 샤워로 씻어 흘려보냈다. 일에 집중이 되지 않는 탓인지 손이 미끄러지면서 샤워기를 떨어트렸다. 샤워기는 노즐에서 물을 뿜어내면서 욕조 가장자리에 부딪쳐 타일 위에 탕 하고 떨어졌다. 마사코의 얼굴이며 몸이 차가운 물을 맞았다. 마사코는 수압으로 뱀처럼 몸부림치는 샤워기를 잡아 눌렀다. 젖은 손과 다리로 오한이 등줄기까지 올라왔다.

오후부터 비가 내렸다. 기온도 급속히 내려가 12월 하순과 같은 수준이라 추운 날이다. 마사코는 트레이너 소매로 젖은 얼굴을 닦고 활짝 열어 뒀던 창문을 닫았다. 거기서 빗소리와 냉기가 들어오고 있었다. 마사코는 푹 젖은 옷을 내려다보며 추위가 뼛속까지 스며드는 욕실 바닥 타일 위에서 멍하니 생각에 잠겼다.

넘쳐흐른 물이 마른 타일 위에 가느다란 줄기를 이루며 배수구로 흘러간다. 겐지의 피와 체액, 그리고 요전번 노인의 그것도 지금쯤은 이 집 아래를 흐르는 하수에서 넓은 바다로 흘러 들어갔을까. 주몬지가 버리러 간 노인의 육체 조각은 재가 되어 남쪽 바다로 흘러갔을까. 마사코는 창문 너머로 조금 멀어진 빗소리를 들으면서 태풍 때 속도랑을 흐르던 강의 소리를 떠올렸다. 그 속도랑의 봇둑에 걸린 갖가지 쓰레기처럼 의식에 걸려서 떠내려가지 않는 것은 대체 무엇인가. 마사코는 어젯밤 기억을 더듬었다.

어젯밤에는 야요이의 집에 들렀다가 출근하느라 평소보다 늦어졌다.

지각은 하고 싶지 않았지만 마사코는 야요이의 집에서 모습을 감춘 모리사키 요코라는 여자에 정신이 팔려 있었다. 여자는 야요이의 보험금을 목적으로 접근해 온 건가, 다른 목적이 있는 건가. 이 일을 주몬지에게 의논해야 할까. 아니면 주몬지가 얽혀 있지는 않은가. 아무도 신용할 수 없다. 마사코는 홀로 밤바다를 항해하고 있는 것처럼 두려워하며 망설이고 있었다.

주차장 초소에 불이 켜져 있는 것이 보였다. 경비원의 모습은 없었지만, 이때까지 가로등 불빛조차 들지 않았던 어슴푸레한 주차장에 있어서 그것은 흡사 어두운 바다를 비추는 등대처럼도 보인다. 안도한 기분으로 마사코는 자기 주차 공간 앞에서 차를 후진시켰다. 구니코의 골프는 벌써 와 있다.

제복 차림의 경비원이 어두운 밤길에서 돌아왔다. 경비원은 초소 앞에서 한 번 커다란 회중전등을 껐다가 마사코의 차가 와 있는 것을 알고 다시 불을 켰다. 그리고 카롤라의 번호판을 비췄다. 종업원의 차 번호는 공장 측에 등록되어 있었다. 위법 주차 체크가 일이라면 그것도 별수 없다. 하지만 불필요하게 길었던 것 같은 기분이 든다.

마사코는 차를 세우고 경비원이 모래자갈을 밟으며 다가오는 것을 기다렸다. 키가 제법 크고 다부지게 생긴 중년 남자였다.

"수고하십니다. 공장에 가십니까?"

목소리는 낮고 부드러워 귀에 기분 좋게 울렸다. 이런 목소리를 내는 사람이 어째서 경비 같은 고독한 일을 선택했는지 의아할 정도였다.

"네, 그래요."

대답한 마사코의 얼굴에 회중전등이 비춰졌다. 그 시간도 필요 이상으로 길었던 것 같은 기분이 든다. 상대의 얼굴이 보이지 않는 만큼 불쾌했다. 눈부심에 마사코가 팔로 얼굴을 가리자 경비원은 사과했다.

"죄송합니다."

마사코는 문을 잠그고 걸음을 옮겼다. 경비원은 조금 뒤에서 따라온다. 의심스럽게 여겨 돌아봤다.

"바래다 드리려고요."

"어째서요?"

"치한 소동 때문에 일단 그렇게 하게 되었습니다."

마사코는 딱 잘라 말했다.

"괜찮습니다. 혼자 가겠습니다."

"하지만 무슨 일이 있으면 제가 난처해서요."

"이제 늦어서 뛰어갈 거니까요."

거절했음에도 불구하고 경비원은 가지 않았다. 마사코의 몇 미터 앞을 회중전등으로 비추면서 뒤를 쫓아온다. 성가셔진 마사코는 갑자기 멈춰 서서 뒤를 돌아봤다. 경비원과 암흑 속에서 눈이 마주쳤다. 쭉 자기의 등을 쳐다보고 있었던 걸까 싶을 정도로 정면에서 얼굴이 마주쳤다. 순간, 전에 어딘가에서 만난 적이 있는 것 같은 그리운 기분이 들었다. 경비원도 마사코를 쳐다보고 있다.

"전에." 하고 말하다가, 금방 완전히 생면부지라는 걸 알았다.

"아뇨, 아무것도 아니에요."

깊이 눌러쓴 모자 아래로 보이는 조금 작은 눈이 잔잔한 바다처럼 부드러웠다. 반대로 큰 입과 두터운 입술이 탐욕스럽게 보인다. 신기한 인상의 얼굴이라고 생각하면서 마사코는 눈을 돌렸다.

"어두우니까 저기까지 가겠습니다."

"아뇨, 혼자 갈 테니까 그냥 놔두세요."

"알겠습니다."

경비원은 졌다는 듯 쓴웃음을 지었다. 온화하게 보인 눈에 순간 짐승 같은 원시적인 분노가 나타난 것처럼 여겨졌다. 말을 직설적으로 하면 화를 내는 사람이 있다. 이 남자도 그런가 보다고 마사코는 생각했다.

다음 날 아침, 근무를 마치고 주차장에 돌아와 보니 이미 그 경비원은 없었다. 일은 단지 거기까지였을 뿐이다.

갑자기 신변에 신경 쓰이는 새로운 인물이 지나치게 많이 나타났다. 어수선한 게 무엇보다 마음에 들지 않았다. 침실에 돌아가 젖은 옷을 벗고 있자니 타이밍 나쁘게 거실에서 전화가 울렸다. 마사코는 속옷 차림 그대로 전화를 받았다.

"여보세요."

"나. 요시에인데."

"스승님이구나. 어쩐 일이야?"

요시에는 울음을 터트릴 것 같은 목소리로 말했다.

"얘. 어쩌니."

"무슨 일인데 그래."

"잠깐만 와 주지 않을래? 큰일 났어."

추위로 드러난 팔에 닭살이 돋았다. 마사코의 집은 아직 난방을 하지 않는다. 그러나 소름이 돋는 건 추위 때문만은 아니었다. 용건을 빨리 알고 싶은 애타는 마음과 대체 무슨 일이 일어났나 하는 걱정이 단숨에 넘쳐 난다.

"그러니까 무슨 일이냐니까."

"여기서는 말 못하고, 지금 집을 비울 수도 없어."

요시에는 몸져누운 시어머니의 귀를 의식해서인지 작은 목소리로 속삭였다.

"알았어. 금방 갈게."

마사코는 청바지를 입고 최근 산 검은색 스웨터를 걸쳤다. 금융

회사에 다니던 무렵처럼 자기 취향의 옷을 갖추기 시작하고 있었다. 이유는 알고 있었다. 한번 버린 자신을 다시 주워 모으고 있는 것이다. 하지만 주워 모아서 맞춰 봤자 망가진 인형을 기워 놓은 것과 마찬가지다. 전과 똑같은 모습으로 돌아가는 건 아니다.

서둘러 출발해서 20분 뒤 요시에의 집 옆 골목에 차를 세웠다.
검은색 우산을 쓰고 빗물이 고인 구멍투성이 포장길을 주의 깊게 걸어 요시에의 초라한 집 앞에 도착한다. 요시에가 발을 구르며 마사코를 기다리고 있었다. 회색 저지 상하의 위에 보풀이 잔뜩 일어난 겨자색 카디건을 걸쳤다. 안색이 창백해 열 살 이상이나 늙어 보였다. 요시에는 처마 밑에 기대 놨던 우산을 쓰고 길까지 나왔다.
"여기서 괜찮겠니."
요시에는 한숨 섞인 하얀 숨결을 토했다.
"괜찮아."
마사코도 검은색 우산 안에서 대답한다.
"일부러 오게 해서 미안해."
"무슨 일이야?"
"돈이 없어졌어."
요시에는 눈물을 주르르 흘렸다.
"부엌 바닥 아래에 숨겨 놨는데 없어졌어."
마사코는 놀라서 되물었다.
"150만 전부?"
"아니. 조금 썼고 너한테 빌린 돈도 갚고 했으니까 140만. 그거 전부."

"누가 훔친 건지 알아?"

"응."

요시에는 고개를 끄덕이고는 주저하며 말했다.

"아마도 가즈에."

"큰딸?"

"그래. 아까 장 보러 갔다가 돌아왔더니 손자가 없는 거야. 어디 놀러 갔나 싶었지만 비가 이렇게 내리는데 그럴 리가 없지. 이상하다고 생각해서 여기저기 살펴봤더니 손자 옷이 전부 없어졌더라고. 그래서 우리 노인네한테 캐물었더니 가즈에가 와서 아이를 데리고 갔다는 거야. 그래서 급히 부엌을 봤어. 그랬더니 감쪽같이 사라지고 없더구나."

요시에는 맥이 없다.

"전에도 그런 일 있었어?"

"가즈에가 손버릇이 나쁘거든."

부끄러운 듯이 대답한다.

"은행에 넣어 두면 좋았겠지만 우리는 관청에 들통 나면 큰일이고."

"스승님, 누구한테 돈 얘기 한 적 있어?"

"응. 말했다고 할 정도도 못 되지만, 미키에게 돈이 들어올 구석이 생겼다고는 말했어."

"전문대학 때문에?"

"그래. 그래서 전문대 정도는 가도 된다고 말했더니 어찌나 좋아하던지."

요시에는 다시 울기 시작했다.

"아아, 자기 동생 진학 자금을 훔치다니, 썩을 년이지. 참말로 썩을 년이야."

"미키가 훔친 건 아닌 거지."

"아니야. 어차피 자기한테 들어갈 돈이고, 잇세이가 없어졌는걸. 분명 가즈에한테서 전화가 걸려 왔을 때 미키가 자랑한 거라고 생각해. 나 사실 잇세이도 귀여워하고 있었는데. 그런데."

"가즈에가 틀림없는 거지. 다른 사람이 몰래 들어왔던 게 아닌 거지."

손자를 떠올리며 다시 눈물짓고 있는 요시에의 말을 끊고 마사코는 끈질길 정도로 다짐을 시켰다. 요시에한테는 아직 그 이유를 말하지 않았다.

"틀림없어. 가즈에라면 돈 같은 것을 어디다 숨기는지 어렸을 때부터 알고 있는걸."

그렇다면 별수 없다. 어떻게 할 길이 없다. 마사코는 말을 잃고 비에 젖어 윤기를 잃은 다운재킷 천을 쳐다본다. 내심 그 정체 모를 '제3의 인물'의 범행이 아닌 데에 가슴을 쓸어내리고 있었다.

"얘, 어떻게 할까. 나 어쩌면 좋겠니."

요시에는 평소처럼 같은 말을 되풀이하기 시작했다.

"별수 없지. 어떻게 하긴 뭘 어떻게 해."

"저기, 마사코 씨."

요시에는 갑자기 태도를 낮췄다.

"왜?"

"돈 좀 빌려 줄 수 없겠니?"

마사코는 요시에의 얼굴을 봤다. 요시에는 우산 속에서 간절한 눈을 하고 필사적으로 마사코를 올려다봤다.

"얼마."

"100. 아니, 70도 좋아."

"어려운데."

마사코는 고개를 가로저었다.

"부탁이야. 이사를 앞두고 있어서 그래."

요시에는 우산을 안고 손바닥을 비빈다.

"스승님은 갚을 수단이 없잖아. 그런 사람한테는 빌려 주기 힘들어."

"무슨 은행 같은 소리야. 너희 집은 남편도 있고, 그 돈은 그대로 잠들어 있을 것 아니니."

"쓸데없는 참견이야."

마사코는 매서운 말투로 말했다. 요시에는 마사코의 말에 얻어맞은 것처럼 입을 다물었다. 요시에는 쭈뼛쭈뼛 마사코의 눈을 들여다본다.

"너, 사람이 그랬니."

"그런 식으로 살아왔어."

"수학여행 비용은 빌려 줬잖니."

"그건 그거. 하지만 스승님도 크게 실수했어. 딸한테 도둑을 맞다니."

"그렇지, 역시."

요시에는 갑자기 축 늘어졌다. 마사코는 입을 다문 채로 우산을 든 손의 얼음장 같은 손끝을 움직였다. 두 사람 사이에 거북한 침묵이 흐른다.

"빌려 주는 거 말고, 그냥 줄게."

마사코의 말에 요시에는 표정이 환해졌다.

"그게 무슨 말이니?"

"스승님한테 줄게. 100만."

"하지만 네가 어렵잖아."

"아냐, 괜찮아. 스승님은 잘해 줬으니까. 다음에 줄게."

100만 정도 줘도 괜찮으리라고 마사코는 생각했다.

"고맙다. 이 은혜 잊지 않을게."

요시에는 비가 오는 가운데 깊이 머리를 숙였다.

"저기 있지, 그래서 말이야."

"뭐?"

"그 일, 또 들어올 예정 없니?"

마사코는 검은 우산 안에 있어서 더욱 작아 보이는 요시에의 얼굴을 쳐다본다.

"지금은 없어."

"들어오면 날 불러야 해. 꼭이야."

"하고 싶은 거구나."

마사코는 가라앉은 목소리로 말한다. 그러나 '제3의 인물'에 대해 모르는 요시에는 고개를 힘주어 끄덕였다.

"그래. 돈은 더 필요한데 크게 벌 수 있는 건 그런 일밖에 없으니까. 가장 한심한 건 딸이 아니라 나 자신일지도 몰라."

요시에는 마사코에게 등을 돌리고는 지붕도 판자벽도 언제 한 번 손질한 적 없는 꾀죄죄한 집으로 들어갔다. 깨진 물통에서 빗물이 기세 좋게 흘러 떨어져 땅바닥을 때리고 있었다. 튄 빗물에 청바지 자락이 상당히 위까지 젖어 있었다. 추위로 떨림이 그치지 않는다. 감기에 걸릴 것 같은 예감을 느꼈을 때처럼, 주위 모든 것들이 마사코에게 주의를 불러일으키고 있었다.

베란다 문이 활짝 열려 있다.

섭씨 5도. 날 밝을 녘의 매서운 바람이 불어 들어와 방 안을 바깥 기온과 거의 같게 낮추고 있었다.

사타케는 남색 점퍼의 지퍼를 목까지 올리고 낮과 같은 회색 작업 바지 차림으로 침대에 누워 있었다. 이 차가운 바람이 방 안을 불어 나가도록 모든 창문을 활짝 열어 뒀으나 북쪽 개방 복도 쪽만은 단단히 닫아 뒀다.

412호실. 남북으로 길쭉한 단지 사이즈의 방 두 개짜리 비좁은 집. 니시신주쿠에 있던 자신의 아파트와 마찬가지로 칸막이를 전부 치웠고 가구는 아무것도 없다. 침대만이 무사시노의 하늘이 보이는 위치에 놓여 있었다.

샛별이 보인다. 그러나 사타케는 추위에 떨면서 이를 악물고 눈을 감고 있었다. 조금도 졸리지는 않았다. 눈을 뜨고 있고 싶지도 않았다. 오로지 눈을 감고 가토리 마사코의 얼굴과 목소리를 정확히 재생하기 위해 인상의 편린을 이어 맞췄다가 다시 한 번 분해하기를 몇 번이나 반복하고 있었다.

주차장의 어둠 속에서 회중전등 불빛에 비춰졌던 마사코의 얼굴을 그린다. 조금의 방심도 없는 눈매와 현세의 쾌락을 포기한 얇은 입술, 긴장된 뺨. 그 금욕의 냄새가 나는 용모에 불안의 그림자가 떠올랐던 것을 생각하고 사타케는 미소 짓는다.

"혼자 갈 테니까 그냥 놔두세요."

타인을 거절하는 낮은 목소리가 사타케의 귓가에 몇 번이나 울린다. 포장되지 않은 어두운 밤길을 걸어 나가던 마사코의 뒷모습. 그 몇 걸음 뒤를 쫓으면서 사타케는 다른 여자의 환상을 보고 있었다. 고개를 돌려 다시 빛 속에 얼굴을 드러낸 마사코의 미간에 초조함을 나타내는 작은 주름이 새겨진 것을 봤을 때 기쁜 나머지 소름이 돋았다. 마사코는 사타케가 일찍이 괴롭히다 죽인 여자를 꼭 닮아 있었다. 얼굴도 목소리도 미간의 주름도, 모두.

그 여자는 당시의 사타케보다 확실히 열 살은 더 먹었다. 그 여자가 죽었다는 것은 무언가 착오이며 사실은 이 평탄하고 먼지 날리는 거리에서 조용히 살고 있었던 게 아닐까. 가토리 마사코라는 이름으로. 사타케의 얼굴을 쳐다보면서 마사코도 "전에."라고 말했더랬다. 자신에 의해 마사코의 금욕이 깨져 나가는 순간을 봤다고 사타케는 생각했다. 운명이다. 사타케는 중얼거린다.

17년 전의 한여름, 그 여자와 처음으로 신주쿠 길바닥에서 만났을 때를 떠올린다.

사타케가 속한 폭력단이 관리하는 창부들을 실력 좋은 중개인이 몰래 빼돌리고 있었다. 듣기로 중개인은 창부 출신이며 나이 서른을 넘긴 수완가라고 한다. 건방진 여자라고 젊은 사타케는 분노했다. 그 여자를 속여 넘기기 위해 사타케는 시간을 들여 교묘하게 덫을 치고 몇 명이나 미끼를 풀었다. 이윽고 여자는 덫에 걸렸다. 미끼 중 하나와 만나기 위해 지정된 카페까지 나온 것이다. 소나기가 쏟아질 것 같은 무더운 저녁이었다.

사타케는 조급해지는 마음을 억누르며 그늘에서 여자를 확인했다. 복장은 화려하고 천박했다. 반질거리는 화학섬유 소재의 파란색 민소매 미니 드레스는 가느다란 몸에 달라붙어 보기에도 숨이 막히고, 하얀색 샌들을 신은 맨발의 페디큐어는 벗겨지고 있었다. 머리카락은 짧고 드레스 겨드랑이 안쪽으로 검은색 브래지어가 엿보일 만큼 비쩍 말랐다. 그러나 확고함을 지닌 눈만은 진짜였다. 여자는 그 눈으로 재빨리 사타케의 모습을 발견하고 카페에 들어가는 대신 몸을 돌려 도망쳤다.

사타케를 확인한 순간의 여자의 표정만은 몇 년이 지나도 잊을 수 없다. 감쪽같이 당한 데에 대한 분함이 순간 떠올랐다가, 여자는 완벽하게 도망쳐 주겠다는 결의를 넘실대며 사타케를 노려봤던 것이었다. 궁지에 몰려 있으면서 사타케를 바보 취급하는 것 같은 눈매. 그 눈이 사타케의 몸속에 있는 뭔가에 불을 붙였다. 철저하게 쫓아 주마. 잡아서 죽을 때까지 고문해 주마. 처음부터 죽일 생각은 털끝만큼도 없이 그저 잡아서 겁을 주는 정도로밖에 생각하고 있지 않았는데, 여자의 눈이 사타케로 하여금 그때까지 의식하지 않았던 것을 끄집어낸 것이라고밖에 생각할 수 없었다.

포장도로를 필사적으로 달려 도망치는 여자를 쫓으면서 사타케는 점점 흥분하는 자신에게 놀라고 있었다. 작정하고 달리면 여자는 금방 잡힌다. 그래서는 재미없다. 좀 더 놓아두고 안심시켰다가 마지막에 잡아야지. 여자는 몹시 분해할 것이다. 그편이 재미있다. 바람 한 점 없이 무더운 해 질 녘, 통행인을 좌우로 밀치면서 달리는 사이 사타케는 서서히 거칠어졌다. 뒤에서 여자의 머리카락을 잡아당겨 넘어트리는 감촉까지 그 손에 느꼈을 정도였다.

여자는 죽을힘을 다해 빨간불을 가로질러 야스쿠니도오리를 건너더니 이세탄 백화점 쪽에서 지하가로 달려 내려갔다. 가부키초에는 사타케의 일당이 대기하고 있을 거라고 읽은 것이리라. 사타케에게 있어서 신주쿠는 자기 집 마당이나 같았다. 사타케는 여자를 놓친 척 지하 주차장으로 들어가서 전속력으로 오우메 가도 아래를 지나 반대편 지하도로로 나왔다. 그리고 사타케를 뿌리쳤다고 안심한 여자가 숨어 있던 화장실에서 나오는 것을 등 뒤에서 팔을 잡아챘던 것이다. 한여름에 달린 덕에 여자의 드러난 팔은 땀에 젖어 있었다. 그 감촉까지 확실히 기억한다. 방심하고 있던 여자는 경악하며 다시 분에 겨워했다.

"비열한 자식. 날 속이다니."

여자의 목소리는 사타케의 분노에 기름을 부었다. 귀에 거슬리는 낮고 갈라진 목소리.

"이년, 무사히 돌아갈 수 있을 거라고 생각하지 마라."

"무슨 짓이든 해 보시지."

"단단히 혼을 내 주마."

사타케는 증오를 불태우는 여자의 옆구리에 단도를 들이대고 그대로 찌르고 싶다는 욕망과 싸웠다. 칼끝으로 입은 옷의 천을 찢긴 여자는 체념한 것처럼 그대로 입을 다물고 사타케의 집에 끌려오는 사이에도 목숨을 구걸하는 말 한마디 하지 않았다. 놓치지 않겠노라고 사타케가 꽉 잡은 팔은 앙상하게 말라 뼈가 만져졌다.

얼굴에도 살이 별로 없고 날카로운 눈만이 야생동물처럼 밑바닥에서 빛을 발하고 있었다. 이 여자를 마음대로 할 수 있다. 여자가 거세게 저항할 것을 생각하면 즐거움마저 느껴졌다. 그때까지 여자에 대해 그런 감정을 가진 적이 없었던 사타케는 이 순간 자신이 참을 수 없이 신기했다. 여자는 쾌락의 도구에 지나지 않았다. 그렇기 때문에 아름답고 순종적인 여자가 취향이라고 생각해 왔던 것이다.

사타케는 자신의 맨션에 여자를 끌고 들어와 곧바로 에어컨을 세게 틀었다. 집은 한증막 같았다. 커튼을 치고 불을 켠다. 아직 집이 식지 않은 사이에 여자의 얼굴을 후려갈겼다. 어서 그렇게 해 보고 싶어서 참을 수가 없었다. 여자는 용서를 구하기는커녕 점점 더 날뛰며 눈을 불태웠다. 증오가 아름다움을 더하는 것이라고 생각한 사타케는 주먹을 멈출 수 없었다. 처참하게 얼굴이 부은 여자를 침대에 묶었다. 그리고 에어컨 돌아가는 소리밖에 들리지 않는 방에서 시간이 얼마나 지났는지 모를 정도로 몇 번이나 범했다.

땀과 피가 서로 섞이고, 가죽 벨트로 꽉 묶인 여자의 손목이 너덜거리며 새로 피를 흘리기 시작했다. 여자의 부어오른 입술을 빨자 피가 입에 들어왔다. 피 냄새는 금속 냄새를 닮았다. 사타케는 지하가에서 여자의 옆구리에 들이댔던 단도를 어느새 손에 쥐고 있었다.

입술을 마주 대면서 몸을 나누는 사이에 여자는 갑자기 목소리를 냈다. 어느새 여자의 눈에서 증오가 사라지고 사타케를 받아들이고 있었다. 사타케는 이 여자 안에 더욱 파고들고 싶다고 절실하게 바랐다. 정신이 들고 보니 가까이에 있던 단도로 여자의 옆구리를 찌르고 있었다. 여자가 비명과 함께 절정에 오른 것을 알고 사타케는 황홀감 속에서 끝을 맞이했다.

지옥이었다. 사타케는 여자의 몸 여기저기를 찌르고, 상처에 손가락을 넣고, 그래도 여자의 안에 못다 들어가는 것을 알고 미친 듯 애를 태우면서 안았다. 살과 살을 더 하나로 섞고 싶다. 여자 안에 파고들고 싶다. 그리고 이 여자는 귀엽다, 사랑스럽다고 끊임없이 중얼거렸다. 사타케와 여자의 피투성이 성교는 천국이 되었다. 두 사람밖에 알 수 없는 지옥과 천국. 그것을 누가 심판할 수 있으랴.

이 사건으로 사타케는 그때까지 자신이 가진 모든 것을 잃었다. 그러나 동시에 새로운 자신도 얻었다. 사타케 미쓰요시라는 남자의 경계를 가른 운명의 여자. 그런 여자를 살아서 만날 줄은 생각도 하지 못했다. 그야말로 자기 생각대로 되지 않는 일, 다시 말해 자신의 운명 그 자체라고 사타케는 생각한다. 섬뜩한 손으로 사타케의 등을 기어오르던 검은 환상이 지금 미끄러져 떨어지고 있다. 대신 가토리 마사코가 사타케를 지옥으로 천국으로 유혹하고 있었다.

별이 뜬 이 시간에도 아직 도시락 공장에서 서서 일하고 있을 마사코의 모습이 상상된다. 그 고독을 철썩 붙인 얼굴로 차가운 콘크리트 바닥을 걸어 다니고 있으리라, 아무 일도 없었던 것처럼. 조사의 눈이 비켜 가서 다행이라고 내심 웃고 있으리라. 그 죽인 여자도 남자를 앞지르고 비웃던 수완가였다.

그러나 그렇게는 안 된다. 자신이 붙잡으면 마사코의 방심 없는 눈에도 거센 후회가 떠오르리라. 후려치면 살이 적은 뺨은 찢어져 피가 뿜어져 나올 것이 분명하다. 회중전등 불빛에 눈부셔하던 마사코의 눈이 다시 사타케의 뇌리에 되살아났다. 사타케는 끈끈한 숫돌에 칼을 가는 것처럼 살의를, 욕망을 날카롭게 갈았다.

마사코가 야요이를 도와 동료를 동원해 시체 처리를 한 것은 상상이 갔다. 야요이에게 그런 배짱도 지혜도 없는 것은 알고 있기 때문이다. 마사코를 본 뒤 사타케는 야요이에 대한 흥미를 급속히 잃어버렸다. 보험금을 가로채는 정도밖에 그 여자의 가치는 없다. 애당초 그런 별 볼일 없는 남자의 아내다. 부부 싸움을 하다 살해를 하든 개심하든 자신이 알 바가 아니다. 사타케는 야마모토를, 그리고 야요이를 경멸했다. 사타케에게 있어서 경멸만큼 온갖 행동을 시들게 하는 감정은 없었다.

마사코를 본 지금, 자신이 무엇을 위해 복수를 다하려 했던 것인지는 이미 아무래도 좋았다.

사타케는 두 손을 뻗어 간소한 철제 헤드보드를 만졌다. 그곳은 바깥 공기가 닿아 얼어붙을 것처럼 차가웠다. 잡고 있으면 손바닥의 감각이 없어질 것 같다. 벌거벗겨서 여기에 묶어 주자. 재갈을 물려서 창을 활짝 연 채로 마음껏 고문해 주마. 추위로 분명 소름이 돋을 것이다. 그 좁쌀 같은 알갱이를 나이프로 긁어낼 수 있을까. 날뛰거든 배를 도려내 줄까. 공포에 질린 나머지 자비를 구걸하고 괴로워하며 몸부림을 치더라도 용서하지 않겠다. 그 정도는 견뎌 낼 여자다.

마지막에는 옛날에 죽인 여자처럼 자신의 귓가에 '병원' 이라고 속삭일까. 굴복과 집념의 말. 죽게 하고 싶지는 않지만 죽음을 함께 맛보고 싶다는 둘로 갈라진 심정. 그때만큼 그 여자가 사랑스러웠던 적은 없었다. 죽음을 함께 맛본 기쁨과 슬픔의 경험은 일찍이 없는 감동을 낳았다. 사타케는 그 목소리를 떠올리고 몸을 떨었다. 출소 이래 처음으로 발기하고 있었다. 사타케는 바지 지퍼를 내리고 음경을 끄집어내서 하얀 숨을 토하면서 자위를 하기 시작했다.

밤이 환하게 밝아왔다.

사타케는 일어나서 눈을 가늘게 뜨고 하얗게 빛나는 보랏빛 산줄기의 윤곽과, 그 위에 꼭두서니 색 구름을 거느리며 떠오르는 태양을 쳐다봤다. 후지산의 산그늘이 한층 더 크고 또렷하게 산줄기 위로 우뚝 솟아 있다. 슬슬 마사코가 잠 부족으로 눈이 부어서 귀갓길에 접어들 시간이었다. 사타케에게는 마사코의 언짢은 얼굴도, 담배를 피우는 몸짓도, 주차장의 흙을 차는 무거운 발놀림도, 모두 손에 잡히듯이 알 수 있었다. 자신이 마사코를 몰아붙였을 때 어떤 표정을 지을지도 알고 있었다. 분함과 적의로 그 눈을 사납게 물들일 것이다. 그 여자와 마찬가지로.

잠들어라. 언젠가 너는 내게 살해당한다. 그때까지 편안히 잠들어라. 사타케는 다정함이라고 해도 좋을 감정을 더하며 마사코가 사는 집 방향을 향해 강하게 바랐다.

사타케는 오를수록 힘을 더하는 아침 해를 막기 위해 베란다의 문을 닫고 검은 차광 커튼을 쳤다. 방은 순식간에 밤의 세계로 바뀌었다.

밖에서 무언가를 판다고 갈라진 음성으로 떠드는 확성기 소리가 들린다.

사타케는 눈을 뜨고 팔에 계속 차고 있던 시계를 확인했다. 오후 3시. 누운 채로 담배를 피우며 나무로 된 천장을 쳐다본다. 어렴풋이 갈색 얼룩이 져 있는 것이 커튼 틈새로 새어 드는 빛에도 보였다.

사타케는 커튼은 가만히 두고 머리맡의 스탠드를 켜고 바닥 위에 놔둔 산더미 같은 서류를 쳐다봤다. 예전 세입자가 남기고 간, 음식물을 흘린 자국이 있는 카펫 위에 하얀 표지의 조사 보고서가 모서리를 딱 맞추고 쌓여 있었다. 사타케가 어느 탐정 사무소에 사전 조사를 시킨 것이다. 야요이, 요시에, 구니코, 그리고 마사코. 구니코와 마사코를 루트로 하며 최근에는 주몬지 분까지 늘었다. 이 조사들에 사타케는 이미 1000만 엔 가까운 돈을 쏟아 부었다.

사타케는 두 개째의 담배에 불을 붙이고 암기할 정도로 읽은 보고서를 다시 한 번 훑어봤다. 처음은 야요이의 집에 감쪽같이 잠입한 모리사키 요코의 보고다.

　야마모토가 장남(5)의 이야기
　당시(겐지의 실종일), 아버지가 돌아온 소리를 들었다. 어머니가 현관까지 맞으러 나가서 뭐라고 얘기를 하고 있었던 것 같다. 하지만 다음 날 아침 어머니에게서 꿈이라도 꾼 것이리라고 듣고 진실인지 아닌지 자신이 없어졌다. 하지만 전날 밤 두 사람은 싸움을 했고 어머니는 아버지에게 맞았다. 쇼크와 공포로 잠들지 못했

기 때문에 틀림없다. 어머니의 배에 그때 든 멍이 있는 것을 목욕
할 때 본 적이 있다.

차남(3)의 이야기

어머니와 아버지는 곧잘 싸움을 했던 것 같다. 자고 있어서 모
르겠지만 아버지가 돌아오면 곧잘 큰 소리로 서로 고함을 질렀다.
그때마다 무서워서 이불을 뒤집어쓰고 자는 척을 했다. 당일 밤
(겐지의 실종일) 일은 기억하지 못한다. 하지만 귀여워하던 밀크
라는 고양이가 갑자기 가출을 하고 말았다. 그리고 아무리 불러도
집에 들어오지 않게 되었다. 어째서인지는 모른다.

인근 주부(46)의 이야기

부인은 미인이고 야근을 하고 있다고 들었기 때문에 사귀는 남
자라도 있나 보다고 생각하고 있었다. 실제로 밤중이나 이른 아침
에 곧잘 소리를 지르며 크게 싸움을 하고 있는 것을 들은 적이 있
다. 최근 부인이 전보다도 예뻐졌기 때문에 근처에서는 수상하다
고 수군대고 있다.

인근 주부(37)의 이야기

이상한 소문을 들었다. 도망친 고양이는 아이들에게는 다가가
지만 부인에게는 결코 다가가지 않는다고 한다. 얼굴을 보면 겁을
먹고 도망친다고 한다. 그날 밤부터 집에 들어가지 않게 되었다고
들었기 때문에 고양이가 뭔가를 본 게 틀림없다고 다들 말하고 있
다. 그 집에서 토막을 내서 피나 내장을 하수에 흘려보낸 것 아닌

가 생각하면 기분이 나쁘다.

야마모토 야요이의 평판은 곱지 못하다. 그 원인은 주로 사건 후의 야요이의 변모 때문이다. 슬퍼하는 낌새도 그다지 없이 오히려 해방감에 넘쳐 아름다워졌다는 평판이 의혹을 낳고 있다. 실제로 집에 머물며 관찰한 결과도 남편이 죽은 것을 기뻐하는 구석은 많이 보였다.

또 경찰에서 전화가 와서 카지노 경영자가 도망쳤다는 이야기를 들은 순간을 목격했는데 분명 기뻐하고 있는 것처럼 보였다. 경찰이 카지노 경영자를 범인으로 보고 조사에 몰두하고 있기 때문인지 본인은 여유로우며 사건에 대해서도 잊어버린 것처럼 행동할 때가 있다.

장남에게서 들은 배의 상처도 넌지시 물었더니 남편에게 배를 맞은 적이 있다고 한 마디만 했다. 다만 그 시기도 이유도 말하지 않는다.

조만간 보험금이 들어올 것이 확정되어 경제면에서의 걱정을 면한 덕분인지 공장도 그만두고 싶어 한다. 그러나 공장의 친구들, 특히 가토리 마사코의 전화에는 비굴한 태도를 취하는 경우가 많다. 그리고 어째서인지 접촉을 두려워하고 있다.

남자관계 소문도 사실도 없음.

또한 보험금 지불은 11월 말. 야마모토 야요이의 계좌에 총 5000만 엔 입금된다.

──가토리 마사코에 대한 보고서

인근 주부(68)의 이야기

건설회사에 근무하는 남편과의 사이는 보통. 하지만 둘이 함께 외출하는 것은 한 번도 본 적이 없다. 장남(17)이 말을 하지 않게 되었다는 소문이 있다. 전에는 음악 트는 소리가 시끄러워서 민폐였지만 최근에는 얌전하다. 그러나 길에서 만나도 인사하지 않는 어두운 아이. 마사코 본인은 애교는 없지만 인사는 꼭 한다. 다만 옷차림이나 꾸밈새에 그다지 신경을 쓰지 않는 특이한 사람으로 보인다.

대각선 맞은편에 사는 여자 수험생(18)의 이야기

언제나 밤중에 차를 타고 나갔다가 아침이 돼서 돌아오기 때문에 굉장히 눈에 띈다. 자신의 공부방에서 가토리 집이 보이기 때문에 하루 내내 책상에서 내다볼 때가 있다. 그날(겐지의 실종 다음 날) 아침은, 아침부터 두 명 정도 여자 손님이 있었던 것 같다. 한 사람은 자전거, 또 한 사람은 녹색 차를 타고 왔다. 돌아간 시간은 오후라고 생각한다.

근처 땅임자(75)의 이야기

그날(겐지의 실종 다음 날) 오후, 마사코의 집에서 나온 젊은 여자가 손에 든 쓰레기를 이곳 쓰레기장에 버리려 했기 때문에 혼을 냈다. 묵직해 보이는 부엌 쓰레기 같은 것으로 10킬로그램은 충분히 넘어 보였다. 혼냈더니 얌전히 가지고 돌아갔다. 마사코 자신은 쓰레기 처리가 깔끔하다.

공장 주임(31)의 이야기

2년간 근무하고 있다. 태도는 성실하고 작업도 틀림없다. 이전에는 경리 쪽 일을 했다는 소문을 들었기 때문에 언젠가 준사원으로 발탁하고 싶다고 생각하고 있다. 단순노동 라인에 두기 아까운 리더십을 발휘할 수 있는 사람. 숙련공인 아즈마 요시에, 야마모토 야요이, 조노우치 구니코와 사이가 좋고 언제나 팀으로 행동하고 있다. 그러나 야마모토 씨 사건 후로 팀이 무너지고 지금 늘 근무하는 사람은 가토리 씨와 아즈마 씨뿐이다.

T 신용금고의 전 동료(35)의 이야기

가토리 씨는 일은 잘했지만 반항적이고 상사의 신뢰도 부하의 인망도 없었다고 기억한다. 그만둔 후에 대해서는 모른다.

가토리 마사코의 이웃 및 현재 회사의 평판은 그럭저럭. 그러나 무슨 생각을 하고 있는 건지 알 수 없는 사람이라는 목소리가 많았다. 남자관계로는 전혀 들리는 이야기가 없으며 생활면은 깔끔하다. 그러나 생활협동조합 등은 일절 가입하지 않았으며 사람들과 교류는 활발하지 않다.

남편의 여자관계도 없음. 다만 협조성이 없으며 영업 센스가 없다는 평판이다. 그 탓인지 M 부동산 건설회사에서는 출세 코스를 벗어났다.

아들은 도립 고등학교를 1학년 때 퇴학당했다. 현재는 미장이 아르바이트 중. 집에서는 전혀 말을 하지 않는다는 소문.

사건 후 가토리 가에 아즈마 요시에와 '밀리언 소비자 센터'의 주몬지 아키라(야마다 아키라)가 모인 날이 있다. 주몬지가 남색 시마로 뭔가 커다란 짐을 실어 왔다가 세 시간 후에 여덟 개의 택배 상자를 차에 싣고 떠났다. 내용물은 불명. 보낸 곳도 불명(주몬지에 대해서는 시마의 번호로 쫓았다).

―주몬지 아키라(야마다 아키라)에 대한 보고서

밀리언 소비자 센터 전 사원(25)의 이야기

사장은 예전에 아다치의 '파라다이스'라는 폭주족에 들어 있었다고 자랑하곤 했다. 그 리더는 지금 '도요스미회'의 중간 두목을 하고 있다고 큰소리쳤다. 무슨 일만 있으면 금방 그 이야기를 꺼내며 으스대기 때문에 다들 무서워했다. 자신도 그래서 그만뒀을 정도. 아무리 사채업이라도 뒤에 폭력단이 붙어 있는 것 같은 말을 하는 건 싫다.

근처 오락실 종업원(26)의 이야기

그 사람은 영계를 밝혀서 여기 와서 언제나 여고생에게 수작을 걸었다. 오락실에서 수작이라니 하는 짓이 치사하지 않냐고 농담을 한 적이 있다. 하지만 얼굴이 그러니까 꽤나 인기가 있어서 곧잘 젊은 아이들을 데리고는 어깻바람을 일으키며 걷고 있었다. 경기는 좋은 것 같은 소리를 하지만 그럭저럭이었다고 생각한다. 이름을 바꾼 데에서도 알 수 있듯이 이상한 허세를 부리는 녀석.

아파트 옆 스낵 바에서 일하는 여자(30 전후)의 이야기

요전에 임시 수입이 있었다면서 가게에서 난리법석을 떨었다. 뭔가 큰일을 한 것 같지만 돈놀이를 하고 있다고 들었으니까 허풍이려니 하고 들었다. 좋은 손님이지만 기가 약한 날건달이라는 인상이 있다.

방대한 양의 보고서에서는 마사코와 그 동료들의 멋진 일 처리가 보였다. 게다가 최근에는 주몬지라는 건달과 짜고 시체 처리 아르바이트까지 시작한 듯하다. 제법 하잖아. 사타케는 다시 희미한 웃음을 띠었다.

읽는 데에 질린 사타케는 그것들을 구석으로 밀었다. 커튼 틈새로 확성기 소리가 아직 고래고래 울리고 있었다. 커튼을 살짝 열자 초겨울의 희미한 색 태양이 그날 최후의 빛을 보내와 방에 날리는 먼지를 비췄다. 해는 완전히 떨어지지 않았다. 사타케는 안달하는 마음으로 먼지 줄기를 쳐다봤다. 출근 시간인 오후 7시까지는 시간이 많이 남았다.

인터폰이 울렸다. 사타케는 급히 일어나서 보고서를 종이봉투에 넣고 침대 아래로 던져 넣었다.

인터폰 너머에서는 찬바람 부는 소리와 구니코의 한껏 가다듬은 목소리가 들려왔다.

"사토 씨. 5층의 조노우치인데요."

걸렸다. 사타케는 씨익 웃고는 헛기침했다.

"지금 열겠습니다. 죄송하지만 잠깐만 기다리세요."

커튼을 열고 베란다 문을 열어 들어찬 공기를 환기시킨다. 침대

를 정리하면서 조사 보고서가 든 봉투의 위치를 확인했다.

"죄송합니다. 기다리시게 해서."

문을 열자 윙윙대는 소리와 함께 강한 북풍이 방에 불어 들어왔다. 단지 북쪽은 언제나 차가운 바람이 불어치고 있다. 순간 구니코가 뿌린 진한 향수 냄새가 콧구멍을 찔렀다. 샤넬의 '코코'라고 사타케는 떠올렸다. 안나가 손님에게 받아서 뿌렸기에 향이 너무 강하다고 주의를 준 적이 있었다. 강한 향수는 손님의 집에까지 향을 옮겨 가 쓸데없는 문제를 낳기 때문이었다.

"실례합니다. 갑자기."

구니코는 머리카락을 헝클어트리면서 꺅 소리를 지르며 바람에 팔랑거리는 스커트를 눌렀다.

"괜찮습니다. 일단 문을 닫죠."

사타케는 붙임성 있게 말했다.

"감사합니다."

구니코는 기쁜 듯이 현관으로 들어왔다. 가로로 넓은 구니코가 서니까 좁은 현관이 가득 찬다. 구니코는 검은색 정장에 큼지막한 금목걸이, 새 부츠 차림으로 외출할 채비를 하고 있었다. 사타케는 버릇으로 순식간에 그 총액을 합산한다. 구니코가 걸친 것은 전부 명품을 흉내낸 모조품이었다.

구니코는 "들어오세요." 하는 말을 기대하는 것처럼 사타케의 얼굴을 쳐다보더니 이어서 마음대로 집 안을 들여다봤다.

"어머나, 집 안이 무척 깨끗하네요."

"아, 가구를 다 아내가 가져가서. 부끄럽지만 저것뿐입니다."

사타케는 창가에 놓인 침대를 가리켰다. 구니코는 언뜻 보고 당황해서 눈을 내리깐다. 그 몸짓은 추잡했다. 그러나 사타케가 그 침대에서 무슨 생각을 했는지를 알았으면 분명 당장에 도망을 쳤을 것이다.

"주무시는데 깨웠나요? 하지만 어젯밤에는 안 나오셨죠."

"어제는 비번이었습니다."

"그렇군요. 실은 말이죠, 저 사토 씨에게 작별 인사 하러 온 거예요."

"무슨 말씀입니까?"

사타케는 움찔하며 물었다. 도망치는 건가. 기껏 잡았는데.

"저, 도시락 공장 그만두거든요."

"그거 유감이로군요."

낙심한 것 같은 부드러운 목소리로 말하자 구니코는 기쁜 듯이 목소리에 기세를 담아 넘실댔다.

"하지만 이사는 가지 않으니까, 이웃으로서는 잘 부탁드려요."

"그렇군요. 안심했습니다. 저야말로 잘 부탁드립니다."

사타케는 빈틈없이 인사한 후 권했다.

"살풍경하지만 괜찮으면 들어오시지 않겠습니까?"

예상대로라는 듯 구니코는 장딴지에 파고든 하프부츠의 지퍼를 답답하다는 듯이 내렸다.

"침대 위에라도 앉아 주십시오."

구니코는 아무 대답도 없이 곧장 침대로 향했다. 그 뒷모습을 쳐다보면서 사타케는 이제부터 어떻게 할지를 생각했다. 예상 외로 빠르다. 그러나 바랄 나위 없는 좋은 기회였다. 여기로 끌어들이는 수고를 덜었고, 내일부터 출근하지 않는다니 갑자기 없어지더라도 누가 이상하게 여기지도 않을 것이다.

"테이블도 없어 부끄럽습니다."

"저희 집은 잡동사니가 많아서 부러운걸요."

침대에 걸터앉은 구니코는 사타케의 방에 지나치게 가구가 없는 데에 미심쩍은 눈을 여기저기로 향했다.

"꼭 사무소 같아요. 옷 같은 건 어디 넣어 두세요?"

"저, 아무것도 가지고 있지 않거든요."

사타케는 어젯밤부터 계속 입고 있는 작업 바지와 점퍼를 가리켰다. 그대로 잔 덕분에 구김이 생겼다. 구니코는 사타케의 육체를 눈부신 듯이 쳐다봤다.

"남자는 그래도 되니까 괜찮아요."

구니코는 샤넬풍 골드체인이 달린 백에서 담배를 꺼냈다. 사타케는 깨끗하게 씻은 재떨이를 침대 위에 놔 줬다.

"저기, 근처에 좋은 주점이 있는데 안 가실래요?"

구니코는 라이터로 불을 붙이고 조심스레 사타케를 꾄다.

"실은 제가 술을 못해서."

사타케가 대답하자 구니코는 낙담한 눈치였으나 바로 다시 일어섰다.

"그럼 식사만이라도. 어떠세요?"

"알겠습니다. 바로 준비할 테니 기다리십시오."

사타케는 세면소에 들어가서 이를 닦고 세수를 했다. 거울을 보니 짧은 머리칼이 어중간하게 길었고 수염이 자라 있었다. 허식에 찬 가부키초의 생활을 완전히 잊어버리고 중년 경비원이 된 남자의 얼굴이 비친다. 하지만 사타케의 눈 속 늪에 숨은 생물은 이미 꿈틀거리기 시작하고 있었다.

타월로 얼굴을 닦고 세면소의 문을 열었다. 휑한 방에서 무료하게 있는 구니코에게 말을 건다.

"조노우치 씨, 괜찮으시면 여기서 뭐 주문해서 먹을까요?"

"에, 어떤 거요?"

"초밥이라든가."

"어머, 좋아라."

구니코는 만면에 웃음을 띠었다. 구니코가 이 412호실에 와 있다는 것이 누군가에게 알려져서는 곤란하므로 사타케는 애초부터 그럴 마음 따위 없었다.

"커피라도 한잔 할까요."

거짓말을 하며 사타케는 주전자에 물을 받아 가스렌지 위에 올리고 불을 켰다. 이 집에는 기호품이 하나도 없다. 사타케는 아무것도 없는 찬장을 열고 일단 뭐로 할지 생각하는 척을 했다. 등 뒤에 기척을 느끼고 돌아보니 구니코가 바로 뒤에 서 있었다. 텅 빈 찬장 안을 본 모양이다. 미심쩍어하며 웃는다.

"아무것도 없잖아요."

"뭐가 말입니까?"

사타케의 험악한 얼굴을 보고 구니코는 산길에서 뱀과 마주친 것 같은 얼굴로 그 자리에 굳어졌다.

"저는 단지 도와드릴까 하는 생각에."

변명하면서 뒷걸음질치다가 구니코는 도망치고자 몸을 돌려 침대 쪽으로 향했다. 그 순간을 노려 사타케는 구니코의 목 아래에 재빠르게 왼팔을 넣고 오른손으로 입을 막으며 겨드랑이에 꽉 껐다. 손바닥이 구니코가 칠한 립스틱으로 끈적거렸다. 개의치 않고 힘을 줘서 무거운 몸을 들어올린다. 구니코는 다리를 버둥댔으나 이윽고 자신의 무게 때문에 싱겁게 실신했다. 구니코를 바닥에 쓰러트린 후 사타케는 필요 없어진 가스레인지 불을 다시 천천히 껐다.

통나무처럼 힘이 빠진 구니코를 눕혀 놓고 옷을 솜씨 좋게 벗기기 시작한다. 전라로 만들어서 오늘 아침에 상상했던 대로 구니코의 사지를 위를 보게 침대에 묶었다. 모두 마사코를 위한 예행연습이었다. 그러나 구니코는 거대한 동물을 연상시켜 사타케의 욕망은, 면밀한 살의는 시들어 간다. 순간 귀찮아진 사타케는 벗긴 속옷을 뭉쳐서 구니코의 벌어진 입속에 난폭하게 밀어 넣었다.

갑자기 구니코가 정신이 들었다. 눈을 크게 치뜨고 무슨 일이 일어난 건지 알고자 필사적으로 주위를 두리번거린다.

"소란 피우지 마."

낮은 목소리로 위협한다. 구니코는 필사적으로 끄덕였다. 사타케는 침이 질질 흐르는 속옷을 입에서 빼낸다.

"살려 주세요. 뭐든지 할 테니 살려 주세요."

구니코는 꺼져 들 것 같은 목소리로 애원했다. 사타케는 귀를 기울이려고도 하지 않고 가장 커다란 쓰레기봉투를 몇 장 구니코의 허리 아래에 깔았다. 대소변이라도 지렸다가는 자는 데에 곤란하기 때문이었다.

"뭐 하는 거예요?"

구니코는 당황해서 허리를 뒤틀며 도망치려고 했다.

"아무것도 아니야. 가만히 있어."

"살려 주세요. 제발 부탁이에요."

구니코의 작은 눈에 눈물이 맺혔다. 사타케는 묻는다.

"야요이가 남편을 죽였지."

구니코는 몇 번이고 끄덕였다.

"네, 맞아요."

"그 시체를, 마사코와 너와 요시에라는 할망구 셋이서 토막을 냈고."

"그렇습니다."

"마사코가 리더지."

"물론."

"야요이에게서 얼마 받았어?"

"50만씩."

사타케는 너무나도 짠 범죄의 대가에 웃었다. 이런 별것 아닌 일 때문에 자신은 과거가 들통 나고 쌓아 올려 온 가게를 잃은 것이다.

"마사코도 50이냐?"

"아뇨, 그 사람은 안 받았어요."

"어째서."

"잘난 척하느라."

구니코는 말을 고르지 않고 대답했다. 잘난 척하느라. 구니코의 시건방진 대답에 사타케는 희미하게 웃었다.

"마사코와 주몬지는 서로 어떻게 알았지?"

구니코는 얼마 동안 대답을 망설였다. 어째서 사타케가 그런 것을 알고 있는 건지 믿기지 않는 눈치였다.

“전부터 아는 사이 같아요.”

“그래서 네가 돈을 빌린 거냐.”

“아니에요, 우연히.”

“이야기가 너무 그럴듯한데.”

구니코는 다시 눈물을 흘리기 시작했다. 사타케는 그것이 회한의 눈물이리라고 경멸했다.

“이제 와서 울어 봤자 늦었어.”

“제발 부탁드려요, 살려 주세요.”

“잠깐. 주몬지는 어떻게 이 일을 안 거야?”

“제가 불었기 때문입니다.”

“달리 또 분 데는 없나?”

“네.”

“지금 그 녀석들이 똑같은 짓 하고 있는 거 알고 있냐.”

사타케는 작업 바지에서 두꺼운 가죽 벨트를 뽑았다. 구니코의 눈이 그것을 쫓으면서 필사적으로 고개를 가로젓는다. 공포로 얼굴이 하얗게 질렸다.

“아냐, 모르냐.”

사타케가 대답을 재촉하자 구니코는 외쳤다.

“모릅니다!”

“다시 말해 너는 신용이 없는 거야. 쓸모없는 거라고.”

사타케는 구니코의 목에 벨트를 감았다. 히익 하고 구니코가 소리 없는 비명을 질렀다. 재갈이 필요하다는 데에 생각이 미친 사타케는 바닥에 떨어진 속옷을 주워서 목 깊숙이 밀어 넣었다. 숨을 쉬지 못하고 눈을 희번덕거리는 구니코의 목을, 사타케는 벨트를 교차시켜 힘껏 졸랐다. 생애 두 번째의 살인은 실로 시시했다.

구속을 푼 시체를 침대에서 내려서 일단 바닥에 놓고 모포로 싸서 베란다에 내놨다. 다른 방에서 안 보이는 사각이 되는 위치에 시체를 잘 놓는다. 시선을 들자 오늘 아침 바라봤던 산줄기에 마침 저녁 해가 저물어가던 참이었다. 산은 어둠 속으로 까맣게 녹아들고 있었다.

사타케는 베란다 문을 닫은 후 구니코의 백 내용물을 조사했다. 지갑 안에 있는 몇 장의 만 엔 지폐를 빼고 자택 것으로 보이는 열쇠와 골프의 키를 빼앗은 후 겉옷과 신발을 봉지에 담는다. 자기 방 열쇠와 지갑을 주머니에 넣고 봉지를 들고 복도로 나왔다.

바깥은 이미 어두컴컴하고 저녁보다도 차가운 바람이 불었다. 그러나 그렇게 매섭지는 않고 추위 자체는 누그러졌다. 사타케는 건물 끝에 있는 비상계단을 한 층 올라가서 5층 개방 복도를 한차례 둘러봤다. 다행히 아무도 지나다니지 않았다. 통로에 아예 내놓아진 세발자전거며 화분을 피하면서 잽싸게 구니코의 집 앞으로 다가가 열쇠로 문을 연다.

집 안은 새로 산 듯한 옷이며 각종 물품의 포장지와 봉투로 혼잡했다. 그 안에 아까의 옷과 백을 쏟아 놓고 사타케는 집을 나왔다. 주위를 둘러보고 사람 그림자가 없는 것을 확인한 후 시치미 뚝 뗀 얼굴로 문을 잠근다. 그리고 그대로 엘리베이터 홀로 향했다.

1층 쓰레기장에 구니코의 집 열쇠를 버렸다. 그리고 건물 뒤 자전거 주차장에서 자신의 자전거를 찾아서 도시락 공장 경비원이 되기 위해 단지를 뒤로했다.

주몬지는 좋아 어쩔 줄 몰랐다.

옆에 있는 여고생은 유명 여자 고등학교의 교복을 입은 미인이었다. 곱고 하얀 볼에 갈색으로 물들인 머리칼을 늘어트렸고 분홍빛 입술은 언제나 반쯤 열려 있다. 가느다란 눈썹은 예쁜 곡선을 그리며 커다란 눈을 돋보이게 하고, 짧은 스커트 아래로 보이는 다리는 가늘고 길어 마치 모델 같은 용모다. 주몬지는 목에서 튀어나올 것 같은 욕망과 싸우면서 간드러지는 목소리로 말한다.

"이제부터 뭐 하고 싶니?"

"뭐든 좋아. 당신 하고 싶은 거."

속삭이는 목소리는 허스키하면서도 달콤하며 몸에서는 주몬지가 모르는 향수 향기가 난다. 가진 물건은 모두 명품이었다. 이런 귀여운 생물이 서식하고 있는 땅은 대체 어디냐. 어떤 남자가 이 녀석을 기르고 있는 거냐. 주몬지는 기적이라고밖에 여겨지지 않을 정도로 사랑스럽고 우아한 여고생을 황홀하게 쳐다보고 있었다. 누렇게 찌든 패밀리 레스토랑에서 시간이나 죽이는 싸구려 린스 냄새를 풍기는 산타마의 여고생과는 모든 것이 달랐다. 좋은 여자와 호텔에 틀어박힐 수 있는 것도 그 돈 덕분이다. 여고생의 요구대로 10만 엔을 지불한다 해도 아까울 것 없었다.

"그럼 호텔 갈까."

"좋아."

"좋아? 시켜 줄 거야?"

"응."

여고생은 부끄러운 듯이 끄덕였다. 주몬지는 여자의 마음이 변하기 전에 움직이려고 서둘러 이곳저곳의 호텔을 머릿속으로 물색하기 시작했다. 그때 바지 뒷주머니에 넣어 둔 휴대 전화가 울렸다.

"잠깐 미안."

사채 회사는 베테랑 여사원에게 맡겨 두고 놀고만 있는 오늘 이 무렵이었다. 그 연락인지도 모른다고 불쾌한 목소리로 전화를 받는다.

"네, 주몬지입니다."

"아키라, 너 어디 있냐?"

소가의 특징인 억양 없는 목소리가 들려왔다.

"소가 선배입니까. 지난번에는 정말 감사했습니다."

갑자기 비굴해진 주몬지를 보고 여고생은 흥이 깨져서 고개를 휙 돌렸다. 주몬지는 여자가 도망갈까 봐 서둘러 그녀의 팔꿈치를 잡았다.

"아니, 그건 됐는데. 너 시부야나 그쯤 어디 있지?"

거리의 소음을 알아듣고 소가는 거리낌 없이 찔렀다. 주몬지는 나쁜 타이밍에 눈살을 찌푸린다.

"하아, 뭐. 대충 그렇습니다만."

"거드름을 피우기는. 시부야라고? 옛날에는 번쩍거리는 특공복 입고 폼 재고 있었던 주제에."

"하아."

주몬지는 머리를 긁적인다. 여고생은 팔꿈치를 잡힌 채로 변덕을 감추지 않고 여기저기를 둘러본다. 시부야 중앙가에는 주몬지와 마찬가지로 젊은 여자를 노리는 남자들이 무리 지어 있었다. 곧바로 그가 퇴짜맞을 것을 알아차린 남자들이 주위를 서서히 둘러싸기 시작한 것을 깨닫고 주몬지는 초조해졌다.

"너 고물 소음기 단 오토바이는 어쨌냐."

소가는 점점 신이 나서 주몬지를 놀렸다.

"뭡니까, 용건이."

"반응 보니 여자랑 같이 있군. 영계나 밝히는 놈이. 바보 녀석."

"죄송합니다, 그 말대로입니다. 좀 참아 주십시오."

"근데 그게 안 되거든."

소가는 갑자기 말투가 진지해졌다.

"일이다."

"아, 그거요?"

주몬지는 놀라서 여고생의 팔꿈치를 놨다. 순간 여자는 싸늘하게 인사하고 가 버렸다. 두세 사람 주몬지와 꼭 같은 남자들이 여고생의 뒤를 쫓는다. 젠장할. 주몬지는 떠나가는 여고생의 귀여운 엉덩이 위에서 흔들리는 짧은 스커트를 아쉽게 쳐다봤다. 그러나 일이라면 별수 없었다. 이 일에서 돈이 들어오면 저런 여자 열 명은 거뜬히 손에 들어온다. 주몬지는 다시 생각하고 소가에게 사과했다.

"죄송합니다. 어수선해서."

"어차피 차였을 테지. 정신 똑바로 차려 봐. 까딱 잘못하면 큰일 난다고."

소가는 고함을 질렀다. 주몬지는 소가의 무서운 눈을 떠올리고 겨드랑이 아래에 식은땀을 흘렸다.

"드릴 말씀이 없습니다."

"뭐, 요전번 일은 잘 처리돼서 좋게 평가하고 있다만."

"그렇습니까."

잡음 때문에 주몬지는 인파를 피해 빌딩 아래로 이동했다.

"이번에도 잘해 줘 봐. 상대는 오늘 밤에라도 건네고 싶다고 하고 있어."

"오늘 밤 말입니까?"

대답하면서 주몬지는 마사코에게 어떻게 연락을 할지 머릿속으로 궁리한다. 손목시계를 보니 오후 8시. 이 시간이라면 아직 집에 있을 것 같다고 안도한다.

"날것이니까. 오래 끌 수 없지."

"그건 그렇죠."

"장소는 K 공원 뒷문. 시간은 오전 4시란다."

"알겠습니다."

머릿속에 주입시킨다. 소가가 웬일로 낮게 가라앉은 목소리로 말했다.

"이번에는 조금 다른 경로에서 왔거든. 그게 신경 쓰여서 말이야, 나도 얼굴 내밀 수 있으면 내밀겠다."

"무슨 말씀이십니까?"

휴대 전화로 심각한 이야기를 하고 있으면 눈에 띄는 걸까. 눈살을 찌푸리며 목소리를 줄인 주몬지를 통행인이 의아한 얼굴로 쳐다보고 간다.

"어떤 신뢰할 수 있는 연줄이 있어서 요전 할아범은 그쪽에서 온 거였거든. 그런데 이번에는 갑자기 끼어든 거라서."

"끼어들기라. 무슨 영업 사원도 아니고."

"그렇지?"

소가는 동의를 구했다.

"녀석이 막무가내로 어떻게 아는 사람에게 들었다고 우기면서 날 지명하잖아. 그래서 경계해서 한 장 불러 줬더니 상관없다고 하더라고."

소가의 정직한 말을 듣고 주몬지는 침착함을 잃었다.

"그 말은 소가 선배가 100만 플러스인 겁니까?"

"너도 그렇고."

소가는 통 크게 말했다. 주몬지는 아까 그 여고생도 잊고 다시 기분이 좋아졌다. 여기서 마사코에게 비밀로 이익을 챙기면 300만 을 벌 수 있다.

"소가 선배, 감사합니다."

"하지만 조심해서 나쁠 건 없지. 나도 애들 데려갈 테니까. 너 도 목도 들고 처박아 놨던 특공복 꺼내 입고 와라."

"엉뚱한 소리 하지 말아 주세요."

꼭 농담만도 아닌 것 같은 소가의 말투가 신경 쓰였으나 주몬지 는 돈이 들어온다는 기쁨으로 잔뜩 들떠 있었다. 곧바로 수첩을 꺼내서 마사코의 집에 전화를 한다. 여기서 여건이 안 되면 자신 은 기분 나쁜 시체를 트렁크에 넣고 만 하루를 정처 없이 놀아다 녀야만 한다.

마사코 본인이 전화를 받았다. 감기에 걸린 건지 코맹맹이 소리 였다.

"실은 그 일이 또 들어와서요. 괜찮겠습니까?"

마사코는 질린 듯 목소리를 살짝 높였다.

"꽤 빠르잖아."

"하하, 솜씨가 좋은 것을 평가받은 것 아닐까요."

주몬지의 약삭빠름에 마사코는 입을 다문다. 불안해하는 거라고 생각했지만 이건 어떻게 해서든 밀고 나가야만 했다.

"할 거죠. 가토리 씨."

"이번에는 관두지 않겠어?"

"왜요?"

"꺼림칙한 예감이 들어."

"두 번째에 꺼림칙한 예감이라뇨. 그런 게 어디 있습니까."

주몬지는 물고 늘어졌다.

"제 체면이 망가지는걸요."

"체면 망가지는 것보다 나쁜 일이 생기지 않을까 싶어서."

마사코는 수수께끼 같은 소리를 했다.

"무슨 뜻입니까?"

마사코는 확실히 대답하지 않는다.

"뭔가 불길한 예감이 들어. 지금은."

"가토리 씨 상태가 얼마나 안 좋은지는 모르겠지만 그건 일에 대한 태도가 아닙니다."

주몬지는 필사적으로 설득했다.

"저도 멀리 규슈까지 버리러 갔다고요. 혼자만 위험한 일 하고 있는 거 아닙니다. 아시잖아요."

"그건 알아."

마사코는 낮은 목소리로 대답한다. 주몬지는 초조해졌다.

"그럼 빠지시겠습니까. 그러면 저 스승님한테 부탁할 겁니다. 아니면 구니코 씨. 돈을 위해서라면 그 돼지는 뭐든지 하니까요."

"그건 안 돼. 잘못했다가는 모두 함께 위험해져."

"그렇죠."

주몬지는 간청한다.

"요전번이랑 똑같이 할 테니까요. 잘 부탁드립니다."

"알았어."

체념한 것처럼 마사코는 말했다.

"그럼 고글 구할 수 없을까?"

결정한 후에는 평소처럼 시원시원했다. 주몬지는 안심한다.

"제 바이크용 고글 가져갈 테니까 좋을 대로 써 주십시오."

"응. 무슨 일 생기면 전화할게."

후유 하고 거래를 한 건 잘 끝마친 기분으로 휴대 전화를 집어 넣고 주몬지는 시계를 봤다. 오전 4시까지는 시간이 충분하고도 넘칠 만큼 남았다. 어딘가에 아까 같은 미인은 없을까. 어차피 돈이 들어올 거다. 얼마든지 내 주마. 대범해진 주몬지는 어느 여자를 홀려 볼까 공격적인 기분이 되어 젊은 여자들이 오가는 시부야의 혼잡한 거리를 바라봤다. 가토리 마사코가 어째서 그다지 내켜하지 않는지, 그런 것까지 생각할 여유는 없었다.

오전 4시 전. 주몬지는 약속 장소인 K 공원 뒷문 앞에 시마를 세웠다.

가드레일이 이어지는 길 한편은 울창한 공원, 넓은 도로 반대편은 덧문을 꽉 걸어 잠그고 잠든 주택가라 조용했다. 주위에 가로등 하나 없이 어두컴컴한 길은 생물의 기척이 없다. 시꺼먼 숲 같은 공원의 나무들이 바람에 흔들리는 요란한 소리가 기분 나빠 주몬지는 그쪽을 보지 않도록 얼굴을 돌렸다. 그러고 보니 예전에 여기서 구니코가 그것을 버렸다는 기억이 나면서 그 우연이 조금 마음에 걸린다.

춥다. 주몬지는 콧물을 훌쩍이면서 재킷 앞을 여미려다가 단추가 하나 없어진 것을 깨달았다. 아까까지 같이 있던 여자 때문인 걸 알고 화가 난다. 현역 여고생일 줄로만 알았던 여자는 실은 스물한 살이었다. 주몬지가 욕실에 들어가 있는 틈에 재킷 안을 뒤지고 있었던 것이다. 화가 나서 잡아챘을 때 단추가 떨어진 게 틀림없다.

"재수 없게."

자기도 모르게 그렇게 말해 놓고 주몬지는 당황해서 부정했다. 이제부터 300만의 현금이 들어오려고 하는 참에 재수가 없을 리가 없다. 낙천적으로 생각하려고 노력하는데 길 오른편에서 차 소리가 들리고 전조등이 시마의 미등을 비췄다.

"수고."

검은색 글로리아에서 소가가 나와서 주몬지에게 손을 들었다. 날이 밝기 전임에도 말쑥하게 낙타 색 캐시미어 코트를 걸치고 안에 검은색 정장을 입고 있다. 운전사 노릇을 하고 있는 것은 금발 소년이었으며 또 한 명의 중머리가 몇 걸음 뒤에 따라와서 졸린 듯한 얼굴로 주몬지에게 머리를 숙였다.

"일부러 나와 주시고, 죄송합니다."

"신경 쓰이니까, 나도 그 녀석 면상 좀 봐 두자 싶어서."

소가는 추위에 떨며 코트 깃을 세우고는 주머니에 두 손을 찔러 넣었다.

"어떤 녀석이 어떤 물건을 가져오는 겁니까?"

"글쎄."

소가는 불안스럽게 중얼거린다.

"한 장 낸다고 하는 걸 보면 상당히 위험한 거겠지."

"그렇겠지요."

"너, 저기다 물건을 넣는 거냐?"

소가가 시마를 가리켰다.

"네, 그런데요."

"우아, 기분 나빠라."

소가는 얼굴을 찡그렸다. 지난번에는 이 금발 남자와 중머리가 현금과 함께 시체를 옮겨 오고 소가 본인은 전화로 지시만 했을 뿐이었다. 그것만 하고 200만이나 챙기는 것이다. 주몬지는 조금 기분이 상한다.

"일이니까요."

"뭐, 그렇게 마음 상하지 마."

민감하게 알아챈 소가는 다독이는 것처럼 주몬지의 어깨를 툭 쳤다.

그때 길 반대편에서 상향등을 켠 왜건이 오는 것이 보였다. 번쩍이는 빛이 점점 이쪽으로 가까워 온다. 주몬지에게는 순간적으로 괴물이 향해 오는 것처럼 느껴졌다.

"저 녀석이다."

소가가 물고 있던 담배를 가드레일에 문질러 끄고 그 꽁초를 긴장하고 있는 금발에게 건넸다.

"이거, 어떻게 할까요?"

금발은 두 손으로 받는다.

"멍청이, 나중에 무슨 일 생기면 큰일이잖아. 먹어."

"먹어야 합니까?"

"멍청이, 좋을 대로 해."

금발은 당황하며 그것을 점퍼 주머니에 집어넣었다. 주몬지는 침을 꿀꺽 삼킨다. 이미 추위는 느껴지지 않았다.

왜건이 주몬지 일행 앞에서 멈췄다. 여전히 전조등은 밝게 켜졌다. 눈부셔서 차 번호가 잘 보이지 않는다. 운전석 문이 열리고 남자가 하나 나왔다. 키가 큰 편에 딱 벌어진 체구였다. 작업 바지에 점퍼로 눈에 띄지 않는 옷차림이다. 모자를 쓰고 있어서 얼굴은 알 수 없었다. 그러나 남자를 봤을 때 주몬지의 전신에 소름이 끼쳤다. 어째서인지 이유는 알 수 없었다.

"안녕하십니까. 도요스미회의 소가입니다."

소가가 인사한다. 남자는 사람들을 둘러보곤 분명치 않은 낮은 목소리로 말했다.

"뭐가 이렇게 어마어마해."

"하아, 죄송합니다. 실은 평상시의 경로가 아니라 신경이 쓰여서. 여기에 대해 어느 쪽에서 들으셨습니까?"

"아무려면 어때."

"그렇게는 힘든데요."

"거 되게 시끄럽네."

남자는 갑자기 점퍼 주머니에서 종이봉투를 꺼내 이리로 던졌다. 소가가 받아서 내용물을 확인한다. 주몬지가 엿보니 띠지가 둘러진 만 엔 다발이 정확히 10개 들어 있었다. 돈을 확인한 소가는 고개를 끄덕이고 주몬지에게 턱으로 지시했다.

"이제 됐다고 쳐. 얼른 해."

남자가 소리를 내며 왜건의 문을 연다. 어슴푸레한 차 안에 모포에 휘감긴 사람 모양을 한 물체가 들어 있는 것이 보였다. 봉긋봉긋하고 길이가 짧다. 여자인 걸 알고 주몬지는 그 자리에 못 박힌 듯 섰다. 설마 여자 시체가 오리라고는 생각도 하지 못했다.

"가만히 서서 뭐 해?"

남자는 주몬지에게 날카롭게 호통 치고 왜건 차 안에서 시체를 끄집어낸다. 금발과 중머리가 황급히 달려가 도왔다. 시체가 아스팔트 위에 털썩 떨어지자 남자는 문을 닫더니 뒤도 돌아보지 않고 운전석에 들어가 그대로 후진해서 온 길을 돌아간다. 차를 후진 기어에 넣고 움직였을 때 특유의 높은 엔진 소리가 컴컴한 길에 울려 퍼졌다. 그 소리는 그대로 작아지더니 어둠 속으로 사라져 갔다. 눈 깜짝할 사이에 벌어진 일이었다.

"뭔가 무섭네요."

주몬지가 말하자 소가는 "멍청이." 하고 작게 토했다.

"저지른 녀석은 격이 다르다고."

저 녀석이 이 여자를 죽인 건가. 수몬지는 모포에 눌눌 말려 밧줄이 친친 감긴 짧은 인간 모양을 한 뭉치를 두려운 듯이 내려다 봤다.

"어째서 후진을 해서 간 걸까요?"

"멍청이. 그렇게 하면 차 번호도 안 보일 테고 뒤를 쫓지 못하게 확인도 할 수 있을 거 아냐."

주몬지는 덜덜 떨기 시작했다. 지금 자신이 엄청난 일에 가담하고 있다는 실감이 겨우 솟았기 때문이었다. 아까 돋았던 소름은 그 전조였다.

"자, 가져가."

소가가 종이봉투 안에서 세 개의 다발을 꺼내고 나머지를 주몬지의 가슴에 내쳤다.

"네에."

주몬지는 그것을 주머니에 쑤셔 넣었다.

시마의 트렁크에 금발과 중머리가 힘겹게 시체를 넣고 있었다. 소가는 벌레라도 씹은 것처럼 말이 없었다.

"저거, 여자죠."

"그런 것 같지."

소가는 돌아봤다. 웃고 있지 않다.

"여고생이라든가."

"그건 싫은데."

갑자기 오한을 느낀 것은 새벽의 냉기 때문만은 아니었다. 쾅 소리를 내며 트렁크가 닫힌다. 두 사람의 남자가 더러운 거라도 만졌던 것처럼 손을 털거나 냄새를 맡는 시늉을 반복하고 있다. 소가는 주몬지의 어깨를 다시 가볍게 두드렸다.

"그럼 간다. 뭐, 열심히 해."

"소가 선배."

주몬지는 홀로 남겨지는 것을 두려워하며 소가의 눈을 봤다. 소가는 혀끝으로 할짝할짝 입술을 핥았다.

"뭐야. 쫀 거냐?"

"아닙니다."

"실수하지 마라. 이거 장난 아니다."

소가는 문을 열고 기다리는 중머리에게 출발하자는 지시를 보냈다. 소가가 올라타자 글로리아도 도망치는 것처럼 온 방향으로 달려갔다. 갑자기 길이 컴컴해진다. 홀로 남은 주몬지는 이대로 차까지 통째로 놔두고 도망치고 싶은 욕망과 싸우면서 시동을 걸었다. 태어나서 처음으로 무섭다고 생각했다. 출발해서 얼마 달리다가 트렁크에 실은 시체가 무서운 게 아니라 아까 그 남자가 무서운 거라는 사실을 겨우 깨달았다.

일주일 만에 감기가 나가서 오랜만에 기분이 좋다.

거울을 보니 조금 여윈 감은 있지만 뺨이 산뜻하고 눈시울이 가벼워졌다. 이제부터 그 일을 해야 하는 마당에 말이다. 얄궂은 마음으로 마사코는 거울 속의 자신을 쳐다본다.

다행스럽게도 요시키는 정각에 출근하고 노부키도 아침 일찍부터 아르바이트를 하러 나갔다. 그날 밤 이야기를 나눈 후로 요시키는 점점 자기 방에 틀어박히는 일이 많아졌다. 마사코가 집을 나갈지도 모른다고 입 밖에 냈기 때문에 상처 입지 않도록 요새를 더 튼튼하게 만들고 있는 것이리라. 같은 집에 있어도 떨어져 있는 것과 같다는 느낌에 마사코는 안타까움을 지울 수 없었다. 그러나 노부키는 한 마디 두 마디 말을 하게 되었다. 그것이 비록 "밥은?" 정도라도 마사코는 기쁘다.

마사코는 작업을 위해 비누며 샴푸를 치우고 욕실 타일 위에 빈틈없이 비닐시트를 깔았다. 크게 창을 열고 전날 밤의 습기를 쫓아낸다. 음력 10월의 따뜻한 날이었다. 자신의 몸 상태도 날씨도 상황은 모두 빈틈없는데 가슴속 깊은 곳에는 커다란 불안이 자리 잡고 있다. 우쭐해진 주몬지나 요시에에게 그것을 어떻게 설명하면 좋을까. '제3의 인물'이란 누구인가.

사실 마사코에게는 짐작 가는 인물이 있었다. 생각이 미친 것은 감기로 몸져누운 침대 안에서였다. 그러나 확증은 물론 없었다.

마사코는 욕실 창문을 닫고 잠근 후 현관으로 향했다. 도착할 물건을 이제나저제나 하며 기다린다. 기대가 아니라 불안 때문에. 이미 물체라기보다도 새로운 전개라고도 해야 할 것이 되어 있었기 때문이었다. 자신이 어디로 향하고 있는 건지도 모른 채 그저 돌진만 하고 있다는 위기감이 들어 마사코는 안절부절못했다.

마사코는 노부키의 커다란 비치 샌들을 꿰신고 현관 바닥에 내려섰다. 집 안에 들어가서 기다리고 있지도 못하고, 밖에 주몬지를 마중 나가지도 못하고. 어중간하기 그지없는 현관문 앞에 우뚝 서 있었다. 정체를 알 수 없는 공포를 밀어 넣기 위해 단단히 팔짱을 끼면서.

"젠장할."

마사코는 일부러 더러운 말을 토했다. 모든 것이 마음에 들지 않았다. 준비도 다 갖춰지지 않았는데 그저 주어진 상황에 떠내려가고 있는 자신이 무엇보다 마음에 들지 않는다. 그것도 '제3의 인물'의 의도가 아닐까 하는 생각조차 한다.

짧은 시간이라고는 하나 집 앞에 남색 시마가 서 있는 것만으로도 눈에 띈다. 다음부터는 자기 차로 하자고 생각하고 있었는데 실제로는 그럴 시간도 없었다. 지난번에는 잘됐지만 이번에는 어떻게 될지 모른다. 바보 같은 짓에 머리를 디밀어 넣고 말았다는 후회와, 어딘가에서 실수를 저지른 것 같은 커다란 불안의 그림자가 아무리 해도 사라지지 않는다. 현관이라는 좁은 공간에서 이것저것 생각하고 있자니 갈팡질팡하는 기분이 폭발할 것처럼 부풀어 오른다. 그 망설임에 떠밀려 끝내 마사코는 문을 열고 밖으로 나갔다.

따스한 아침이었다. 일대는 평소와 같이 평온해 보였다. 멀리 밭에서는 낙엽인지 뭔지를 태우는 연기가 한 줄기 피어오르고 있었다. 화창한 파란 하늘 어딘가로 헬리콥터가 태평히 날아가고, 설거지하는 소리가 근처 집에서 희미하게 들린다. 흔하디흔한 교외의 아침 광경이다. 마사코는 건너편 적토 공터에 시선을 향했다. 저 토지를 사고 싶다던 중년 여자는 그 후로 모습을 보이지 않는다. 이렇다 할 변화는 아무것도 없는데 어째서인지 기분 나쁘게 여겨진다.

자전거 브레이크 걸리는 소리가 났다.

"나 왔어."

요시에는 회색 저지 상하의에 미키가 입던 것으로 여겨지는 낡은 검은색 윈드브레이커를 걸치고 있었다. 마사코는 요시에의 눈을 쳐다봤다. 철야가 끝나고 와서 눈부심을 참는 빨간 눈. 자신도 야근을 했더라면 같은 얼굴이었을 것이다.

"스승님, 괜찮아?"

"응, 괜찮아. 내가 하고 싶었는걸. 시켜 달라고 부탁했잖아."

요시에의 눈에는 지금까지 없었던 결의가 보였다. 돈을 벌겠다는 굳은 결의가.

"어서 들어와."

마사코는 자전거를 바짝 끌어오는 요시에를 재촉했다. 요시에는 재빠르게 현관 안으로 들어와서 어린아이들 실내화 같은 삼베 운동화를 벗고 마사코의 얼굴을 걱정스러운 듯이 살폈다.

"너 감기는 어떠니?"

비 오는 날 요시에의 집을 찾은 뒤 마사코는 독한 감기에 걸려 공장도 쉬고 있었다.

"좋아졌어."

"그거 다행이다. 하지만 그건 물일이니까 좋지 않을지도."

물론 시체 해체를 가리키는 말이다. 물로 한 번씩 씻어 내면서 하면 효율적이라는 사실을 지난번에 알았다.

"공장은 변함없어?"

"그게 있지."

요시에는 목소리를 낮췄다.

"구니코가 그만뒀어."

"흠. 구니코가?"

"그래. 사흘 전에 갑자기 사표를 내서. 주임이 일단 말렸던 모양이지만, 뭐 그 아이야 있으나 없으나 마찬가지니까. 그대로 오지 않게 됐어."

요시에는 윈드브레이커를 벗어 잘 개 두면서 말했다. 하얀색 플란넬 안감이 군데군데 해진 것을 마사코는 무심히 쳐다봤다.

"야요이도 도통 오지 않고, 너는 감기로 쉬고 있고. 나 딸랑 혼자 쓸쓸해서 컨베이어 속도 18로 올려 버렸지 뭐니. 그랬더니 다들 안달해서 곧바로 불평만 하는 거야. 일도 못하는 것들이."

“그렇겠지.”

“그러고 있지, 어젯밤에 그 브라질인이 너에 대해 묻더구나.”

“브라질인?”

“미야모리 뭔가 하는 젊은이.”

“뭐라고?”

“마사코 씨 그만뒀느냐고. 그 아이, 너한테 마음 있는 것 아니니?”

마사코는 놀리는 것 같은 요시에의 말에도 동하지 않고 그저 묵묵히 듣고 있었다. 여름에 길에서 망설이는 것처럼 서 있던 가즈오의 상처 입은 얼굴이 뇌리에 떠올랐다. 그러나 지금은 먼 일이었다. 요시에는 얼마 동안 말을 끊고 마사코의 반응을 기다렸으나 마사코가 아무 말도 않자 이어서 말했다.

“그 아이, 일본어 굉장히 능숙해져서 놀랐어. 젊어서 배우는 게 빠른가 봐.”

이제부터 할 작업을 생각하며 흥분했는지 오늘 아침의 요시에는 말이 많았다. 마사코는 쏟아져 나오는 요시에의 말을 들으면서 불안한 마음을 이야기해 두는 편이 좋을지 어떨지, 마치 처마 밑에서 비가 그치는 틈을 노리는 것처럼 망설였다. 현관에서 차 소리가 났다.

“왔다.”

요시에가 허리를 들었다.

“잠깐.”

마사코는 현관으로 가서 도어 렌즈로 주의 깊게 밖을 내다본다. 주몬지의 시마가 서 있었다. 약속 시간 정각이었다.

현관문을 살짝 열자 이미 운전석에서 나온 주몬지가 마사코에게 속삭인다. 밤을 샌 듯 얼굴에 기름이 떴다.

"가토리 씨, 이번 물건 싫습니다."

"어째서?"

"여자거든요."

작은 목소리로 말한다.

마사코는 혀를 찼다. 언젠가 처참한 것을 보리라고 각오는 하고 있었지만 동성의 육체를 베고 찢는 것을 주저하게 되는 것은 신기했다. 주몬지는 주위의 동정을 빈틈없는 얼굴로 살핀 후 가만히 열쇠로 트렁크를 열었다. 마사코는 애벌레 같은 모포 덩어리를 보고 저도 모르게 몇 걸음 뒷걸음쳤다. 노인 때도 가늘고 작았지만, 이 덩어리는 납작하지 않고 가슴 부근이 풍만하게 솟아 있었다.

"무슨 일인데 그래."

어느새 요시에가 와서 등 뒤에서 들여다보고 작은 비명을 질렀다. 밧줄로 꽁꽁 묶여 꾸려진 사람 모양은 겐지라든가 모포에 둘둘 만 노인의 시체보다도 공이 들어간 만큼 무섭게 여겨졌다.

"어쨌든 옮깁시다."

주몬지가 자못 건드리기 싫다는 듯이 얼굴을 돌리고 팔을 뻗는다. 마사코도 도왔다. 경직이 풀어져서 축 휘어지고 들어 올리자 무거웠다. 셋이서 욕실 비닐시트 위에 시체를 눕히고 어떻게 할까 하고 서로 얼굴을 마주 본다.

"저 무서웠다고요. 이거 받으러 갔을 때 엄청 무서운 남자가 나와서 얼마나 움츠러들었는지."

"왜?"

"그야 그 녀석이 죽인 게 분명했는걸요."

"어떻게 알아. 그냥 옮겨 오기만 한 건지도 모르잖아."

요시에가 세찬 고통을 억누르기 위해서인지 가슴에 손을 얹고 말했다.

"그게 신기하게 척 봐도 알겠더라고요."

주몬지는 항의하는 것처럼 요시에에게 크게 목소리를 높여 말했다. 눈이 충혈됐다. 그럴지도 모른다고 마사코는 혼자 조용히 생각했다. 야요이 때도 그랬다. 그날 밤 야요이에게는 어떤 특별한 기운이 감돌았다.

"너는 남자잖아. 얼른 밧줄 끊어 봐."

말로 진 것이 분했는지 요시에가 주방용 가위를 무자비하게 주몬지에게 디밀었다.

"제가 하는 겁니까?"

"당연하지, 남잔데. 남자는 솔선수범해야지."

괴롭힐 구실로 요시에가 '남자'를 연발한다. 주몬지는 요시에에게 등을 떠밀려 마지못해 가위를 들었다. 우선 모포를 꽉 묶고 있는 로프를 차례차례 끊었다. 그리고 모포 끝을 잡고 당긴다. 갑자기 다리 부분이 나타났다. 발목에 잘록함이 없는 하얗고 두꺼운 다리. 뒤에 자색 반점이 떠올랐다. 요시에가 외마디 소리를 지르며 마사코의 등 뒤로 숨었다. 다음으로 어디에도 상처가 없는 뒤룩뒤룩한 동체가 나타났다. 지방밖에 안 찬 유방이 좌우로 늘어졌다. 살찌기는 했어도 아직 여자로서 한창때인 육체였다.

그러나 둘둘 감긴 모포에 미련이 있는 것처럼 머리 부분은 좀처럼 나오지 않는다. 마사코는 주몬지를 도와 모포를 치워 내고 저도 모르게 손을 멈췄다. 거기만 검은 비닐봉지가 씌워져 있었기 때문이다. 목 부분에 끈을 감아 쉽게 벗길 수 없게 해 뒀다.

"뭐니, 이거. 기분 나빠라."

요시에는 허리에 힘이 빠져 욕실 입구까지 기어간다. 주몬지는 토할 것 같은 표정을 짓고 있다.

"얼굴 짓이겨진 것 아닙니까? 싫은데."

"잠깐 기다려. 이거, 어째서 이런 걸 쓰고 있는 거야?"

마사코는 어떤 예감에 마음이 급해져 가위를 들고 검은 비닐을 찢어 냈다. 그것은 몹시도 간단히 나타났다.

"역시 구니코야."

혀를 쭉 내민 얼빠진 얼굴. 교활해 보이는 눈도 탐욕스러워 보이는 입도 전부 이완되어 눈을 반쯤 뜬 채로 숨이 끊어진 구니코의 얼굴. 이때까지는 단순히 시체를 해체하는 장소에 지나지 않았던 욕실이 잘 아는 여자의 시체가 누워 있다는 사실 하나로 장례식장 같은 의미를 가졌다. 갑자기 쥐 죽은 듯 조용해진다. 요시에가 오열을 터트리기 시작했다. 주몬지는 공포에 마비되어 우뚝 서 있다.

"어떤 녀석이었어."

마사코는 주몬지에게 캐물었다.

"어떤 남자였어."

"어, 얼굴은 잘 몰라요."

주몬지는 목소리를 높였다.

"그러니까 키가 크고 딱 벌어졌고 목소리는 낮았죠."

"그런 사람은 어디에나 있잖아."

마사코는 격분했다.

"그런 소리 해 봤자 저도 모른다고요."

주몬지는 난감해져서 고개를 휙 돌렸다. 요시에는 욕실 입구에 주저앉아 울고 있다. 그 되풀이되는 중얼거림이 들렸다.

"역시 벌이 내린 거야. 그러니까 이런 짓 하면 안 되는 거야."

"시끄러워."

마사코는 욕실 입구로 달려가 요시에의 멱살을 잡았다.

"그런 소리 하고 있을 상황이 아니야. 모두 표적이 되고 있다고."

요시에가 멍하니 마사코를 봤다. 그녀가 무슨 소리를 하고 있는 건지 하나도 모르겠다는 표정이었다.

"무슨 뜻이니."

"구니코가 우리한테 온 걸 보면 뻔하잖아."

"우연일지도 모르잖니."

"무슨 소리 하는 거야."

흥분한 나머지 목소리가 갈라지는 자신을 억누를 수 없다. 마사코는 침착함을 되찾고자 손톱을 깨물었다. 주몬지가 끼어든다.

"그러고 보니 시체 인도 장소가 K 공원 뒷문이었죠. 그래서 뭔가 꺼림칙한 예감이 들었더랬습니다."

"그거 진짜야?"

마사코의 온몸에 털이 곤두선다. 역시 알고 있다. 그 녀석은 다 알고 있는 거다. 그렇기 때문에 구니코를 죽여 자신들을 위협하고 있는 것이다. 대체 뭘 위해서. 마사코는 축 늘어진 구니코의 이완된 얼굴에 대고 고함을 치고 있었다.

"이 바보, 무슨 일이 일어난 건지 가르쳐 달란 말이야."

주몬지가 마사코의 팔을 잡았다.

"가토리 씨, 괜찮습니까?"

요시에가 입을 쩍 벌렸다.

"왜 그러니, 너."

"안 미칠 수 있겠어?"

마사코는 토해 내는 것처럼 말했다.

"대체 왜 그러는 거야."

"확실히 말할 테니 잘 들어."

마사코는 두 사람을 보고 섰다.

"우리는 지금 누군가의 표적이 되어 있어. 그 녀석은 야요이의 집에 잠입해서 염탐을 했고 우리 집에도 염탐꾼을 보냈어. 그리고 구니코에게 접근해 죽여서 우리한테 처리를 시키고자 계획한 거야."

"어째서 그런 짓을 하는데. 구니코를 죽인 거라면 그런 짓 꼭 하지 않아도 되잖아. 우연일 거야."

요시에는 반울상을 짓고 있다.

"아니. 자신은 모든 것을 알고 있다고 우리한테 알리고 싶은 거야."

"그러니까 어째서."

"복수야."

그 말을 입에 낸 순간 수수께끼가 풀린 것 같은 기분이 들었다. 그렇다. 그 녀석은 복수를 하고 있는 것이다. 정성스레 시간을 들여 조사해서 복수하고 있는 거다. 처음에는 보험금이 목적인 줄 알았는데 그게 아니다. 구니코를 처리하는 데에 아낌없이 거금을 들이고 있지 않은가. 두렵다. 마사코는 울음을 터트리고 싶은 기분과 필사적으로 싸웠다. 주몬지가 눈살을 찌푸렸다.

"누굽니까, 그 녀석은?"

"아마도 카지노의 경영자. 그 사람밖에 없어."

주몬지와 요시에가 얼굴을 마주봤다.

"이름은?"

"사타케 미쓰요시. 마흔세 살."

마사코는 지난 신문을 보고 그 이름을 확인해 뒀다.

"증거 불충분으로 석방됐지만 실종됐어."

"이거 준 남자도 마흔셋 정도였니?"

요시에가 주몬지에게 물었다.

"모르겠습니다. 어두웠고, 모자 쓰고 있었고. 하지만 목소리는 그쯤 됐던가. 그럼 그 녀석의 모습을 본 건 저뿐이라는 겁니까."

주몬지는 뭔가를 떠올린 건지 얼굴을 찡그린다.

"두 번 다시 만나고 싶지 않은데."

"어쩌면 좋으니. 얘, 나는 어쩌면 좋아."

주몬지가 두려워하는 걸 보고 요시에가 다시 오열했다. 마사코는 아직 손톱을 깨물고 있다.

"돈 가지고 도망쳐야지."

"도망치다니, 난 불가능해."

"그럼 가능한 한 조심하고 있어."

마사코는 다시 구니코의 시체를 향했다. 이것을 어떻게 처리할까. 그것이 지금의 최우선 과제였다. 해체할 것인가. 하지만 그런 수고는 무의미했다. 의뢰인의 목적은 단순한 위협이니까. 하지만 그냥 버리기도 위험하다.

"구니코를 어쩔까?"

"경찰에 애기하자."

요시에가 지쳐서 세탁기 뒤에 주저앉아 힘없이 제안한다.

"어째서 이런 바보 같은 짓 하지 않으면 안 되는 거니. 구니코 같이 살해당하기를 기다리는 건 싫어."

"그랬다가는 다 같이 잡혀. 그래도 괜찮아?"

"난처하지."

요시에가 말했다.

"그럼 어떻게 하면 좋을까?"

"버립시다."

생각에 잠겨 있던 주몬지가 구니코의 커다란 유방을 쳐다보며 말했다.

"어디에?"

"어딘가에. 그리고 시치미 뗀다."

"그거 좋은 생각이야. 하지만 나는 사타케에게 책임을 지워 주고 싶어."

"어떻게 말입니까."

주몬지가 비난을 담아 마사코의 얼굴을 봤다.

"잘 모르겠지만 내가 단지 기죽어 있기만 한 게 아니라는 걸 보여 주고 싶어."

"어째서 그런 짓을 하니."

요시에는 믿을 수 없다는 얼굴로 외쳤다.

"너, 머리 이상한 거 아니니?"

"그편이 그 녀석이 난처하니까. 이대로는 어둠에서 어둠으로, 우리 모두 전멸이야."

"하지만 무슨 방법으로요, 가토리 씨."

주몬지가 하룻밤 동안 자란 수염을 문지르면서 눈을 좁혀 떴다.

"구니코의 시체를 그 녀석 집에 되돌려 줄 수는 없을까."

"어디에 사는지는 알고?"

지쳐 축 처진 요시에가 두 손으로 눈을 가렸다.

"모르잖니."

"그렇지."

마사코는 생각에 잠긴다.

"잠깐만요."

주몬지가 손으로 두 사람을 저지하는 시늉을 했다.

"침착하게 생각해 봅시다. 보통 상황이 아니니까요."

구니코의 입 안에 검은 천이 들어 있는 게 보였다. 마사코는 급히 비닐장갑을 끼고 그것을 빼냈다. 뭉쳐진 속옷이 나왔다. 가만히 펴 보니 레이스가 달린 호화로운 속옷이었다. 구니코라는 인간을 봐서 그것을 벗을 상황을 상정하고 입었던 것이리라. 공장 탈의실에서는 언제나 싸구려 속옷을 입고 있었던 것을 떠올린다.

"이걸로 입을 틀어막고 목을 졸랐군."

주몬지가 구니코의 목에 굵게 목 졸린 자국이 있는 것을 보고 가엾다는 얼굴을 했다. 마사코는 속옷을 손에 든 채 묻는다.

"주몬지 씨. 그 녀석 잘생겼어?"

"아아, 얼굴은 잘 모르겠지만 몸은 나쁘지 않았습니다."

색정을 이용한 거다. 마사코는 구니코의 주변에 그런 남자가 없었는지 생각해 본다. 그러나 최근 갈라선 구니코의 남자관계 따위 알 리가 없었다. 포기하고 어깨를 늘어트린다.

"역시 토막 낼 수밖에 없을까, 지금 당장은."

"하고 싶지 않아, 나는."

요시에가 중얼거린다.

"싫어. 구니코를 토막 내다니. 악몽을 꿀 거야."

"그럼 스승님은 돈 필요 없는 거지. 지난번에 말한 100만도 주지 않을 거고, 나 혼자 할 테니까 스승님 몫까지 전부 내가 받을 거야."

마사코가 말하자 요시에는 당황해서 허리를 들었다.

"그건 곤란해. 이사를 갈 수 없게 돼."

"그렇지. 스승님네 집, 불이라도 붙으면 끝장이니까."

마사코의 짓궂은 말에 요시에는 고개를 숙였다. 주몬지는 두 사람의 대화를 들으면서 어떻게 할 것인지 망설이고 있었다.

"종이 상자 구해다 줘. 그리고 지난번과 마찬가지로 주몬지 씨는 규슈에 버리러 가."

"하는 겁니까?"

"응, 할 수 없어."

마사코는 침을 삼키려 했으나 목에 걸려 좀처럼 넘어가지 않았다. 마치 인정하고 싶지 않은 현실 같았다.

"그럼 종이 상자 구하러 다녀오겠습니다."

주몬지가 이 자리를 떠나는 것을 기뻐하며 몸을 일으켰다. 마사코는 주몬지의 마음이 이미 이 성가신 사태에서 도망치고 싶어 하며 허리를 뒤로 빼고 있는 것을 알아채고 다짐시켰다.

"도망치는 건 이게 끝난 후야. 알았지?"

"알고 있습니다."

"아직 일은 끝나지 않았으니까."

"네엣."

주몬지는 마사코의 집요함에 진절머리가 나서 크게 고개를 끄덕였다.

"스승님은 어쩔 거야?"

마사코는 주저앉은 채 구니코의 시체를 내려다보고 있는 요시에를 향했다.

"할게. 해서, 돈 받으면 나는 당장 이사 가기로 할래."

"좋을 대로 해."

"너는 어디로 도망칠 거니?"

"당분간 평소랑 똑같이 지낼 거야."

"어째서."

요시에가 놀라서 소리쳤다. 마사코는 대답하지 않았다. 아니, 그렇다기보다 요시에가 한 말을 거의 듣고 있지 않았다. 아까 주몬지가 한 말을 거듭 생각하느라 여유가 없었기 때문이다.

그럼, 본 건 저뿐이라는 겁니까.

자신도 사타케라는 남자와 어딘가에서 만나지 않았을까. 그 생각이 머리를 떠나지 않았다.

"그럼 다녀오겠습니다. 금방 돌아오겠습니다."

주몬지가 나가자 마사코는 전에 그랬듯 비닐 앞치마를 둘렀다. 그리고 아직 주저앉아 있는 요시에에게 말했다.

"스승님, 컨베이어 속도 18로 해 줘."

끼익끼익 소리를 울리면서 가즈오는 아파트 철제 계단을 뛰어 올라간다.

이곳은 도시락 공장이 준비해 준 브라질인 종업원을 위한 기숙 사였다. 2층짜리 가건물 아파트. 부부는 한방을 받을 수 있지만 가 즈오 같은 젊은 독신 남자는 두 명이 한방. 세 평 방에 부엌과 욕 실 겸 화장실이 딸려 있는 게 다인 좁은 공간이다. 편리한 점은 단 하나. 공장에서 걸어서 2분이라는 거리뿐.

가즈오는 계단을 다 올라가서는 멈춰 서서 주위를 둘러봤다. 바 로 앞 농가 앞마당에 거둬들이기를 잊은 빨래가 추운 듯이 바람에 휘날리고 있었다. 아파트 앞 가느다란 길에는 창백한 가로등이 켜 져서 선 채 말라 죽은 갈색 들국화를 비추고 있었다. 해가 질 듯하 며 지지 않는 초겨울의 풍경은 그저 적적했다. 상파울로는 이제 곧 여름이다. 가즈오의 가슴이 애달프게 아파 왔다.

그렇게 떠올리는 여름의 황혼. 길목에 흐르는 쇼로(삼바와 함께 브라질의 대표적인 연주 음악—옮긴이), 페이조아다(콩에 고기를 넣어 끓인 브라질 음식—옮긴이) 끓이는 냄새며 꽃향기, 하얀 여 름옷을 입은 예쁜 여자들, 골목 뒤에서 노는 아이들, 산토스를 응 원하는 축구장의 열광. 모든 것에서 멀리 떨어져, 자신은 여기서 뭘 하고 있는 걸까.

이것이 아버지의 나라? 가즈오는 다시 한 번 주위를 둘러봤다. 점점 어슴푸레해지는 경치에서 보이는 것은 모르는 사람들이 사는 집의 등불뿐이었다. 조금 멀리에 창백한 형광등 불빛을 창밖으로 번뜩이는 도시락 공장이 보였다. 저곳밖에 있을 장소가 없다니.

갑자기 눈물이 넘쳐흘렀다. 가즈오는 아파트 복도의 검은 철제 난간에 팔꿈치를 올리고 두 손에 얼굴을 묻었다. 방에는 룸메이트가 돌아와서 텔레비전을 보고 있을 것이다. 이 아파트 복도와 이층 침대의 상단밖에 가즈오의 사생활이 보장되는 곳은 없었다.

시련이라고 생각했던 두 가지. 정확하게는 세 가지였다. 2년간 이 공장에서 일하며 차를 사기 위한 돈을 모으는 것. 마사코에게 완전한 용서를 얻는 것. 그러기 위해 일본어에 숙달할 것. 이중에서 이루어질 것 같은 유일한 것은 마지막의 일본어 숙달뿐이었다. 말은 어떻게든 된다. 그러나 그 말을 이용해 용서를 얻고 싶은 인물은 그날 아침 이후 자신과 말 한 마디 나눠 주지 않는다. 다시 한 번 시험하기는커녕, 그 기회조차도 주지 않는 것이다.

그게 아니다. 완전한 용서라는 것은 절대 얻을 수 없는 것이었다. 마사코가 자신을 사랑해 주지 않는 한은. 그렇게 생각하니 가장 최초의 목적이었던, 2년간 여기서 일하겠노라고 자신에게 짐 시웠던 시련까지가 흔들리기 시작했다.

결국 마사코와의 관계가 자신에게 있어서는 가장 어려운 시련이었다. 아니, 시련도 무엇도 아니다. 자신의 의지로 어떻게 되지 않는 일이기 때문이다. 오히려 뜻대로 어떻게 되지 않는 일을 참아 내는 것 자체가 시련이었다. 그 사실을 깨달은 가즈오의 눈물은 그치지 않았다.

돌아가자. 그 생각이 갑자기 떠올랐다. 이제 됐다, 크리스마스에는 상파울로에 돌아가자. 차를 살 수 없어도 좋지 않은가. 어차피 일본에 있어 봤자 입에 맞지 않는 도시락을 만들 뿐이다. 컴퓨터 공부라면 브라질에서도 할 수 있다. 여기 있는 건 너무 괴롭다.

귀국할 것을 결심한 순간, 가즈오를 무겁게 덮쳐누르고 있던 구름이 순식간에 개었다. 시련이라고 느꼈던 것들이 지금 모두 조용하게 소멸해 간다. 그 대신 자신과의 싸움에 패한 한심한 남자가 혼자 서 있었다. 가즈오는 다시 한 번 어스레함 속에 떠오르는 도시락 공장을 적의에 가까운 눈으로 쳐다봤다.

그때 길에서 흘려듣다가는 놓칠 것 같이 작고 낮은 여자의 목소리가 들려왔다.

"미야모리 씨?"

환청인가 생각하면서 아래를 보니 마사코가 서 있었다. 청바지와 뜯어진 곳에 접착테이프를 붙인 남자용 다운재킷을 걸쳤다. 가즈오는 안 그래도 지금 생각하고 있던 마사코가 있는 데에 놀라서 무슨 착각이 아닐까 하고 좁은 복도를 둘러봤다. 꿈이라도 꾸고 있는 줄로 생각한 것이다.

"미야모리 씨."

마사코는 다시 한 번 똑똑히 불렀다.

"네."

가즈오는 계단을 흔들면서 뛰어 내려갔다. 마사코는 1층 사람의 눈을 피하는 것처럼 가로등 불빛이 닿지 않는 어둠 속으로 걸어간다.

가즈오는 따라가도 좋은지 망설이면서 그 뒤를 쫓는다. 뭘 하러 온 건가. 또 상처받는 건가. 한번 포기했던 마사코가 다시 모습을 드러냄에 따라 가즈오의 안에 장작이 더해진 불꽃처럼 그 시련이 다시 타올랐다. 그 벅찬 불꽃을 안은 채 마사코를 따라잡은 가즈오는 곤혹스러워하며 멈춰 선다.

"부탁하고 싶은 게 있는데."

마사코는 가즈오를 정면에서 쳐다봤다. 그렇다, 언제나 정면에서 보는 것이다, 이 사람은. 가까이에서 보는 마사코의 얼굴은 여위어 도저히 풀리지 않는 실몽당이처럼 복잡한 것을 안고 있는 것 같이 보였다. 하지만 아름답게 여겨졌다. 오랜만에 마주한 가즈오는 꽁꽁 얼어서 한겨울의 햇빛이 내리쬐기를 기다리는 사람처럼 마사코의 말을 이제나저제나 기다렸다.

"이걸 당신 로커에 넣어 둬 줄 수 없을까."

마사코는 눈에 익은 검은색 숄더백 안에서 종이봉투를 꺼냈다. 서류라도 들어 있는 건지 납작하고 무거워 보였다. 가즈오는 그것을 물끄러미 쳐다봤다. 손을 내밀어야 할지 말아야 할지 망설이고 있었다.

"어째서입니까?"

"당신밖에 로커를 가진 사람을 모르니까."

마사코의 말에 가즈오는 실망한다. 다른 말을 해 주기 바랐다.

"언제까지?"

그 질문에 마사코는 생각했다.

"그러네. 내가 필요해질 때까지. 알겠어, 일본어?"

"대충."

대답하면서도 가즈오는 의아했다. 어째서 자기가 가지고 있지 않는 건가. 집에 두면 될 텐데. 로커가 필요하다면 역에도 있는데.

"어째서인가 생각하는 거지."

마사코는 뺨을 누그러트렸다.

"우리 집에는 둘 수 없는 거라서 그래. 하지만 공장에서도 도둑 맞으면 곤란하고 차 안도 도둑맞을지 모르니까 안 되거든."

가즈오는 그 꾸러미를 손에 들었다. 상상했던 대로 무겁다. 과감하게 물었다.

"내용물, 뭡니까? 책임 있으니까요."

"돈이랑 여권."

마사코는 솔직하게 말한 후 다운재킷 주머니에서 담배를 꺼내 라이터로 불을 붙였다. 가즈오는 '돈' 이라는 종이봉투의 무게에 놀랐다. 그게 사실이라면 거금이 틀림없었다. 어째서 자신에게 이런 것을 맡기려는 걸까.

"얼마?"

"700만."

도시락 설명서를 컨베이어에서 내려 수량을 전할 때처럼 마사코는 금액을 확실히 말했다. 가즈오는 떨리는 목소리로 물었다.

"은행은?"

"안 돼."

"어째서 안 되는 건지, 물어도 됩니까?"

"아니."

마사코는 단호하게 거절하고 연기를 토해 내며 고개를 돌렸다. 가즈오는 생각했다.

"그러면 당신이 필요해졌을 때, 제가 없으면 어떻게 합니까?"

"연락이 취해질 때까지 기다릴게."

"어떻게?"

"여기로 올 테니까."

"알겠습니다. 제 집은 201호입니다. 그러면 공장에 가지러 갑니다."

"고마워."

자신은 크리스마스에는 귀국할 작정이다. 그것을 고해야 할까. 가즈오는 망설였으나 말하지 않았다. 그보다 마사코에게 무슨 어려운 일이 일어난 건지 그 점이 신경 쓰였다.

"얼마 동안 쉬었죠."

눈을 딱 감고 물어본다.

"응. 감기에 걸렸더랬거든."

"그만둔 줄 알았습니다."

"나는 그만두지 않아."

마사코는 도로 끝의 어둠을 돌아봤다. 이 아파트 앞으로 난 길을 쭉 가면 폐공장과 공장의 중간점이 나오는 것이다. 마사코의 눈에 드물게 불안의 그림자가 비쳤다. 분명 뭔가 나쁜 일이 일어난 것이다. 그것은 마사코가 속도랑에 버린 그 열쇠와 관계가 있는 게 아닐까 하고 가즈오는 느꼈다. 민감한 감수성이 가즈오의 무기가 될 때도 있거니와 약점이 될 때도 있다. 지금은 무기로 삼아야 할 때였다.

"문제 뭐가 있습니까?"

과감하게 묻자 마사코는 가즈오를 쳐다봤다.

"알겠어?"

"네."

가즈오는 마사코의 불안의 색을 자신의 눈에도 옮기고 고개를 끄덕인다.

"곤란한 일이 일어나고 있어. 당신 도움을 받을 건 없지만, 아까 그 꾸러미만은 맡아 줘."

"어떤 일입니까?"

그러나 마사코는 입술을 꾹 다물고 대답하지 않았다. 가즈오는 주제넘은 짓을 했다며 암흑 속에서 얼굴을 붉혔다.

"죄송합니다."

"아냐. 나야말로 미안해."

"아뇨, 알겠습니다."

가즈오는 마사코에게서 맡은 종이봉투를 검은색 점퍼 안주머니에 밀어 넣고 지퍼를 올렸다. 마사코는 어딘가에 차를 세워 놨는지 주머니에서 찰그랑 소리를 내며 열쇠 꾸러미를 꺼냈다.

"그럼 잘 부탁해."

"저기, 마사코 씨."

가즈오는 끝내 말을 꺼냈다.

"뭐?"

"그 일 용서해 주겠습니까?"

"물론."

"완전히?"

"응."

마사코는 간결하게 대답하고 눈을 내리깔았다. 무척이나 간단하게, 그것도 어이없이, 어렵다고 여겨졌던 시련을 뛰어넘은 가즈오는 순간 무슨 일이 일어난 건지 알지 못했다. 그러나 동시에 그것이 가장 쉬운 시련이었다는 사실도 깨달았다. 중요한 것은 마사코의 마음을 얻는 것이라는 진실을 떠올렸기 때문이었다. 마음을 얻지 못하면 그런 용서 따위 아무런 의미도 없었다.

가즈오는 축 처져서 목에 걸어 옷 안에 숨긴 열쇠에 점퍼 위로 손을 얹고 그 손을 다시 안주머니에 있는 마사코에게서 맡은 종이봉투에도 얹었다. 짐은 크고 무거웠다.

"하지만."

가즈오는 작게 중얼거렸다. 마사코는 귀를 기울이는 것처럼 얼굴을 숙인 채로 고개를 갸웃거렸다.

"당신은 어째서 제게 소중한 것을 맡기는 겁니까?"

그것이야말로 가즈오가 가장 묻고 싶은 것이었다. 마사코는 짧아진 꽁초를 땅바닥에 떨어트리고 운동화로 뭉갠 후 고개를 번쩍 들었다.

"나도 모르겠어. 단지 이런 걸 부탁할 사람이 아무도 없었어."

가즈오는 놀라서 마사코의 입 언저리에 있는 작은 주름을 봤다. 처음으로 마사코의 고독을 목격한 것 같은 느낌이 들었다. 가족도 친구도 있을 텐데, 잘 알지도 못하는 외국인인 자신에게 소중한 것을 맡기다니. 마사코는 가즈오의 시선에서 도망치는 깃처럼 눈을 돌리고 운동화 끝으로 돌멩이를 찼다. 돌멩이는 데구르르 소리를 내며 가즈오의 뒤로 굴러갔다. 가즈오는 침을 삼키고 그 일본어를 거듭했다.

"아무도? 아무도 없다?"

"그래."

마사코는 끄덕인다.

"아무도 없고, 내게는 안심하고 숨길 수 있는 장소도 없어."

"그것은 아무도 신용하지 않는다는 말?"

"응."

이번에는 똑바로 가즈오의 눈을 봤다.

"그럼 저는 신용합니까?"

가즈오는 그 질문을 던진 후, 숨을 죽이고 마사코를 쳐다봤다. 마사코는 시선을 그대로 대답했다.

"신용해."

그리고 조용하게 몸을 돌리고 완전히 해가 저문 길을 공장 방향으로 걸어갔다.

"……고맙습니다."

가즈오는 머리를 숙이고 오른손으로 왼쪽 가슴을 눌렀다. 그곳에 종이봉투가 있기 때문이 아니라, 심장이 있기 때문이었다.

출구

야요이는 신기한 마음으로 약지에 낀 결혼반지를 쳐다보고 있
었다. 그것은 흔하디흔한 디자인의 백금 반지다.

반지를 산 날을 떠올린다. 이른 봄의 따뜻한 일요일, 겐지와 둘
이서 백화점에 고르러 갔다. 겐지는 진열장을 한차례 살펴본 후,
평생 끼는 거라면서 가장 비싼 반지를 골랐다. 그때 느꼈던 겸연
쩍음과 낯간지러움은 아직도 기억한다. 그 감정은 어디에서 잃어
버린 걸까. 빛나던 두 사람은 언제 사라진 길까.

겐지를 죽였다. 야요이는 느닷없이 마음속으로 소리 없는 비명
을 질렀다. 자신이 저지른 짓의 중대함을 지금 겨우 깨달았다.

야요이는 거실 의자에서 벌떡 일어나 침실로 뛰어 들어갔다. 전
신 거울 앞에 서서 스웨터를 걷어 올리고 배를 본다. 자신에게 살
의를 안게 했던 원인이 여기에 있었음을 확인하기 위해서. 그러나
증오의 각인으로서 명치에 또렷이 존재했던 푸른 멍은 점점 노랗

게 흐려져서 지금은 그 흔적도 없었다.

그럼에도 자신은 이것 때문에 겐지를 죽이고 말았다. 평생 끼는 거라면서 일부러 비싼 반지를 골라 준 남자를 죽이고 말았다. 그 일에 대한 비난조차 받지 않았다. 이래도 되는 걸까. 야요이는 바닥에 주저앉았다.

얼마가 지나서 시선을 들자 불단 정면에 놓인 겐지의 사진이 이쪽을 보고 있었다. 아이들이 매일 올리는 선향 냄새가 배어든 사진. 야요이는 여름 캠프장에서 찍은 겐지의 웃는 얼굴을 보고 있는 사이에 화가 나기 시작했다.

뭐가 마음에 들지 않는 건가, 나와 이유 없이 부딪치기만 했던 주제에. 진짜 당신은 그런 약한 자를 괴롭히는 인간이었던 주제에. 아이들도 한 번 돌본 적 없었던 주제에. 야요이는 눈시울의 눈물을 닦으면서 중얼거렸다. 평소의 격정이 다시 해일처럼 치솟아 깎아지른 절벽에 밀려와서 아주 조금 싹텄던 회한을 눈 깜짝할 사이에 바다로 떠내려 보냈다.

죽인 게 나쁘다고는 생각하지만 당신을 아직 용서는 하지 않는다. 야요이는 자신을 향해 몇 번이나 거듭한다. 아직 용서하지 않는다. 죽였다고 해서 용서한 건 아니다. 평생 절대로 용서하지 않을 것이다. 변절한 당신이 나쁜 거니까. 나는 하나도 변하지 않았는데 배신한 당신이 나쁜 거니까. 결혼반지를 골랐을 때의 빛나는 두 사람을 없애 버린 건, 다름 아닌 당신이니까.

야요이는 거실로 돌아와서 마당을 향해 난 베란다 문을 난폭하게 열었다. 세발자전거며 유아용 그네가 빽빽하게 놓여 있고 옆집과는 거무스름한 벽돌담으로 구분된 작은 마당이다. 야요이는 결혼반지를 빼서 힘껏 내던졌다. 차라리 옆집 마당으로 들어가 버리라고 생각했는데 그것은 벽돌담에 부딪치더니 생각지 못한 방향으로 튀어 마당 구석에 떨어졌다. 반지의 행방을 잃어버린 순간 야요이는 돌이킬 수 없는 짓을 했다는 기분에 휩싸였다. 없어져 버리라고 생각했음에도 자신이 그것에 적극적으로 연관되면 위가 근질근질 가려워지는 것 같은 후회를 느낀다.

야요이는 11월의 새하얀 한낮 태양빛 속에서 시원해져 버린 왼손 약지를 쳐다봤다. 8년간 한 번도 뺀 적 없었던 반지 자국이 약지에 하얗게 남아 있는 것을 안타까운 심정으로 가만히 주시한다. 허전한 느낌이 있었다. 하지만 해방된 기분도 들었다. 마침내 모든 것이 끝을 고했다.

그렇게 생각한 바로 그때였다, 초인종이 울린 것은.

지금 장면을 누가 본 게 아닐까. 야요이는 맨발 그대로 마당에 내려서서 등을 쭉 뻗고 현관 쪽을 살폈다. 키 큰 양복 차림의 남자가 단정하게 서 있었다. 다행히도 야요이가 마당에서 엿보고 있다는 사실을 깨닫지 못한 눈치였다.

야요이는 서둘러 방으로 돌아가 인터폰을 들었다. 마당의 습기 찬 검은색 흙이 스타킹을 신은 발바닥에 달라붙어 바닥을 점점이 까맣게 물들였으나 아무래도 좋았다.

"네, 누구세요."

"남편 분과 알고 지내던 신주쿠의 사토라고 합니다."

"네에."

"가까이까지 온 김에 선향이라도 올릴 수 있으면 하고 들렀습니다."

"그러시군요."

귀찮게 여겨졌으나 조문이라면 거절할 수도 없다. 야요이는 불단이 있는 침실이며 거실을 주부의 눈으로 점검했다. 이 정도면 됐다고 생각하며 현관으로 향했다. 문을 열자 짧은 머리에 투박한 몸집의 남자가 깊이 허리 굽혀 인사했다.

"갑자기 찾아뵈어 죄송합니다. 이번에는 참으로 애통하셨을 줄 압니다."

목소리는 낮고 듣기가 좋았다. 반사적으로 따라 인사하면서 야요이는 순간 묘한 느낌을 받았다. 겐지가 죽은 것은 7월 말. 이미 4개월이나 옛날 일이었다. 하지만 지금도 사건을 미처 몰랐다며 놀라서 전화를 걸어오는 친구도 있으니까 그럴 수도 있겠다고 마음을 다시 먹는다.

"일부러 찾아와 주셔서 감사합니다."

사토는 야요이의 얼굴을 눈을 코를 입을, 시간을 들여 쳐다봤다. 눈매는 불온하지 않았지만 마치 그녀를 일찍부터 알고 있으면서 실물과 정보를 대조해 보고 있는 것 같아 야요이는 불쾌한 마음이 들었다.

야요이 또한 사토의 얼굴을 보고 겐지와 이 남자가 어떤 사이였는지 의아해했다. 사토가 겐지의 주위 인간관계, 다시 말해 회사원들과 전혀 다른 냄새를 풍기고 있었기 때문이었다. 그들이 어딘가 느긋하고 정직한 데에 반해, 사토는 쉽게 정체를 잡을 수 없이 미끈거리는 막이 덮인 인상이었다. 그럼에도 수수한 싸구려 회색 양복과 넥타이는 직장인풍인 것이다.

야요이가 느낀 위화감을 민감하게 알아채서인지 사토는 원숙

하고 부드러운 말씨로 의사표시를 했다.

"향을 올려도 되겠습니까?"

"들어오세요."

완곡하게 밀려난 듯한 기분으로 야요이는 사토를 집에 들였다. 앞에 서서 짧은 복도를 걸으면서 뒤에서 사토가 어떤 얼굴로 따라오고 있을지 어렴풋한 불안을 느꼈다. 야요이는 남자를 경솔하게 집에 들인 것을 후회하기 시작했다.

"이쪽입니다. 부디 남편을 만나고 가 주세요."

야요이는 불단이 있는 침실로 안내했다. 사토는 무릎을 꿇고 불단 앞에 바짝 다가앉아 합장했다. 야요이는 부엌에서 마실 것을 준비하면서 침실 쪽을 쳐다보고 사토가 부의금 봉투도 들고 있지 않은 것을 미심쩍게 생각했다. 딱히 부의금을 바라는 건 아니다. 집까지 찾아오는데 부의금이나 위문품을 들고 오는 것은 상식 아닐까.

"정말 감사합니다. 이쪽으로 앉으시죠."

야요이는 거실 테이블에 엽차를 내놨다. 사토는 사양도 하지 않고 그 앞에 앉아서 야요이를 똑바로 쳐다봤다. 그 눈에 겐지에의 조의도 야요이에 대한 동정도 또 사건에 대한 호기심도 아무것도 보이지 않는 것을 야요이는 기분 나쁘게 생각했다.

인사를 하면서도 사토는 차에 손도 대지 않는다. 재떨이를 내놔도 담배 하나 피우지 않는다. 손도 무릎 위에 얹고 테이블로 내놓으려고도 하지 않았다. 마치 여기 온 증거를 남기고 싶지 않아서 아무 데도 만지지 않는 것 같다. 야요이는 점점 무서워졌다. 전부터 마사코가 누누이 충고했던 "조심해라." 라는 말이 이제야 겨우 절실해졌다.

"남편과는 어디서 알게 되셨습니까?"

야요이는 떨리는 목소리를 억누르고 자연스러움을 가장해서 물어봤다.

"신주쿠입니다."

"신주쿠의 어디서."

"가부키초라는 곳입니다."

야요이는 불안을 느끼고 얼굴을 들었다. 사토는 야요이가 느끼는 두려움을 보고 다정한 얼굴로 미소 지었다. 그러나 그 미소는 두꺼운 입술을 웃는 모양으로 벌린 것에 불과했을 뿐 눈에는 역시 아무런 감정도 나타나지 않았다.

"가부키초라고 하심은?"

"부인, 시치미 그만 떼시지."

야요이는 기겁했다. 전에 기누가사가 전화를 걸어와서 카지노 경영자가 실종됐다고 알린 것이 뇌리에 되살아났기 때문이었다. 그러나 아직 설마 하는 생각이 남아 있었다.

"무슨 말씀이신지요?"

"당신 남편하고 좀 다퉜거든. 그날 밤에……."

사토는 야요이의 반응을 확인하는 것처럼 일단 말을 끊었다. 야요이의 호흡이 순간 멈췄다.

"그 뒤 일은 당신이 잘 알겠지만. 이쪽은 피해가 막심해서 말이지. 가게는 망했고, 장사는 엉망이 됐어. 당신은 상상도 못하겠지만 말이야. 이런 촌구석 작은 집에서 애들이나 키우며 살고 있으면."

"무슨 소리 하시는 건가요. 돌아가 주세요."

야요이는 일어나고자 허리를 들려고 했다.

"앉아."

사토가 조용히 위협하자 야요이는 두려워하며 엉거주춤한 자세를 취했다.

"경찰 부르겠어요."

"부르면 난처한 건 당신일 텐데."

"무슨 뜻인가요."

야요이는 의자에 엉덩이를 떨어트렸다.

"그게 무슨 뜻인가요."

야요이의 뇌는 이미 혼란을 일으키고 있었다. 제대로 돌아가지 않는 머리로 한시라도 빨리 이 기분 나쁜 남자가 집에서 나가 주기만을 바랐다.

"알고 있다고. 당신이 남편을 죽인 거."

"거짓말이에요. 무슨 소리 하는 거예요, 당신."

야요이는 신경질적으로 소리쳤다.

"엉뚱한 소리 하지 마세요."

"부인, 이웃에 들릴 거야. 이 주변은 마당이 좁으니까. 그게 바로 찔리는 마음에서 오는 과잉 반응이라는 거야."

"무슨 소리 하는 건지 전 모르겠네요."

야요이는 떨리는 두 손을 관자놀이에 댔다. 그러자 손의 심한 떨림이 작은 머리까지 흔들었다. 야요이는 손을 뗀다. 어쩌면 좋을지 알 수 없었다.

그러나 사토의 말에 야요이는 일단 조용해졌다. 이번 사건에서는 정말이지 이웃의 반응에 고생이 심했다. 피해망상이라는 건 알지만 지금도 이웃들이 자신에 대해 뭐라고 쑥덕대고 있을지 생각하면 무서웠다.

"내가 어디까지 알고 있는 건지 불안하지, 부인."

사토는 웃었다. 이번에는 진짜 웃음이었다. 비웃음.

"그런데 말이야, 전부 알고 있거든."

"뭘 말인가요. 이상한 소리 하지 말아 주세요."

야요이는 쭈뼛쭈뼛 테이블 맞은편에 있는 사토를 봤다. 위험하고, 누구에게서나 자유롭고, 아마도 자신이 상상할 수 없는 공포와 쾌락을 맛볼 대로 맛봐 온 남자이리라는 사실은 세상 물정 모르는 야요이도 짐작이 갔다. 길에서 스쳐 지나는 일도 없었을 것이다. 같은 언어를 말하고 있는 것 자체가 신기할 정도로 다른 세계에 있는 남자였다. 겐지가 이런 상대와 싸웠다는 생각에 야요이는 죽인 남편을 칭찬하고 싶다고조차 생각했다.

"뭘 그렇게 정신 빼놓고 있는 거야."

사토는 방심한 야요이를 보고 희미하게 웃었다.

"너무 이상한 말을 하니까."

야요이는 같은 말을 반복한다. 사토는 뭐라고 말할까 생각하는 것처럼 이마에 손을 댔다. 그 손가락이 길고 섬세한 것을 보고 야요이는 기분이 나빠졌다.

"그날 밤 나와 싸운 남편이 돌아왔다. 그리고 당신이 남들 몰래 남편을 이 집 현관에서 목 졸라 죽였다. 아이가 그것을 들었지만 혼내서 입을 다물게 했다. 그 큰아이 이름이 뭐더라. 그렇지, 다카시."

"다카시를 어떻게 아는 거예요!"

야요이는 겁을 먹었다.

"사람이 순진하군. 들은 대로야."

사토는 야요이의 얼굴을 자못 귀엽다는 표정으로 바라봤다.

"당신 중년이지만 생활의 때만 벗기면 가게에서도 충분히 일할 수 있겠어. 귀여우니까."

"그만두세요."

진흙투성이 손이 뺨을 매만진 기분이 들었다. 야요이는 목소리를 높였다. 이 남자의 가게에 있던 호스티스에게 겐지는 혼을 빼앗긴 것이다. 그 사실을 떠올리자 분노로 얼굴이 홍조됐다.

"뭐야."

사토는 야요이의 변화를 주시했다.

"뭔가 떠올린 건가?"

"당신 가게에서 내 남편은 지독한 꼴을 당한 거야."

"이것 봐라."

사토는 중얼거린다.

"당신 남편이 밖에서 뭘 했는지 모르지. 자기 남편이 밖에서 어떻게 보이고 있는지는 생각해 본 적도 없지. 모르는 게 죄라고 생각한 적도 없지. 참 좋겠어, 주부는."

"그만 해."

야요이는 귀를 막는다. 사토의 입에서는 끊임없이 독이 넘쳐 나온다. 자신이 전혀 모르는 종류의 맛. 세간이라는 이름의 독즙.

"몇 번이나 말하지만 소리 지르면 바깥에 들려. 안 그래도 당신 집은 주목의 대상이니까. 아이들 장래도 있을 거 아냐."

“어째서 다카시의 이름까지 알고 있는 거야.”

아이 얘기에 어떻게든 목소리를 낮춘 야요이는 매달리는 것처럼 물었다. 늦게 듣는 독이 이제 겨우 머리끝에서 발끝까지 퍼졌다.

“아직도 모르겠어?”

사토는 가엾다는 표정을 짓는다.

“혹시, 모리사키 씨가 말한 거야?”

야요이는 생각이 미쳐 물었다가 말이 없는 사토를 보고 눈물을 흘렸다.

“배신당하다니.”

“배신?”

사토는 어처구니없어했다.

“일이니까 애초부터 배신이고 뭐고 없지.”

일. 그럼 그건 전부 연기였다는 건가. 마사코는 모리사키 요코를 꺼려하며 신용하지 않았다. 정말로 자신은 너무 순진하다. 한심해져서 야요이는 조용히 눈물을 흘렸다.

“이제 와서 울어 봤자 아무 소용없어.”

사토는 낮은 목소리로 말했다.

“하지만.”

“하지만은 뭐가 하지만이야.”

갑작스러운 고함에 야요이는 굳어진 얼굴을 들었다.

“당신이 친구한테 부탁해서 남편을 토막 낸 것까지 알고 있다고.”

야요이는 말없이 왼손 약지를 쳐다봤다. 반지를 버리고 모두 끝났다고 여겼던 건 어설픈 생각이었다. 지금 진짜 끝이 찾아와 있었다. 파멸이다.

"기가 완전히 죽었군."

사토는 코웃음 쳤다.

"당신, 내가 사형당하면 좋겠다고 생각했지. 참 안됐어."

"빨리 경찰 불러. 자수할 테니까."

"진짜 어이없는 여자로군. 자기 생각밖에 못해."

그렇게 내뱉은 사토는 양복과 같은 색깔의 수수한 넥타이의 매듭을 섬세한 손끝으로 풀었다. 회색 바탕에 갈색 줄무늬. 마치 도마뱀의 등 같은 모양을 보고 야요이는 그 넥타이로 목 졸려 죽는 건가 하고 막연하게 생각했다. 자신도 겐지처럼 침을 흘리며 죽는 것이다. 참지 못하고 눈을 감고 뜬다.

"부인."

사토가 테이블을 돌아서 옆에 와 섰다. 야요이는 몸을 웅크리고 대답도 하지 못한다.

"부인."

다시 사토가 부른다.

"뭐예요."

흠칫거리며 고개를 들자 사토가 손목시계를 봤다.

"서두르지 않으면 은행 닫힌다고."

"은행은 왜."

사토를 봤다가 야요이는 겨우 그 의도를 깨닫고 말을 잃었다.

"설마, 그 돈을?"

"바로 그거지."

"그럴 수는 없어요! 그건 앞으로 우리 집 생활비라고요."

"내게 지불할 돈이야."

"싫어요!"

"무슨 헛소리야. 목이 확 꺾이고 싶어?"

사토는 부드러운 목소리로 말하며 야요이의 가느다란 목을 뒤에서 세게 붙들었다. 긴 손가락이 등 뒤에서 감고 나와 경동맥까지 눌렀다. 야요이는 목을 잡혀 들린 아기 고양이처럼 꿈쩍도 하지 못한다. 울면서 애원한다.

"부탁이에요, 이러지 마세요. 살려 주세요."

"목이 꺾이고 싶어, 돈을 내놓을 거야?"

"도, 돈을 드리겠습니다."

독은 이미 신경까지 마비시켰다. 야요이는 공포에 마비된 채 몇 번이나 고개를 끄덕였다. 앉은자리에 지리기까지 했다.

"은행에 전화해서 이렇게 말해. 시골의 아버지가 갑자기 돌아가셔서 그 돈을 전액 가지고 돌아간다. 오빠와 함께 갈 테니까 준비해 달라고 말이야."

"아, 알겠습니다."

야요이가 더듬거리며 전화하는 사이에도 사토는 그 손가락을 놓지 않았다.

"그럼 옷을 갈아입어."

전화를 끊자 사토는 겨우 야요이의 목을 놔 주었다. 야요이는 아픔에 신음하며 되묻는다.

"옷을 갈아입으라뇨?"

"멍청하기는. 너의 그 차림새로는 은행도 안 믿을 거 아냐."

사토는 야요이가 입은 보푸라기투성이 스웨터와 질질 끌리는 낡은 스커트를 경멸하는 것처럼 힐끗 봤다.

"돈을 빌리러 왔다고 생각할 뿐이지."

사토는 야요이의 팔을 잡고 의자에서 일으켜 세웠다.

"어떻게 할 건가요."

야요이는 바들바들 떨었다. 스커트 엉덩이 부분에 지린 얼룩을 깨닫고는 체면도 자존심도 공포조차도 사라져서 단지 기계처럼 움직이기 시작했다.

"서랍장을 열어."

야요이는 침실로 끌려가 시키는 대로 초라한 베니어합판 서랍장을 열었다.

"골라."

"어떤 옷 말인가요?"

"정장이나 드레스. 격식만 차리면 돼."

"가지고 있지 않습니다. 저, 그런 좋은 옷 없어요. 죄송합니다."

야요이는 울면서 사과했다. 갑자기 침입해 들어온 무서운 남자에게 공갈당한 데다가 서랍장 안을 보이고 옷이 없는 것까지 사죄해야 하다니. 그 비참함에 눈물이 그치지 않는다.

"궁상맞기는."

사토는 바보 취급하며 거의 겐지의 양복과 코트밖에 안 든 서랍장을 진절머리 내며 들여다봤다.

"오, 상복이 있잖아."

"상복을 입으라고요."

야요이는 세탁소 비닐이 씌워진 여름용 상복을 꺼냈다. 그것은 겐지가 죽고 영결식 때 입었던 검은색 정장이었다. 가진 옷이 아무엇도 없는 것을 보다 못한 어머니가 사 준 것이었다. 장례식 때는 장례 회사에서 빌린 기모노를 입었다.

"마침 잘됐네. 상복이면 그쪽도 동정을 하면 했지 싫어하지는 않을 거야."

"하지만 여름용인데요."

"그런 건 아무래도 좋아."

사토의 고함 소리에 야요이는 움츠러들었다.

30분 후, 얇은 여름 상복을 입은 야요이는 사토와 함께 다치가와 역 앞에 있는 도시은행의 특별실에 안내받았다.

"정말로 5000만 전액 인출하실 겁니까?"

지점장까지 나와서 어떻게든 뜻을 바꾸게 하려고 필사적이다. 야요이는 입을 다문 채로 바닥에 깔린 카펫을 쳐다본 채 몇 번이나 고개를 위아래로 흔들었다. 사토가 잠자코 고개나 끄덕이고 있으라고 시켰기 때문이다.

"갑작스러운 불행이라 이쪽도 상황이 그래서."

오빠라고 칭한 사토가 오만하게 우겼다. 은행 측도 싫다고는 할 수 없다. 방책을 찾고자 서로 눈을 마주 보고 있었다.

"위험하니까 금융기관으로 송금시킬까요?"

"괜찮습니다. 그 때문에 오빠인 제가 나온 거니까요."

"그렇습니까."

포기한 지점장이 한숨을 내쉬며 야요이를 봤다. 야요이는 처참한 사태에 그저 멍하니 경직되어 의자 위에 앉아 있을 뿐이었다. 한심하다. 절망에 깊은 신음 소리를 흘리자 그것이 갑작스레 육친을 잃은 비탄인 줄로 알았는지 은행원들은 가엾다는 듯 시선을 내리깔았다. 이윽고 응접실 테이블에 현금 5000만 엔이 옮겨져 왔다.

"확인했습니다."

사토는 은행이 준비한 종이봉투에 지폐 다발을 아무렇게나 쑤셔 넣고 그것을 가져온 검은색 나일론 가방에 넣었다.

"그럼 수고하십시오."

야요이의 팔을 잡고 일으킨다. 야요이는 로봇처럼 고분고분했다. 힘이 들어가지 않아 몸이 축 늘어지는 것을 사토가 등 뒤에서 단단히 지탱한다.

"야요이. 그러지 말고 정신 똑바로 차려. 이제부터 조문객도 받아야지."

당당한 연기였다. 야요이는 사토에게 팔을 잡힌 채로 끌려 나가다시피 따라간다. 간신히 은행을 나온다. 사토는 야요이를 밀쳐 냈다. 야요이는 비틀거리며 보도 가드레일에 손을 짚었다. 사토는 개의치 않고 택시를 잡아서 올라타기 직전에 야요이를 돌아봤다.

"어이, 알고 있겠지."

"네."

야요이는 얌전히 끄덕였다. 사토를 태운 택시가 떠나가는 것을 마음을 놓은 채 쳐다보고 있었다. 5000만이 떠나간다. 겐지가 준 뜻밖의 선물. 잠깐 동안의 꿈. 앞으로의 생활 자금. 그것들이 사라져 간다.

그러나 돈을 잃은 것도 그렇지만 자신이 사토라는 무서운 남자에게 이어져 버렸다는 사실이 야요이에게는 충격이었다. 한편으로는 용케 살해당하지 않았다는 안도가 솟아난다. 목을 잡혔을 때는 분명 살해당할 것이라고 각오했더랬다.

얕보고 있었던 것이다, 남자들을. 역시 여자에게는 무서운 생물이었다.

야요이는 모든 힘을 빼앗겨 아무런 여력도 없이 축 늘어져서 역 앞 시계를 멍하니 올려다봤다. 오후 2시 30분이었다. 코트도 입지 않고 나온 탓에 추웠다. 얇은 여름용 상복에 감싸인 두 팔을 스스로 꼭 끌어안으면서 야요이는 이 사실은 마사코에게는 말하지 않겠노라고 결심했다. 싸우다시피 헤어진 마사코에 대해 사사로이 고집을 부리는 것이었다.

그러나 돈을 잃고 일도 그만두고 마사코나 동료들과도 결별하고, 생활의 나침판을 잃어버린 야요이는 앞으로 어디서 어떻게 하면 좋을지 짐작도 가지 않았다. 야요이는 아무런 목적도 없이 다치가와 역 앞을 휘청휘청 걸어 다녔다.

그러는 사이 다름 아닌 겐지가 자신들의 생활의 나침판 그 자체였나 보다는 사실을 깨달았다. 남편의 건강, 남편의 기분, 남편이 버는 돈. 그것들에 일희일비하는 생활을 해 온 것이다. 야요이는 웃음이 나올 뻔했다. 자신이 남편을 죽인 거니까.

저녁에 해가 떨어지도록 밖에서 놀던 다카시가 집에 돌아와서 힘이 없는 야요이에게 뭔가를 내밀었다.

"엄마, 이거 떨어져 있었어."

"어머나."

던져 버린 결혼반지였다. 조금 상하기는 했지만 찌그러지지는 않았다.

"소중한 거니까 내가 주워서 다행이지."

"그렇구나."

야요이는 반지를 왼손 약지에 끼웠다. 그것은 손가락의 우묵한 곳에 딱 들어맞는다.

'네 경우에는 죽을 때까지 마무리가 계속되는 거야.'

마사코의 말이 뇌리에 되살아났다. 그렇다, 아직 끝나지 않았다. 평생 끝나지 않는 것이다. 야요이의 눈에 눈물이 맺히는 것을 보고 다카시가 기쁜 듯이 다시 의기양양하게 야요이의 얼굴을 올려다봤다.

"다행이지, 반지가 나와서. 다행이지, 내가 주워서."

마사코는 얼어붙어 움직일 수가 없었다.

아니, 잘 움직이지 않는 것은 마사코의 의식뿐이었다. 운전 기능은 정상이라 카롤라를 운전해 정해진 주차 공간 앞에서 비스듬히 세워서 후진으로 넣는 작업에는 막힘이 없었다. 오히려 평소보다 매끄러웠다. 그러나 마사코는 차를 완전히 정지시키고 사이드 브레이크를 당긴 후 아래를 향한 채 호흡을 골라야만 했다. 결코 옆은 보지 않고. 왜냐하면 옆에 구니코의 녹색 골프가 세워져 있기 때문이다.

구니코가 죽은 것은 공장에서는 자신과 요시에밖에 모를 터다. 그러나 주차장에는 정각에 출근한 것처럼 구니코의 차가 세워져 있다. 구니코의 자리에 정확히. 최근 며칠간은 없었으니까 사타케나 혹은 구니코의 죽음에 관련된 인물이 타고 온 것이라고밖에 생각할 수 없었다. 그 목적은 단 하나. 요시에는 자전거로 통근하느라 주차장에는 오지 않으니까 마사코를 겁주기 위해서일 뿐이다.

사타케가 바로 가까이까지 와 있다. 이대로 당장 도망치는 편이 좋지 않을까. 마사코는 심장이 죄어드는 불안과 초조함을 느끼면서 안전한 차 안에서 어두운 주차장으로 걸음을 내딛기를 얼마 동안 주저했다.

이날 밤 주차장은 붐볐다. 도시락을 편의점으로 나르는 하얀색 대형 트럭 두 대가 주차장 입구에 세워져 있었다. 하얀 모자에 하얀 작업복, 마스크로 마사코를 비롯한 종업원들과 꼭 같은 위생복을 입은 운전사 두 명이 초소 앞에서 경비원과 담배를 피우면서 담소를 나누고 있다. 남자들이 가끔 내는 쾌활한 웃음소리가 마사코가 있는 곳까지 들려왔다.

마사코는 용기를 얻어 차에서 나가 구니코의 골프 주위를 돌아봤다. 구니코의 주차 방법과 꼭 같다. 오른쪽으로 조금 틀어지는 버릇이며 앞바퀴를 되돌리지 않은 채 세우는 엉성함까지. 마치 구니코가 살아 있어서 공장 휴게실에서 마사코를 기다리고 있는 것 같은 착각마저 일어났다. 이 손으로 구니코의 목을 잘라 냈는데. 마사코는 두 손에 시선을 떨어트리고 그것이 틀림없는 현실이었음을 확인한 후 나약한 자신을 수치스럽게 여기며 시선을 들었다.

이 정도로까지 구니코를 관찰하고 있었던 건가. 그렇다면 이러고 있는 자신의 모습도 어딘가에서 보고 있을지도 모른다. 사타케라는 남자의 세밀한 신경과 강한 집념이 느껴지자 배가 서서히 식어 간다. 이번에는 운동 기능 쪽이 공포로 굳어져 움직일 수 없어졌다. 걸음이 생각처럼 움직이지 않는다. 마사코는 자신의 한심함에 이를 악물었다.

그때 경비원이 남자들 틈에서 살짝 머리를 내밀고 마사코를 보며 상냥하게 경례했다. 마사코가 전에 바래다주겠다는 걸 퇴짜 놨던 사실을 놀리고 있는 것 같기도 한 몸짓이었다.

"수고하십니다."

그 말을 윤활유로 삼은 것처럼 발이 움직이기 시작했다. 마사코는 남자들 쪽으로 다가가서 과감하게 경비원에게 물었다.

"저 차, 누가 타고 온 건지 모르시나요?"

"어느 거 말입니까."

경비원은 한가롭게 대답한다.

"저 녹색 골프."

마사코의 목소리가 갈라진다.

"글쎄요."

경비원은 초소 안에서 차량 등록 대장을 꺼내서 회중전등 빛으로 비춰 보았다.

"조노우치 구니코라고 되어 있습니다. 에에, 조조부니까."

다 아는 정보에 애가 탄 마사코는 경비원의 말을 끊는다.

"그 사람은 그만뒀다고 씌어 있지 않은가요."

"아아, 진짜네. 퇴직이라고 되어 있군요. 엿새 전이라, 이상하네."

경비원은 눈을 좁혀 뜨고 그 부분을 확인했다. 그러고서 손을 이마에 대고 골프를 내다봤다.

"이상하군요. 주차가 돼 있군요. 볼일이라도 있어서 온 건가."

"저건 몇 시경부터 세워져 있는 건가요?"

"글쎄요."

경비원은 트럭 운전사들과 얼굴을 마주봤다.

"잘 모르겠군요. 제가 오후 7시부터 근무인데요."

"어젯밤부터 있었던 거 아닌가?"

트럭 운전사가 담배를 피우기 위해 턱까지 끌어내린 마스크를 손으로 누르며 말했다.

"없었습니다."

"그래? 그럼 그런가 보지."

마사코의 즉각적인 부정에 운전사가 기분이 상해서 대답했다.

"죄송합니다."

구니코를 해체하고 아직 사흘밖에 지나지 않았다. 손가락 끝에 생긴 깊은 손거스러미처럼 신경이 일어나서 공기에만 닿아도 아프다. 마사코는 몸이 흔들릴 정도의 공포를 억누르고 지금 일어나고 있는 현실을 어떻게든 인정하려 했다. 그러나 사태의 무시무시함이 머리를 망가뜨려 꿈과 구별을 못하게 만들었다. 갑자기 조용해진 마사코에게 다른 운전사가 물었다.

"왜 그런 걸 신경 쓰는데?"

마사코는 제정신으로 돌아왔다.

"그 사람 그만뒀을 텐데 어떻게 된 건가 싶어서요. 어떤 사람이 타고 왔는지 보지 못하셨나요?"

"아뇨. 언제부터 세워져 있는지도 모를 정도니까 못 봤죠."

경비원은 대장을 펄럭펄럭 넘기면서 귀찮은 듯이 대답한다.

"그렇군요. 감사합니다."

마사코는 인사를 하고 깜깜한 길로 걸음을 내딛었다. 어깨에 손이 얹혔다. 커다랗고 따뜻한 손이었다.

"오늘 밤은 바래다드리지 않아도 괜찮습니까?"

경비원이 뒤에 서 있었다. 명찰을 보자 '사토'라고 적혀 있다.

"아."

"안색이 나쁩니다."

마사코는 망설이느라 말이 나오지 않는다. 솔직히 이 남자의 배웅을 받고 싶기도 하고, 혼자서 생각하면서 걷고 싶기도 했다. 경비원은 웃었다.

"요전에 혼자서 갈 테니까 괜찮다고 거절했죠. 쓸데없는 참견을 했나요?"

"아뇨. 그럼 도중까지 부탁드립니다."

경비원은 가슴에 건 회중전등을 떼서 켜고 마사코를 앞서서 걷기 시작했다. 마사코는 주차장을 돌아보고 구니코의 골프가 그대로 있는 것을 확인한 후 뒤를 쫓는다. 경비원은 빠른 발걸음으로 몇 미터 앞을 나아간다.

"오늘은 왠지 몸 상태가 나쁘신 것 같군요. 괜찮으십니까?"

오른편의 주택이 끊어지는 부근이 가장 어둡다. 길도 그 주위 건물도 어둠에 녹아들어 있었다. 하늘에는 약한 빛이 나는 별이 두 개 떠 있을 뿐이었다. 경비원이 멈춰 섰다. 발치를 비추는 노란색 둥근 원에 경비원의 검은색 단단한 구두가 떠오른다.

"네에."

마사코도 발을 멈출 뻔했다. 경비원의 얼굴을 보려고 했으나 모자를 깊이 쓰고 있어서 잘 알아볼 수 없었다.

"저 골프 타던 사람은 친구?"

"그런데요."

"그분은 어째서 그만둔 걸까요."

목소리가 낮고 듣기 좋다. 마사코는 대답 없이 경비원 옆을 빠져나갔다. 구니코의 이야기 따위 하고 싶지 않았다. 바로 옆을 지나칠 때, 경비원이 마사코를 쳐다보고 있는 것을 알았다. 거기만 공기가 정체되어 진한 감정의 자기장이 존재했다. 마사코의 심장 고동이 빨라졌다. 영문도 모른 채 숨이 막힌다.

"이제 됐어요. 혼자서 가겠습니다. 괜찮습니다."

고인 숨을 토하며 단숨에 지껄인 후 마사코는 달렸다. 경비원은 같은 자리에 조용히 멈춰 서 있었다. 사토와 사타케, 비슷하지 않은가. 자신의 어깨에 얹힌 손에 지나치게 힘이 담기지는 않았는가. 어째서 구니코에 대해 묻는 건가. 마사코는 혼란스러웠다. 자신이 있는 어둠의 농도를 미처 재지 못하고 있었다. 뭘 신뢰하고 뭘 의심하면 좋은 건지 구분이 가지 않았다. 마사코는 미미한 위화감을 손 안에 끌어당기지도 못하고 길가에 버리고서 달렸다.

힘껏 달려 공장에 도착한 마사코는 당장 탈의실에 들어가 요시에의 모습을 찾았다. 요시에는 오지 않았다. 구니코의 시체를 해체한 뒤 공장에서는 한 번도 만나지 못했다. 구니코를 처리한 대가로 이사를 가 버린 걸까. 아니면 요시에에게 무슨 일이 있었나?

나무무늬 코팅이 된 휴게실의 긴 탁자 끝에 홀로 앉아 그물에서 튀어나오는 머리카락을 거칠게 주름 모자 안에 집어넣으면서 마사코는 어떻게 해야 할지를 생각했다.

담배에 불을 붙이고 사타케가 공장 안에 잠입하지 않았다는 보장도 없다는 데에 생각이 미친다. 마사코는 남자 종업원들이 모인 곳을 자연스러운 몸짓으로 쳐다봤다. 신입도 외부인도 보이지 않는다. 평소에 없이 침착함을 잃고 초조해졌다.

마사코는 전화카드와 수첩을 꺼내서 휴게실의 공중전화로 주몬지의 휴대 전화에 전화를 걸었다.

"아아, 가토리 씨였군요."

안도하고 있다.

"왜 그래?"

"아뇨, 이상한 전화가 와서. 이제 받지 말까 하던 참입니다."

주몬지는 주눅 든 기색을 풍겼다.

"녀석인 것 같은데요. 전화를 받으면 남자가 한마디 이렇게 말하는 겁니다. '다음은 네 녀석이다.' 라고요. 협박이라는 건 알고 있지만 그 녀석 실물 봤잖아요. 아주 미칠 것 같습니다."

"어떻게 네 번호를 아는 거야?"

"명함 뿌리고 다니니까요. 알아내기야 간단하죠."

"달리 무슨 소리 안 들렸어?"

"아뇨, 아무것도. 휴대 전화니까 별수 없지만, 가는 곳곳마다 걸려오면 돌아 버립니다. 24시간 감시당하고 있는 기분이 들어서. 저 그만 튈 거니까요, 가토리 씨, 건강하십시오."

"잠깐 기다려. 부탁이 있는데."

마사코는 당황해서 저지했다.

"뭡니까?"

"지금 주차장에 구니코의 골프가 있어."

"네?"

주몬지가 겁을 먹은 것이 전해져 온다.

"어떻게."

"글쎄. 구니코가 타고 올 리는 없으니까 사타케라고밖에 생각할 수 없겠지."

마사코는 목소리를 낮췄다.

"가토리 씨, 그거 큰일입니다. 빨리 도망치는 편이 좋습니다."

"알아. 하지만 지금부터 주차장에 가서 어떤 녀석이 타고 온 건지 감시해 주면 고맙겠는데."

"그야 당연히 그 녀석이죠."

"어디로 돌아가는지 봐 주지 않겠어?"

"그것만큼은 부디 시키지 말아 주십시오."

이미 단단히 겁을 먹은 주몬지는 자신의 안전밖에 생각할 수 없는 모양이었다. 마사코는 일단 주몬지를 달래고 아침 6시가 넘어 밤샘 영업을 하는 패밀리 레스토랑에서 만나기로 했다.

전화를 거느라 작업에 늦어졌다. 마사코는 서둘러 타임카드를 찍고 1층 공장으로 뛰어 내려갔다. 이미 100명 가까운 조조부 파트타이머들이 문 앞에 줄지어 서서 12시 업무 시작 시간을 기다리고 있었다. 마사코는 그 줄 맨 끝에 섰다. 요시에, 야요이, 구니코와 팀을 짜고 남들을 앞질러서 조금이라도 편한 일을 얻고자 줄 선두에서 다른 무리와 다투던 것이 먼 옛날 일 같았다.

문이 열렸다. 종업원이 쏟아져 들어가서 입구에 설치되어 있는 수세장에 늘어선다. 얼마를 기다려서 겨우 마사코의 차례가 왔다. 꼭지를 팔꿈치로 열고 손을 씻기 시작한다. 그러자 요 며칠간 달라붙어 떨어지지 않는 실밥처럼 골머리를 썩이는 그 망상이 마사코의 마음에 얽혀 왔다.

누런빛을 띤 하얀 지방이 두 손바닥에 끈적끈적 달라붙어 떨어지지 않는다. 손톱 사이에도 깊숙이 파고들었고 손가락 사이는 미끈미끈하다. 두 손을 마찰시켜 비누로 아무리 씻어도 물을 튕겨 내며 쉽게 떨어지지 않는 구니코의 지방.

마사코는 미친 듯이 비누칠을 하고 손바닥이 빨갛게 되도록 수세미질했다.

"가토리 씨, 손 다치면 작업 못해요."

어느새 위생 감시원 고마다가 뒤에 와서 보다가 마사코에게 충고했다. 아주 조금의 상처만 있어도 식품을 만지는 것을 허락받을 수 없다. 마사코의 손이며 팔은 새빨갛게 되어 있었다.

"아, 참. 그렇지."

"대체 어떻게 된 거예요, 오늘은."

"죄송합니다."

손을 소독액에 담갔다가 소독 거즈로 닦아 낸다. 비닐 앞치마도 전부 닦아 깨끗이 한다. 앞치마를 보자 역시 구니코의 검붉은 피가 붙어서 좀처럼 떨어지지 않았던 것이 생각났다. 그 망상도 떨쳐 내고자 마사코는 머리를 세게 흔든다.

"마사코 씨."

옆에 가즈오가 왔다. 흰밥을 실은 손수레를 밀고 있다.

"괜찮습니까?"

"응."

마사코는 어느 라인에 설지 생각하는 척하면서 가즈오에게 대답한다.

"그거, 로커에 넣었습니다."

"고마워."

가즈오는 주위 눈치를 살피며 수상하게 보는 자가 아직 아무도 없음을 알자 마사코에게 속삭였다.

"마사코 씨. 오늘 살기등등하네요."

어디서 그런 말을 배운 걸까. 마사코는 가즈오의 옆모습을 올려다본다. 오늘 밤의 가즈오는 당당하고 침착했다. 강아지가 성장해서 성견이 된 것 같은 듬직함이 있었다. 오늘 밤만은 가즈오의 침착함과 그 체구가 진심으로 필요했다.

공장 주임 나카야마가 멈춰 서 있는 두 사람을 재빠르게 발견하고 다가온다.

"뭐 하고 있는 거야. 라인에 서!"

마사코는 얌전히 컨베이어로 향했다. 공장의 노동은 어딘가 형무소를 닮았다. 잡담 한 마디, 생리적 욕구가 전부 금지된 채 공장원은 묵묵히 할당량을 다해야만 한다.

"열심히 하세요."

가즈오의 격려가 마사코의 등에 따스한 막처럼 씌워졌다. 그러나 야요이도 요시에도 오지 않게 되었고 주문지는 도망친다. 그리고 구니코는 죽었다. 마사코는 홀로 사타케와 싸워야만 했다. 이것도 사타케의 음모일까. 사타케가 자신 하나를 막다른 곳에 몰아넣으려 하고 있는 것 같다고 느낀 마사코는 그 이유를 생각했다.

아침 5시 30분, 노동에서 해방된 마사코는 잽싸게 옷을 갈아입고 공장을 나왔다. 바깥은 아직 어두웠다. 겨울 야근이 괴로운 것은 밤에 갇히기 때문이다. 어두컴컴한 가운데서 노동이 시작되어 날이 밝기 전에 끝난다.

마사코는 어두운 길을 종종걸음으로 걸어 주차장으로 향했다. 골프는 이미 없다. 언제 누가 타고 돌아간 걸까. 마사코는 아직 어두운 주차장 안에 못 박힌 듯 섰다. 아마도 사타케는 마사코의 카롤라 앞에 서서 문을 만지고 안을 들여다보고 마사코의 두려움을 공기의 진동으로 느끼고 웃었을 것이다. 그것을 상상하면 마사코의 몸속에 분노가 솟았다. 얕보이고 싶지 않다. 구니코처럼 살해당하고 싶지 않다.

마사코는 쓴 약을 삼키는 것처럼 공포를 맛보지 않고 꿀꺽 삼키며 아무리 해도 목에 걸려 넘어가지 않았던 구니코의 죽음과 사타케의 존재 등 현실을 모두 함께 삼켜 넘겼다. 그리고 문을 열고 차가운 차 안으로 들어가 시동을 걸었다. 동쪽 하늘은 이제 겨우 동이 터 온 참이었다.

마사코는 잠이 부족하여 지친 얼굴로 커피 잔 바닥에 남은 검은 앙금을 쳐다보고 있었다.

이제 딜리 할 일이 없있다. 담배를 너무 피웠고 커피도 너무 마셨다. 웨이트리스도 진저리가 난 표정으로 커피밖에 주문하지 않은 마사코의 테이블에는 다가오지 않는다.

마사코는 패밀리 레스토랑에서 주몬지를 기다리고 있었다. 7시를 넘긴 가게는 아침 식사를 하는 직장인들로 붐볐다. 햄에그며 핫케이크 냄새가 자욱한 가게는 바쁘면서도 활기찼다. 약속 시간에서 한 시간이 넘게 지났다.

주몬지는 도망친 건지도 모른다. 마사코가 그렇게 생각하기 시작했을 때였다.

"죄송합니다, 늦어서."

주몬지가 나타났다. 검은색 스웨터 위에 지저분한 베이지색 스웨이드 재킷을 입고 있다. 찌든 재킷 상태가 주몬지의 정신 상태를 나타내고 있는 것 같았다.

"걱정했어."

"잠이 안 와서 늦잠을 자다가."

마사코는 자신과 마찬가지로 퀭한 주몬지의 얼굴을 올려다봤다.

"공장 주차장에는 가지 않았지."

"저, 무서워서 못 갔습니다."

주몬지는 정직하게 사과하고는 재킷 주머니에서 꺼낸 담배를 물고 불안한 표정을 짓는다.

"나도 무서워."

마사코는 중얼거렸으나 주몬지에게는 들리지 않은 모양이다. 입을 다물고 잠자코 있다. 평화로운 초겨울의 하루가 시작되고 있었다. 둘이서 말도 없이 커다란 유리창으로 밖을 내다봤다. 주위에 빙 둘러 심겨진 불안할 정도로 가느다란 자작나무가 아침 해에 빛나고 있었다.

"죄송합니다, 도움이 못 돼서."

주몬지는 몇 번이나 사과하며 입술을 일그러트렸다. 아이돌 같은, 나이 치고는 어린 얼굴이 급격하게 고뇌에 찬 추한 얼굴로 변했다.

"괜찮아. 될 대로 되겠지."

"하지만 살해당하는 건 싫은데. 젠장."

주몬지는 투덜대며 휴대 전화를 기피해야 하는 물건처럼 테이블 끝에 툭 올려놨다.

"그 전화가 오면 그 녀석이라고 알면서도 무서운 거예요. 얼굴을 아는 만큼 기분이 더러워서."

"네가 자신을 알고 있으니까 자꾸 거는 거야. 위협뿐이야."

"그럴까요."

"어떻게 생겼을까."

마사코는 혼잣말했다. 주몬지가 본, 혹은 구니코가 죽기 전에 본 남자의 상이 자신의 망막에도 강렬하게 새겨지면 좋을 텐데 하고 생각한다.

"설명하고 싶어도."

주몬지는 없는 것을 확인하기 위해서인지 주위를 둘러봤다. 가게 안은 조간신문을 읽는 회사원들로 가득했다.

"말로는 표현 못하죠."

공장에 와서 직접 확인해 달라고 말하고 싶었지만 주몬지는 그것을 가장 두려워하고 있는 듯 고개를 돌리고 있다.

"이쨌든 물건은 처리히고 왔으니까요."

주몬지는 뼛골부터 지쳤다는 것처럼 비닐 소파에 깊이 처박혔다. 웨이트리스가 커다란 메뉴를 놓고 가도 바로 보려고 하지 않는다.

"하지만, 그 왜, 역시 돼지는 무겁더군요."

주몬지는 그 무게를 떠올린 것처럼 어깨 뭉친 곳을 주물렀다.

"지난번 영감은 가벼웠는데 그 배는 되지 않을까요."

구니코의 택배는 13개나 됐던 것이다. 현지에 먼저 가 있다가 그것들을 전부 받아서 차에 실어 버리러 가는 것은 확실히 고생이었을 것이다. 마사코는 대답하는 대신 눈살을 찌푸리고 레스토랑 주차장을 무심하게 쳐다봤다. 저도 모르게 녹색 골프가 세워져 있지 않은지 찾고 있었다.

"가토리 씨, 도망 안 칩니까? 아직 공장에 나가고 있습니까?"

주몬지는 마사코를 봤다.

"응, 아직."

"그만두는 게 어떻습니까."

주몬지는 기막히다는 눈을 한다.

"가토리 씨, 800 모였죠. 700입니까. 이제 됐지 않습니까. 이런 말은 뭐하지만 그 파트타임 5년치쯤 되지 않습니까."

마사코는 대답하지 않고 물을 마셨다. 어디로 도망쳐 봤자 사타케가 쫓아올 것은 알고 있었다.

"저, 오늘 중에 도망칠 거니까요."

주몬지가 주문을 받으러 온 웨이트리스에게 햄버그스테이크 정식을 부탁했다.

"어디로 갈 생각?"

"가능하면 소가 선배 조직에 숨어들고 싶은데 그 사람도 엄격한 편이고."

주몬지는 마사코가 모르는 이름을 말했다.

"뭐, 시부야나 여자가 많이 있는 곳이 좋지요. 하지만 1년만 견디면 그쪽도 포기해 주지 않을까요. 애초에 제 경우는 야마모토 씨 일과 관계없고요."

주몬지는 본심을 흘렸다. 마사코는 주몬지의 낙천적인 면에 젊음을 느꼈다. 마사코가 결단한 모든 것은 지금 와서는 돌아갈 수 없는 것뿐이었다. 또 돌아가고 싶지도 않았다.

"슬슬 갈게."

마사코는 계산을 한 후 방해꾼처럼 홀로 놓인 주몬지의 휴대 전화를 가리켰다.

"이거 어쩔 거야?"

"이제 필요 없습니다. 번호 바꿔야 하고."

"그럼 나 주지 않겠어?"

"괜찮지만 곧 해지할 겁니다."

"알아. 그 녀석 목소리 들어 보려고 그래."

"그럼 가져가세요."

주몬지는 휴대 전화를 마사코에게 건넸다. 마사코는 그것을 백에 넣었다.

"그럼 이만."

"가토리 씨, 조심하세요."

"고마워. 주몬지 씨도."

"서로 무사하면 언젠가 또 같이 일합시다."

주몬지는 물이 든 유리잔을 들어 건배하는 시늉을 했으나 바로 진지한 얼굴로 돌아갔다.

집에는 아무도 없었다.

요시키가 마시다 남긴 커피가 컵 가장자리에 줄을 만들고 남아 있었다. 마사코는 그것을 싱크대에 버리고 때를 수세미로 떨어트렸다. 어느새 컵에 상처가 생길 정도로 문지르고 있었다. 언제까지 이렇게 이 집에서 살아갈 수 있을까. 마사코는 물을 잠그고 어깨를 축 늘어트렸다. 조금만 더 있으면 자신만의 출구가 보일 것 같았는데, 사타케라는 남자로 인해 나락으로 끌려 들어가려 하고 있다.

태풍이 치는 아침, 요시에에게 주몬지와의 일을 하지 않겠느냐고 권했을 때 요시에가 얼마 동안 망설이다가 "너와 함께라면 지옥까지 갈게."라고 마사코에게 말한 적이 있다. 역시 도달하는 끝은 지옥이었던 건가. 마사코는 소파에 기댔다. 피로라기보다도 허탈함에 마사코는 좌절하고 있었다.

갑자기 주몬지의 휴대 전화가 울리기 시작했다. 마사코는 얼마 동안 그것을 쳐다보며 망설이다가 마침내 뜻을 굳히고 전화를 받았다. 상대는 잠시 동안 말이 없었다. 마사코가 조용히 귀를 기울이고 있자니 이윽고 이렇게 말했다.

"다음은 네 녀석이다."

마사코는 낮은 목소리로 대답했다.

"여보세요."

상대는 순간 놀란 듯 침묵했다.

"사타케."

과감하게 불러 본다.

"가토리 마사코냐."

사타케가 눌러 죽인 목소리로 대답했다. 거기에는 기쁨이라고 해도 좋을 밝은 울림이 있었다. 겨우 만났다는 듯한.

"그래, 맞아."

"시체를 토막 내는 기분은 어땠지?"

"어째서 우리를 쫓는 거야."

"널 쫓고 있는 거다."

"어째서."

"건방진 여자니까. 세상에서 나가떨어지는 각오가 어떤 건지 내가 가르쳐 주마."

"쓸데없는 참견이야."

사타케는 웃었다.

"다음은 너다. 주몬지에게 차례가 하나 밀려났다고 말해 둬."

들은 기억 있는 목소리다. 마사코가 허겁지겁 기억의 항아리를 뒤지기 시작한 순간 전화는 끊겼다.

목소리가 아직 귀에 남아 있었다. 바로 가까이서, 그것도 아주 최근에 들었다. 마사코는 당황해서 일어섰다. 소파 위에 놔뒀던 다운재킷을 채 들고 백을 어깨에 걸고서 집을 뛰어나온다. 차의 엔진은 아직 따뜻했다.

자신은 이미 몇 번이나 사타케를 만났다. 확신은 있지만 확증이 없으므로 그것을 확인하러 가는 것이다. 아직 그 남자가 자고 있을 사이에.

경비원 사토. 그 남자가 사타케라고 하면 모든 앞뒤가 들어맞는다. 구니코가 만난 것도 당연하고 바래다주는 도중에 이야기도 할 수 있다. 거기다 자신을 감시하기에는 딱 좋은 일이다.

처음에 주차장에서 사토가 회중전등 불빛을 오랫동안 얼굴에 비쳤던 것. 그것은 자신의 얼굴을 확인하기 위해서였다. 길에서 돌아보자마자 정면에서 시선이 마주쳤을 때 사토의 눈에 나타났던 적의. 어젯밤 어깨를 잡혔던 거친 감촉. 그것들은 전부 마사코에게 위화감을 느끼게 하고 있었다.

틀림없다. 하지만 이 확신이야말로 마사코의 의지가 흔들렸을 때에는 쉽게 공포로 바뀔 것 같았다. 그렇게 되면 마사코는 그 자리에 주저앉아 벌레처럼 기어 도망치는 꼴이 될 것이다. 마사코의 의지란 사타케를 죽이고 무사히 도주하는 것이었다. 그러나 자신에게 그런 엄청난 일이 가능할까. 불가능하다. 살인이라니 도저히 불가능하다. 그러나 구니코처럼 목 졸려 살해당하는 건 사양이다. 폭발할 것 같은 불안에 액셀을 밟는 발에 힘이 들어가서 마사코는 앞을 막는 트럭의 꽁무니를 박을 뻔했다.

경비원 사토가 사타케. 마사코는 사토의 어두운 눈을 떠올렸다. 몇 주 전에 꾼 악몽이 되살아난다. 누군가에게 등 뒤에서 목이 졸려 황홀해하는 꿈. 예감이었던 거라고 납득하고 나니 마사코의 마음 한구석에 사타케에게라면 살해당해도 좋다고 생각하는 감정이 있는 것은 신기했다. 어젯밤 어두운 길가에서 순간적으로 생겨났던 두 사람만의 자기장. 자신은 무의식중에 사토가 사타케라고 느끼고 있었던 건지도 모른다.

마사코는 아침의 정체가 시작된 도로를 느릿느릿 나아가면서 상념을 과거로 미래로 오가며 생각에 잠겼다. 쫓는 건가, 쫓기는 건가. 죽이는 건가, 죽임당하는 건가. "건방진 여자니까."라는 사타케의 말. 이대로는 끝낼 수 없다는 분노가 강하게 솟아 온다. 틀림없이 지금 사타케와 일대일로 싸우고 있다는 실감이 느껴졌다.

항상 달려 익숙한 길을 통해 공장으로 돌아간다. 주차장은 오전부 파트타이머의 차로 거의 꽉 차 있었다. 시계를 보니 오전 8시 30분. 시업은 9시니까 출근하는 차는 이제부터도 더 있을 것이다. 마사코는 폐공장으로 향하는 길 가장자리에 차를 바짝 세워 두고 초소까지 걸어서 돌아갔다. 이미 교대해서 노안경을 낀 초로의 남자가 들어 있었다. 남자는 4분의 1평 넓이도 안 되는 초소 안에서 작게 접어 든 조간을 샅샅이 읽고 있었다.

"좋은 아침입니다."

마사코는 경비원의 귓가에 대고 인사했다. 경비원은 대답하지 않고 노안경 너머로 마사코의 잠이 모자라 충혈된 눈이며 핏기를 잃은 파란 얼굴을 쳐다봤다.

"조조부에서 일하고 있는데요, 여기에 오후 7시부터 와 있는 사토 씨의 주소를 가르쳐 주실 수 없을까요?"

마사코는 솔직하게 용건을 말했다.

"아아, 야근하는 사토 씨. 내가 6시까지라 만난 적이 없는데. 회사에 물어 주겠소?"

"인재 파견 쪽이죠. 총무과에 가 보면 알 수 있을까요?"

"아니, 우리는 별개니까. 여기로 전화해 봐요."

남자는 경계심 없이 광고용 명함을 내밀었다. '야마토 경비 회사'라고 적혔다. 마사코는 그것을 청바지 주머니에 집어넣었다.

"감사합니다."

"사토 씨 주소는 왜 알려고?"

초로의 남자는 히죽히죽 웃으며 묻는다. 마사코는 진지하게 대답한다.

"데이트하고 싶어서요."

남자는 호오 하고 중얼거리며 마사코를 물끄러미 쳐다봤다. 자신의 얼굴에 핍박한 뭔가가 넘쳐서 달콤한 사연과는 도저히 연결되지 않는 것이리라고 생각한다. 그러나 남자에게는 그것이 사랑의 표정으로 비친 건지도 모른다.

"거 좋군. 젊은 사람은 제법이야."

'젊다.' 라는 말에 마사코는 쓴웃음 짓고 떠봤다.

"회사 분이 가르쳐 줄까요?"

"똑같이 말하면 되잖아."

남자는 다시 조간신문으로 돌아갔다.

마사코는 차 안에서 주문지에게서 받은 휴대 전화로 전화를 걸어 봤다.

"여보세요, 야마토 경비 회사입니까."

"네, 그런데요."

태평한 노인의 목소리가 돌아왔다.

"미요시 푸드의 도시락 공장에서 일하는 조노우치 구니코라고 합니다. 주차장에서 야근하시는 사토 씨가 분실물을 주워 주셔서 답례품을 보내고 싶은데요."

"호오. 그렇습니까."

"주소와 성 외의 이름을 가르쳐 주실 수 없을까요."

"여기 말입니까. 자택입니까."

"가능하다면 자택을."

"잠깐 기다려요."

퇴직 노인이 많은 한가한 직장인지 신용금고에 출입하던 현금

운송 서비스의 경비라면 생각할 수 없는 태도였다.

"사토 요시오. 고다이라 시 T 단지 412호실이로군요."

"감사합니다."

마사코는 전화를 끊은 즉시 히터를 더 세게 틀었다. 오한이 들었기 때문이었다. 사타케가 구니코와 같은 단지에 살고 있을 줄은 생각도 하지 못했다. 교묘하게, 그것도 시간을 들여 짠 덫이었다. 마사코는 사타케의 용의주도함에 경악했다. 모두가 미리 몰아넣어진 물고기처럼 어느새 사타케의 그물에 걸려 있었다. 구니코 다음은 자신이다. 히터의 열기로 마사코의 뺨에 땀이 났다. 그러나 손으로 만져 본 그것은 놀라우리만큼 차가웠다.

몇 주 전에 싸운 것처럼 헤어진 채 보지 못한 야요이가 신경 쓰였다. 뭔가 숨기고 있는 게 아닐까. 마사코는 야요이의 번호를 눌렀다.

"네, 야마모토입니다."

새침한 목소리로 야요이가 전화를 받았다.

"난데."

"아아, 마사코 씨. 오랜만이야."

"별다른 일 없어?"

"응, 딱히. 아이들은 보육원 가 있고. 이쪽은 유유자적 편하게 지내고 있어."

절박한 마사코와는 대조적으로 야요이는 느긋한 어조였다.

"왜 그러는데?"

"그럼 됐고."

"하지만 올해 안으로 친정으로 돌아가기로 했어."

"그러는 편이 좋아."

"다들 건강해? 스승님은?"

"최근에 안 나오고 있어."

"헤에. 별일이네. 구니코 씨는?"

"죽었어."

야요이는 작은 비명을 지르고 얼마 동안 말을 잃었다. 마사코는 야요이가 입을 벌릴 때까지 기다렸다. 이윽고 야요이가 그 말을 했다.

"살해당한 거야?"

"어째서 그렇게 생각해?"

"몰라. 왠지 그런 생각이 들었어."

잡아떼고 있다. 야요이에게 무슨 일인가가 일어났음을 마사코는 느낀다.

"어쨌든 구니코는 죽었으니까."

"언제?"

"몰라."

"왜 죽은 거야?"

"몰라. 내가 본 건 시체뿐이야."

마사코는 구니코의 목에 처참하게 남아 있던 목 졸린 자국에 대해서는 말하지 않았다.

"시체를 봤구나."

야요이는 절망한 눈치였다.

"봤어."

"저기, 마사코 씨. 어째서 이런 일이 일어난 거야?"

야요이는 혼란을 일으키며 당황해했다.

"응? 어째서."

"우리가 엄청난 괴물을 깨우고 만 거야."

"그 사람한테 살해당한 거야?"

야요이는 또다시 그 말을 입 밖에 낸다. 괴물이라고 말했더니 바로 감이 온 눈치에, 야요이가 이미 사타케를 만난 거라는 확신을 더한다.

"그 사람이라니, 누군지 너 알아?"

야요이는 침묵했다. 야요이의 등 뒤로「와이드쇼」소리가 시끄럽게 들려왔다.

"무슨 일 있으면 말해. 모두들 목숨을 내놓고 있는 거니까. 모르겠어?"

마사코는 초조해져서 차 안에서 고래고래 소리를 질렀다. 야요이가 더욱 입을 다물고 있는 사이, 담배꽁초로 넘칠 것 같은 재떨이를 황폐한 마음으로 쳐다본다. 겨우 야요이가 대답했다.

"아무 일도 없어."

"그럼 됐고. 자기 몸은 자기가 지켜."

"마사코 씨."

야요이는 마사코의 말을 덮는 것처럼 헐레벌떡 물었다.

"그거 나 때문이라고 생각하고 있어?"

"생각 안 해."

"정말로?"

"응."

마사코는 그렇게 대답하고 전화를 끊었다. 야요이가 원인이라고 생각한 적은 한 번도 없다. 자기 탓일지도 모른다고는 생각하고 있었다. 하지만 그 점을 동료들에게 사죄할 마음도, 자신이 후회하는 마음도 추호도 없었다. 보이던 출구가 막히려 하고 있다는 것만을 생각했다. 지금은 그곳을 돌파할 수밖에 없다. 만일 그 결심을 동료들에게 얘기해 봤자 아무도 따라오지 않을 것은 뻔했다. 마사코도 동료를 바라지는 않는다.

마사코는 힘줄이 불거진 자신의 두 손을 물끄러미 쳐다보다가 이윽고 그것이 유일한 온기인 양 얼굴을 덮었다. 자신밖에 믿지 않는다. 자신뿐이다. 일찍이 여름 산에 겐지의 머리를 묻은 장소를 보러 갔을 때 느꼈던 결의와 쓸쓸함이 되살아난다. 그러는 사이 차 안의 공기가 무겁고 따뜻해져 왔다. 갑자기 졸음이 쏟아졌다. 마사코는 시동을 건 채로 눈을 감았다.

30분 정도 지나 마사코는 눈을 떴다. 주위는 아무것도 변함없이 도시락 공장으로 이어지는 적막한 길이 있을 뿐이었다. 아침과 밤에 내리게 된 서리 때문에 길 양쪽에 난 풀이 누렇게 마르기 시작했다. 이 장소에서도 가즈오가 연 속도랑 뚜껑이 마치 석관을 연 것처럼 비스듬히 열려 있는 것이 보였다. 그리고 앞으로 열 시간만 있으면 아무것도 모른다는 얼굴로 제복을 입은 사타케가 이 길을 지나는 것이었다.

히가시야마토 역 옆은 여전히 텅 비어 잡초가 자란 개발 예정지에 바람이 흙먼지를 날리고 있었다.

무슨 행사라도 있는 건지 스케이트센터 앞에 색색으로 차려입은 수많은 초등학생들이 줄을 선 것이 보인다. 마사코는 눈에 띄지 않는 역 뒤 구석에 무단 주차를 하고 초등학생의 줄을 가르며 서둘러 도로를 건넜다. 번화가 뒷골목으로 들어간다. 작은 주점이 늘어선 골목은 음식 쓰레기 냄새가 풍기고 한산해서 살풍경했다. 마주치지 못할지도 모른다. 자연스레 발이 빨라진다.

폐점이라고 벽에 붙은 초밥 가게 옆으로 2층에 있는 '밀리언 소비자 센터'로 올라가는 계단을 뛰어 올라간다. 끼익끼익 싸구려 건축재가 삐걱거렸다. 모퉁이의 베니어합판으로 된 얇은 문에서는 아무런 소리도 들리지 않는다. 얼마 동안 거기서 귀를 기울이고 있자니 사람이 있으면서 조용히 움직이고 있는 기척이 났다.

"주몬지 씨, 열어 줘. 가토리인데."

오늘 아침 헤어졌을 때와 같은 차림을 한 주몬지가 놀란 표정을 지었다. 땀을 흘리고 있다. 야반도주 준비라도 하고 있었던 듯, 단 하나밖에 없는 파일 수납장이며 책상 서랍이 다 열려 있었다. 그야말로 주몬지니까 돈이 될 만한 서류를 챙겨서 종업원들을 버리고 도망칠 작정인 게 뻔했다.

"가토리 씨였군요."

"놀랐어?"

주몬지는 대답 없이 쑥스러워 웃었다. 종업원은 아무도 없었다.

"다 그만둔 거야?"

"오후부터 사무실 지키러 한 명 옵니다. 깜짝 놀라겠지만요."

주몬지는 교활한 웃음을 띠며 마사코를 안으로 들였다.

"무슨 일입니까? 아침에 막 헤어져 놓고."

"늦지 않아 다행이야. 실은 구니코의 대출 상황을 알고 싶어서. 너희한테서 돈 빌릴 때 다 조사했지?"

"네, 그야 물론. 그런데 무슨 일로요?"

마사코는 이미 여유가 없어진 주몬지의 얼굴을 쳐다본다.

"사타케가 누구인지 알았어."

"누구."

주몬지는 눈을 크게 뜬다.

"주차장에 있는 사토라는 경비원."

"우아."

주몬지는 경비원으로 완벽하게 둔갑한 사타케 때문인지 그것을 알아낸 마사코 때문인지 그저 감탄한 것처럼 외쳤다.

"진짭니까, 그거?"

"그것도 구니코의 단지에 살고 있어."

"저 아다치에서 폭주족 하던 때도 나쁘다는 놈들 많이 봤지만 그렇게까지 철저한 녀석은 없었습니다. ……격이 다르다는 게 진짜구나."

주몬지는 감탄한 것처럼 중얼거리더니 이윽고 구니코의 시체를 받으러 갔을 때라도 떠올린 건지 씁쓸한 얼굴을 하고 입술 양 끝을 문질렀다. 거기에 뭔가 떨어트리고 싶은 거라도 붙어 있는 것처럼.

마사코는 주몬지의 회사 안을 둘러봤다. 일이 적은 듯 텅 비어 초라해 보인다.

"잘 안 되나 봐."

"잘 안 되는 정도가 아니라 이제 곧 망할 겁니다."

후련하게 말하며 주몬지는 가리켰다.

"구니코 씨 파일이라면 그 주변에 있으니까 알아서 찾아봐 주십시오. 하지만 어쩌려고요."

마사코는 파일 수납장에서 조노우치의 'ス' 항목을 찾아냈다. 상상했던 대로 고객 수는 적어 'ス'에 있는 것은 단 세 사람이었다. 구니코는 주문지의 지저분한 글자가 기어 다니는 구니코의 대출 조사 보고를 끄집어냈다. 대충 훑어보고 가능한 한 미수 사고가 났을 것 같은 것을 찾는다.

"가토리 씨. 그거 어쩌려고요."

주문지가 재차 묻는다. 흥미를 느낀 모양인지 옷깃과 팔꿈치가 까맣게 된 스웨이드 재킷을 벗고 검은색 터틀넥 스웨터 차림이 되었다.

"쓸 만한 걸 찾으려고."

"그러니까 뭐에 쓰시려고요."

"사타케가 싫어할 짓 해 줄 작정."

마사코가 대답하자 주문지는 가라앉은 목소리로 말했다.

"그런 거 불가능합니다. 빨리 도망칩시다."

마사코는 구니코의 면허증 사본을 확인했다. 공들여 화장한 구니코의 얼굴이 찍혀 있었다. 약간 오싹한 어두운 얼굴이었다.

"주문지 씨."

"뭡니까."

"자기 파산 신고는 어떻게 하는 거더라."

"간단합니다. 지방 재판소에 출두만 하면 됩니다."

"얼굴을 내밀어야 하는구나. 그럼 구니코로 둔갑하는 건 역시 무리겠어."

마사코는 면허증 사본을 손가락으로 퉁긴다. 야요이에게 부탁해 봤자 용모가 다르고 시간이 너무 걸린다.

"가토리 씨, 무슨 생각이십니까?"

주몬지는 놀라서 마사코의 얼굴을 본다.

"사타케를 연대보증인으로 해서 자기파산 선고해 줄까 싶어서."

"과연."

주몬지는 경련을 일으킨 것처럼 웃기 시작했다.

"그럼 가토리 씨. 파산 신고는 무리라 하더라도 실종시켜 버리면 됩니다. 그래서 그 녀석을 연대보증인으로 할 수는 있습니다. 지금은 전화로 동의해도 받아들인 게 되니까요. 뭐하면 아는 불법 금융 쪽에 부탁해도 됩니다. 돈이 된다면 뭐든 하는 녀석도 알고 있으니까요."

"구니코가 돈을 빌려서 사타케를 연대보증인으로 만들 수 있어?"

"가능합니다. 연대보증 계약 따위 어차피 필요 없잖아요? 그럼 간단합니다. 완벽하게 짜증 나게 할 수 있습니다. 그 대신 갚을 의무는 없지만."

"그런 건 알 바 아냐. 어쨌든 사타케를 곤경에 빠뜨릴 수만 있으면 되니까. 그렇게 해서 구니코가 실종된 걸로 해 줘."

"그거 좋군요. 하는 김에 그 정보를 신용정보 회사에 유출시켜 줍시다."

"막도장 가지고 있지? 일단 가짜 차용증 만들어서 연대보증인 란에 도장 찍어 주자고."

주몬지는 순식간에 장난꾸러기 어린아이 같은 얼굴이 되어 활짝 열린 서랍 바닥에서 쿠키 깡통을 꺼냈다. 막도장이 잔뜩 들어 있었다.

"사토라는 흔해 빠진 이름으로 정한 대가로군요."

사토라는 막도장이 당장 세 개는 나왔다.

"도망은 이 일 끝내고 쳐 줘."

"이런 건 반나절이면 됩니다."

갑자기 씩씩해진 주몬지는 호언장담했다.

"그 녀석을 소굴에서 쫓아내 주겠어."

마사코는 아무것도 모르고 자고 있을 사타케를 상상하고 작은 웃음을 띠었다.

겁에 질려 있기만 해서는 재미있지 않다.

사타케는 역 앞 슈퍼 옥상에 있었다. 잘 흐리고 뼛속까지 식어 드는 날씨 때문인지, 아니면 대형 매장에 손님을 빼앗긴 쓸쓸함 때문인지, 그곳에는 아이를 데리고 나온 가족과 사람들 눈을 피해 뺨을 맞댄 고등학생 커플이 있을 뿐 한산했다.

사타케는 아까부터 오락실 옆에 있는 초라한 가설 동물 가게를 들여다보고 있었다. 청소를 구석구석 못 한 우리가 밖에 다섯 개 내놔져 있었다. 그 안에는 너무 자란 아메리칸 숏헤어며 지저분한 친칠라, 자고만 있는 토종개 등 신기하지도 않은 새끼 고양이며 강아지가 들어 있었다. 담배를 한 손에 들고 들여다보는 사타케에게 동물들은 하나같이 겁에 질린 눈을 하고 우리 구석에 웅크리고 있다.

안나가 자신은 동물 가게에서 파는 개와 마찬가지였냐고 물었던 것이 생각났다. 사타케는 안나의 매끄러운 피부며 완벽한 얼굴을 기억에 그렸다. 자신이 키운 '미카'의 넘버원. 동물 가게의 넘버원.

안나 자신이 그 진실을 깨달아 버렸으니 이제 아무리 노력해도 분명 넘버원은 될 수 없을 것이다. 원래 그런 거다. 안나가 그만큼 절대적인 인기를 자랑했던 것은 안나가 그 사실에 자각이 없었기 때문이다. 깨달으면 끝. 안나에게는 죽을 때까지 사라지지 않는 그늘이 생겨나리라. 여자를 진심으로 사랑하고자 하는 남자에게는 불가결한 것이지만 단지 여자를 사고 싶은 남자들에게는 꺼려진다. 손님은 아무것도 모르는 신의 선물 같은 순진한 여자를 바란다. 그것이 얼마나 희귀한 존재인지 알고 있기 때문이다. 그렇기 때문에 자신은 그렇게 안나를 추어올리고 귀여워하며 눈치 채지 못하도록 해 왔던 건데. 안나가 어른이 되는 계기가 자신에 대한 연심이었다니 가엾은 노릇이다.

'마도'에서 안나가 잘나가는 것도 앞으로 반년인가. 사타케는 안나를 불쌍하게 생각했다. 그러나 그것은 지금 여기 있는 개나 고양이에 대한 기분과 대단한 차이가 없었다. 사타케는 우리 틈새로 긴 손가락을 집어넣었다. 토종개는 뒷걸음치며 사타케의 눈을 보고 떨기 시작했다.

"겁내지 마."

사타케는 개에게 말했다.

두려움을 아양 떠는 연기로 바꾸면 시시한 동물이 될지도 모른다. 그러나 두려움을 모르면 바보나 마찬가지다. 다시 말해 사육

당하며 아양 떠는 것은 시시하고 바보 같다는 거다. 사타케는 갑자기 홍이 깨져서 동물가게에서 떨어졌다. 옆에서 싸구려 전광을 번뜩이는 텅 빈 오락실을 엿보고, 그러고서 좁은 옥상을 어슬렁어슬렁 걸었다.

옥상에서 밖을 보니 평평한 회색 거리가 무질서하게 다마 구릉을 향해서 펼쳐져 있었다. 지저분한 거리다. 사타케는 진저리가 나서 인공 잔디를 깐 바닥에 침을 뱉었다. 문득 시선을 들자 가족 일행과 커플이 흠칫거리며 사타케를 보고 있었다.

가토리 마사코가 공장에 오지 않게 되고 나흘이 지났다. 주차장에서 구니코의 골프를 보인 후로 쭉이다. 이미 그만둔 걸까.

시시하다. 담이 큰 여자라고 기대하고 있었는데 그 정도로 기가 죽다니. 어차피 마사코도 겁을 내고 있었던 것뿐이다. 어두운 길에서 자신의 애타는 기척을 민감하게 알아차리고 있었다고 믿은 건 지나친 생각이었나.

사타케는 동물 가게를 돌아봤다. 개와 고양이가 사타케에게 불쌍해 보이는 눈을 향한다. 기분이 시들어 가는 것을 느끼고 사타케는 옥상 구석의 계단을 뛰어 내려갔다. 바쁘게 발을 움직이는 사이에 심장의 고동이 빨라진다. 여름의 해 질 녘, 그 여자를 쫓던 때의 흥분을 몸 안에 되찾는다. 여자의 눈매. 참을 수 없었다. 날 흥분시켜 줘. 사타케는 마사코에게 실망하고 화를 내고 있었다. 그 돼지 같은 여자처럼 그저 목 졸라 죽이는 짓만은 하게 하지 말아 줘.

가토리 마사코를 만난 것이 자신의 피할 수 없는 운명이라고 생각했던 것은 착각일까. 사타케는 점퍼 주머니에 넣은 두 주먹을 꼭 쥐었다.

역 앞에서 파친코를 하자 세 번 확률 변동이 나왔다. 그 이상은 가게가 내주지 않는다. 사타케는 기계를 걷어차고 가게를 나왔다. 점원이 쫓아왔다.
"손님."
"뭐야."
사타케는 돌아섰다. 그 위협적인 눈을 본 점원은 그 자리에 멈춰 섰다. 보란 듯이 사타케는 주머니에서 꺼낸 만 엔짜리 지폐 세 장을 길에 뿌려 줬다. 쳇 하고 크게 혀를 차며 돈을 주운 점원을 경멸하는 눈으로 흘겨보고 걸음을 옮긴다. 야요이에게서 빼앗은 돈이 버릴 만큼 있다. 돈이 필요해서 파친코를 하는 게 아니다.
사타케는 황폐해져 있었다. 사람을 죽인 후로도 계속 황폐하다는 감정이 존재하는 것이 신기했다. 억눌러도 솟아나는 충동이 그릇에서 넘쳐흘러, 격류가 되어 땅바닥을 꿰뚫고 있는 것 같은 안타까움과 난폭함이 버거웠다. 이것이 좀 더 넘쳐흐르면 광기로 이어지리라고 냉정하게 생각하는 자신도 분명 있는데.
신축 건물은 얄팍하고 가짜 같은 게 어느 것이나 다 똑같다. 사타케는 낡아 빠진 복도를 불쾌하게 등을 굽히고 걸었다. 배가 고파도 뭘 먹을 마음이 들지 않는다. 오늘 밤도 공장 주차장에 구니코의 골프를 세워 두고 가토리 마사코를 기다릴 수밖에 없었다.
동물 가게가 있는 슈퍼의 주차장으로 돌아간 사타케는 녹색 골프의 문을 열었다. 난잡하게 놓인 카세트테이프며 구두 등 구니코의 물건은 전부 그대로 남아 있었다. 사타케는 조수석 바닥에 모

양이 망가져서 굴러다니는 플랫슈즈가 구니코로 여겨져 증오를
담아 쳐다봤다. 그러나 재떨이 안의 꽁초만은 사타케가 피우는 상
표로 바뀌었고, 게다가 그것은 빈번하게 비워지고 있었다.

　이렇게 해서 타고 다니다 보면 언젠가 거리에서 마사코를 만날
지도 모른다. 그때의 얼굴을 다시 보고 싶다. 공장에 오지 않는다
면 이렇게 해서 돌아다닐 수밖에 없다. 그 마음 하나로 위험한 줄
타기를 하고 있다.

　카롤라로 공장 주차장에 들어와서 구니코의 골프를 본 마사코
의 표정을 뇌리에 떠올린다. 얼굴이 얼어붙은 다음 순간, 아무 일
도 없었던 것처럼 무표정해졌다. 그러나 꾹 다물린 입술이 공포로
일그러져 있었다. 그 순간적인 변화를 사타케는 초소에 있으면서
놓치지 않았다. 마사코는 차에서 내려서 골프 주위를 걸었다. 구
니코가 세우는 법과 꼭 같아 더욱 놀랐을 것이다. 그 증거로 자신
에게 물어 왔을 때는 억누르지 못하고 목소리가 떨리고 있었지 않
은가. 꼴좋다. 사타케는 그 목소리를 떠올리고 소리 없이 웃었다.
그러나 겁에 질리지만은 말아라. 무서워해도 좋지만, 겁에 질려
아양 떨지는 말아라. 사타케는 동물 가게의 토종개를, 그리고 흉
하게 목숨을 구걸하던 구니코를 연상했다. 순간 불쾌해져서 차창
으로 구니코의 구두를 내던졌다. 그것은 사방에 끈끈한 얼룩이 진
콘크리트 바닥에 좌우가 따로따로 떨어져 굴러갔다.

　구니코의 주차 공간에 차를 넣고 문을 잠그고 있자니, 사타케를
기다리고 있었던 건지 젊은 여자가 달려왔다. 기억은 없지만 앞치
마를 두르고 샌들을 꿰신고 있는 것을 보면 단지에 사는 사람인

것 같다. 화장은 안 했으면서 파마를 해서 무스를 바른 머리카락만이 가발처럼 붕 떠 보인다. 사타케는 그 불균형을 혐오했다.

"이 차를 타는 조노우치 씨를 모르시나요?"

"물론 알고 있습니다. 차를 빌릴 정도니까요."

사타케는 시치미를 떼고 말했다. 단지에서 타고 다니다 보면 언젠가 이런 질문을 받으리라는 것은 충분히 생각하고 있었다.

"저기, 그런 게 아니라요."

여자는 두 사람의 관계를 어떻게 상상한 건지 얼굴을 붉혔다.

"조노우치 씨가 최근 없는 것 같아서 어찌 된 건가 싶어서요."

"글쎄요, 저도 다니는 곳까지는 모릅니다만."

"하지만 차를 빌리셨잖아요."

이상하지 않느냐고 묻는 듯 여자는 사타케의 얼굴을 본다.

"네에, 제가 도시락 공장 경비 일을 하고 있어서 말이죠. 우연히 사는 곳이 같다고 알고서, 좀 나갔다 올 텐데 써 달라고 저쪽에서 말하셨거든요."

사타케는 흔들흔들 여자의 눈앞에서 열쇠를 흔들어 보였다. K라는 이니셜이 붙은 열쇠고리에 달려 있었다.

"그렇다면 상관없지만. 조노우치 씨, 어떻게 된 걸까요?"

"나가 있나 보죠. 걱정할 것 없습니다."

"하지만 밤에도 돌아오지 않고, 쓰레기 당번인데 연락도 없고. 전화해도 도통 받지 않고. 남편도 한참이나 보지 못했고."

"공장은 그만뒀습니다. 고향에라도 내려간 것 아닐까요."

"그 사이에 마음대로 타고 다니는 건가요?"

여자는 고개를 틀며 의심스러운 듯 사타케를 봤다.

"빌린 대금은 드릴 겁니다."

"아, 그래요."

돈 이야기가 된 순간 여자는 냉담해졌다. 남편이 벌어 오는 돈으로 살고 있으면서 생활에 채권 채무가 끼어드는 것을 혐오하고 있는 건가. 사타케는 마음속으로 비웃는다.

"그럼 이만 바빠서."

사타케는 여자를 밀어냈다. 공장에 갈 때 말고는 정도껏 타고 다니자고 반성했다. 입구 우편함 쪽에 신품 레인코트를 입은 중년 남자가 하나 우두커니 서 있었다. 경찰일지도 모른다. 사타케는 못 본 척하고 걸으면서 슬쩍 남자의 눈치를 살핀다. 그러나 남자의 눈매는 경찰의 그것이 아니었다. 방문판매원인지 물끄러미 우편함을 보고 있다. 그러나 412호 주위에 그 시선이 멈춰 있는 것처럼 여겨져 사타케는 서둘러 엘리베이터에 올라탔다.

4층에 도착해서 문이 열린다. 사타케는 엘리베이터가 1층으로 돌아가지 않는 것을 확인했다. 유유히 개방 복도를 걷는다. 변함없이 북풍이 싸늘하게 불어치고 있었다. 사타케는 끝에 있는 자기 집을 향하며 작업 바지에서 열쇠를 꺼냈다.

집 앞에 남자가 서 있는 것이 보였다. 하얗게 번들거리는 다운 재킷에 보라색 바지. 머리카락은 화려한 갈색으로 물들인 젊은 남자다. 사타케의 얼굴을 보더니 휴대 전화로 보이는 것을 주머니에 집어넣고 있었다. 꺼림칙한 예감이 들었다.

"여어, 사토 씨 되십니까?"

남자는 사타케가 잘 아는 눈으로 쳐다봤다. 경찰이 아니라 야쿠자의 뒤틀린 눈이었다. 사타케는 레인코트 차림의 남자와 지금 여기 있는 남자가 어떤 관계일지 생각하면서 일부러 아무 대답도 하지 않고 문을 열려고 했다. 문고리에 뭔가 검은 천이 걸려 있는 것을 깨달았다. 야쿠자로 여겨지는 남자가 웃음을 참으며 잠자코 보고 있다.

"뭐야."

"잘 보지 그래." 하고 남자가 말한다.

사타케는 순간 머리에 피가 오르는 것을 느꼈다. 구니코의 속옷이었다. 죽일 때 뭉쳐서 입에 쑤셔 넣어 줬던 검은색 속옷.

"네 녀석 짓이냐."

사타케는 남자가 입은 다운재킷 목덜미를 두 손으로 잡았다. 남자는 그런 데에 익숙한 것 같았다. 다운재킷 주머니에 손을 넣고 사타케에게 목덜미를 잡힌 채로 턱을 쑥 내밀고 차갑게 웃었다.

"아니. 내가 왔을 때부터 걸려 있었지."

"젠장할."

마사코다. 마사코가 한 짓이 틀림없다. 사타케는 남자를 놓고 속옷을 문고리에서 잡아채 주머니에 쑤셔 넣었다. 북풍을 얼마나 맞고 있었는지 나일론 부분이 선뜩하니 차가웠다.

"내가 아니라고."

남자는 다시 한 번 말했다. 그리고 주머니에 손을 집어넣은 채 팔꿈치로 위협하는 것처럼 사타케의 배를 찌르며 말을 이었다.

"그런데 네 녀석은 왜 갑자기 남의 멱살을 잡고 난리야!"

사타케는 두꺼운 팔로 남자의 가슴을 밀쳤다.

"너 대체 뭐야?"

"이거다."

남자는 주머니에서 느닷없이 종잇장을 팔랑이며 들이댔다. '금전대차계약서'라고 씌어 있다. 사타케는 그 종이를 잡아챘다. '조노우치 구니코'의 이름으로 200만 엔을 빌렸다고 되어 있다. 빌린 곳은 '미도리'라는 이름의 사채 회사였다.

"뭐야, 이건?"

"네 녀석이 연대보증인으로 되어 있는 여자가 튀었다던데."

"아무것도 모르겠는데."

사타케는 시치미를 뗀다. 내심 당했다고 생각하고 있다. 사채 회사가 구니코에게 200만이나 빌려 줄 리가 없으니까 누가 꾸민 것임이 명백했다. 그러나 이런 머리 나쁜 건달 놈들은 재미있어하며 몰려올 것이다. 매일 쳐들어오면 눈에 띈다. 일이 곤란해지자 사타케는 분했다.

"아무것도 모른다고?"

남자가 고함을 질렀다. 한 집 건너 옆집에서 주부가 나와서 두려운 눈으로 이쪽을 보고 있다. 그것이 남자의 목적이었다.

"그럼 이건 뭐야?"

남자가 다시 한 번 종이를 손가락으로 가리킨다. 연대보증인란에 '사토 요시오'의 이름으로 서명 날인되어 있었다. 사타케는 웃음을 터트렸다.

"내가 아냐."

"그럼 누구야?"

"알 게 뭐야."

엘리베이터가 멈추더니 아까 우편함 앞에 서 있던 레인코트 차림의 중년 남자가 이쪽을 향해 왔다. 분명 다운재킷의 건달과 한

패였다.

"실례합니다. 저는 이스트크레디트의 미야타라고 합니다. 조노우치 씨의 차 할부금이 체납되어 있는데, 조노우치 씨가 실종됐다고 듣고 왔습니다."

"그쪽도 보증인이냐?"

"하아, 도장을 받은 지 얼마 안 된 듯해서 송구스럽습니다만."

사타케는 혀를 찼다. 이래서는 몇 명이나 올지 알 수 없었다. 주몬지와 마사코가 아는 불법 금융회사와 결탁해서 증서를 만들고 사토의 이름으로 연대보증인 등록을 한 것이리라. 그리고 구니코가 실종됐다고 각 신용정보 회사에 정보를 흘려 몰려들게 꾸민 것이다.

"알겠습니다. 이렇게 된 거 별수 없죠. 갚을 수 있는 건 갚을 테니 서류를 놓고 돌아가 주십시오."

바뀐 사타케의 태도에 안심한 건지 남자들은 서류 사본을 내밀었다.

"그래서 언제 갚으신다고요?"

젊은 쪽이 고압적으로 말한다.

"일주일 후에 반드시 입금하겠습니다."

"만일 약속과 다르거든 더 끌고 올 거니까. 네 녀석, 여기서 제대로 지내기 힘들게 될 거다."

처음부터 공갈하며 몰아붙이는 경우도 드물다. 주몬지가 아는 가운데에서도 특히 질 나쁜 녀석을 보낸 게 틀림없었다. 사타케는 머리를 숙였다.

"알고 있습니다. 죄송합니다."

어느새 단지 주민들 몇 명이 에워싸고 이쪽을 보고 있었기 때문이다. 그 모습을 확인하자 남자들은 사타케에게 창피를 입혀서 만족했다는 표정이 되었다.

"꼭 부탁드립니다."

미야타의 목소리에 적당히 고개를 끄덕이면서 사타케는 열쇠로 문을 열고 안으로 쏙 들어갔다. 젊은 쪽이 멋대로 들여다보는 것을 막고 불을 켜기 전에 문부터 탁 닫는다. 불을 켜고 도어 렌즈로 보니 남자들은 가고 없었다. 사타케는 주머니에서 꺼낸 구니코의 속옷을 바닥에 내던졌다. 바닥 위에 놓고 보니 무슨 쓰레기 같았다. 젠장. 사타케는 그것을 발로 찬다.

얼마 동안 저 녀석들에게 감시당할 것이다. 그래서는 꿈쩍도 할 수 없다. 게다가 단지 안에서도 눈에 띄고 말았다. 아까 그 주부도 남자들에게 말을 듣고 불안해져서 일부러 참견을 하러 온 게 틀림없다. 고작 수백만이라면 내도 아까울 것 없었지만 눈에 띄어 버렸으니 여기에는 더 있을 수 없었다. 일주일 지나서 입금이 없으면 언젠가 분명 사타케의 직장인 공장에도 쳐들어올 것이다. 그래서는 제일가는 목적이었던 마사코를 위협할 수 없게 된다.

사타케는 벽장을 열고 신주쿠의 집을 나올 때 들고 온 나일론제 검은 가방을 꺼냈다. 그리고 돈 꾸러미와 대량의 조사 보고서를 넣었다. 어떤 생각이 떠올라 구니코의 속옷도 넣는다. 사타케는 텅 빈 방을 둘러봤다. 창가에 놔둔 침대가 눈에 들어왔다. 저기에 마사코를 묶고 고문할 것을 꿈꾸었는데. 그것은 이제 불가능하다.

그러나 정신이 들고 보니 사타케는 웃고 있었다. 마사코를 처음 봤을 때의 기쁨이 다시 돌아와 있었다. 전보다도 강하게. 예전에 죽인 여자를 신주쿠 길가에서 처음 봤을 때보다도 훨씬 큰 기쁨이었다. 그 여자보다 죽이는 보람이 있을지도 모른다. 그 사실이 무엇보다도 기뻤다.

사타케는 불을 켜 둔 채로 나일론 백을 손에 들고 개방 복도로 나왔다. 아무도 없는 것을 확인하고 비상계단을 살금살금 내려간다. 1층으로 내려가서 주위를 살피자 하얀색 다운재킷을 입은 남자가 사타케의 집 창문을 올려다보고 있었다. 불이 켜져 있어서 안심하고 있는 것이리라. 건들거리면서 집에 돌아가는 여자 회사원들에게 힐끗힐끗 시선을 보내고 있었다.

사타케는 틈을 노려 뒤편 쓰레기장에서 화단을 통해 도로로 달려 나갔다. 일단 역 앞 비즈니스호텔에라도 투숙해야겠다고 생각했다. 사타케가 도망친 것을 안 남자들이 공장으로 쳐들어올 때까지 어느 정도 유예가 있을지는 알 수 없었다.

그날 밤 사타케는 렌터카 회사에서 빌린 마치로 출근했다.

마사코는 반드시 온다는 확신이 있었다. 자신을 술책에 빠트린 결과는 마사코에게도 알려졌을 테니까, 마사코 또한 자신의 얼굴을 보러 올 것이 분명했다. 그런 여자다. 자기와 같은 것이다. 어떤 얼굴을 하고 나타날까. 사타케는 주차장 초소에 들어가서 태평하게 담배를 피우며 빨간색 카롤라가 보이기를 기다렸다.

11시 30분 조금 전, 평소 시간대로 마사코가 왔다. 사타케는 얼굴을 들고 전조등의 반사로 살짝 보이는 마사코의 얼굴을 응시하고 있었다. 마사코는 모르는 얼굴을 하고 사타케가 있는 경비 초소 앞을 지나간다. 사타케를 힐끗 보지도 않았다.

'점잔이나 빼고 있고. 나를 멋지게 계략에 빠트렸다고 생각하고 있는 거겠지.'

뱃속이 부글부글 끓는다. 증오와, 자신으로 하여금 거기까지 증오케 하는 마사코를 칭찬하고 싶은 기분, 그것이 한데 뒤섞여 사타케 안에 솟아오른다. 그 강한 감정이 사타케를 취하게 한다.

쾅. 문을 닫는 소리가 나고 마사코가 어두운 주차장 바닥을 밟으면서 이쪽으로 걸어왔다. 사타케는 초소를 나와서 마사코 앞을 막아섰다.

"수고하십니다."

"안녕하세요."

마사코는 정면에서 사타케를 봤다. 어깨까지 오는 머리칼을 해진 다운재킷 위에 아무렇게나 늘어트리고 여윈 뺨에 웃음을 띠고 있다. 사타케의 정체를 밝혀내고 집에서 몰아냈다는 승리와 자신에 차 있었다. 사타케는 분노를 억누르고 조용히 말했다.

"바래다드릴까요?"

"괜찮습니다."

"어두워서 위험할 텐데요."

마사코는 순간 주저하다가 조소하는 것처럼 받아쳤다.

"위험한 건 당신이겠지."

"무슨 말씀이신지 잘 모르겠군요."

"시치미 떼지 마, 사타케."

신주쿠의 길가를 쫓던 때 같은 거센 고동과 흥분이 아니라, 조용하고 억제된 흥분이 사타케의 몸속을 출구를 찾아 뛰어다니고 있었다. 그 흥분을 머지않아 폭발시켜 줄 테니 기다리라고 달래는 기쁨은 일찍이 맛본 적 없는 희열이기도 했다.

"배짱 좋군. 제정신이냐."

마사코는 사타케를 무시하고 걸음을 옮긴다. 정말로 좋은 거냐, 가는 거냐. 사타케는 거절당했음에도 마사코의 몇 미터 뒤를 쫓았다. 아마도 마사코의 심장은 공포에 당장이라도 터질 것처럼 세차게 맥박 치고 있을 게 틀림없었다. 긴장으로 어깨가 굳어 있는 것을 알 수 있다. 그러나 그런 건 눈곱만큼도 보이지 않고 어두운 길에 발을 내딛고 있다. 사타케는 회중전등을 켜고 마사코의 몇 걸음 앞을 비췄다.

"됐다고 했잖아."

마사코가 사나운 표정으로 돌아봤다.

"이런 데에서 당신한테 살해당하고 싶지 않단 말이야."

마사코의 팔팔함에 사타케는 저도 모르게 기뻐한다. 증오가 솟아난다. 귀여운 안나에게서는 결코 느낄 수 없었던 세차고 뜨거운 감정. 어딘가 자신의 파멸로 이어지는 위기감이 마사코에 대한 강한 증오와 달콤한 애달픔에 이어지고 있다. 이대로 등 뒤에서 목을 졸라 기절시켜서 폐공장에서 죽여 버릴까. 순간 그런 생각이 머리를 스쳤으나 그래서는 재미없다고 생각을 고쳤다. 마치 그의 안에 흐르는 감정을 읽은 것처럼 마사코가 말했다.

"어차피 여기서는 싫지. 날 괴롭혀서 죽일 생각이지. 어째서 당신이."

마사코가 이어서 말하려던 그때, 등 뒤에서 자전거 소리가 들렸다. 사타케도 마사코도 동시에 돌아봤다.

"좋은 아침."

요시에였다. 요시에가 사타케를 보고 놀라 쳐다보면서 자전거를 세우고 마사코와 나란히 선다.

"스승님, 어쩐 일이야?"

마사코가 말했다.

"널 만나고 싶어서 오늘은 이 길로 온 거야. 따라잡아서 다행이다."

사타케는 요시에의 얼굴을 회중전등으로 비췄다. 요시에가 불쾌한 듯이 빛 속에서 얼굴을 찡그렸다. 둥그런 빛 바깥에서 마사코가 웃는 것이 언뜻 보였다.

살았다. 마사코는 요시에의 얼굴을 보고 작게 숨을 토했다.

아무도 없는 어두운 길에서 등 뒤로 구속당할지도 모른다는 공포에 숨이 멎을 뻔했다. 그것을 드러내면 사타케가 덮쳐 올 것도 알고 있었다. 어렸을 적, 들개에게서 눈을 돌리면 반드시 쫓아오던 경험과 비슷하다. 위험했다고 마사코는 호흡을 진정시킨다.

그러나 언젠가 저 남자 안의 증오가 비등점에 달하면 그것은 쉽게 폭발하리라. 사타케는 거기에 향하기까지의 과정을 즐기고 있다. 마사코는 상황을 재미있어하며 자신을 괴롭히는 빛이 사타케의 눈에 있었던 것을 순식간에 간파했다. 사타케는 망가졌다. 망가진 부분을 자신의 존재가 자극해서 폭발을 유도하고 있는 것이 분명했다. 그리고 자신 안에도 사타케로 인해 솟아나는 것이 있었다. 사타케에게라면 살해당해도 좋다고 남몰래 생각하고 있는 부분이.

겐지의 시체를 해체한 데에서 시작되어 이런 운명이 기다리고 있을 줄은 상상도 하지 못했다. 마사코는 앞에 보이는 폐공장을 쳐다봤다. 저 공허한 건물을 자신 안의 어둠의 상징처럼 느꼈는데 그것이 자신의 망가진 부분인 걸까. 그것을 알기 위해 43년을 살아온 걸까. 마사코는 폐공장에서 눈을 돌릴 수가 없었다.

"뭐니, 저 사람."

무겁게 자전거를 끌고 땅에 파인 구멍을 요리조리 피하면서 요시에가 기분 나쁘다는 듯이 주차장을 돌아봤다.

"경비원."

마사코는 간단히 대답했다. 사타케는 등대처럼 암흑 속에 외따로 빛나는 경비 초소 옆에 서서 마사코를 응시하고 있다. 자신이 돌아오기를 저기서 기다리고 있는 것이다.

"왠지 기분 나쁘다."

"어디가?"

마사코는 요시에의 더욱 작아진 하얀 얼굴을 쳐다봤다.

"왠지 그냥."

요시에는 설명하는 것이 귀찮아진 건지 그 이상 아무 말도 하지 않았다. 밀고 가는 자전거 경보등이 흐릿하게 빛나며 두 사람 앞을 비췄다.

"스승님, 그동안 어떻게 됐던 거야?"

마사코는 구니코를 해체한 뒤 일주일 만에 만나는 요시에에게 묻는다.

"아아, 미안. 이래저래 일이 있어서."

요시에는 녹초가 된 듯 무겁게 숨을 토했다. 겨울이 되면 언제나 입는 윈드브레이커를 오늘 밤도 입고 있었다. 마사코는 그 플란넬 안감이 얇고 해지려 하고 있었던 것이 생각났다. 요시에도 언젠가 닳아 떨어지는 게 아닐까.

"어떤 일?"

사타케는 요시에에게는 아무 수작도 걸고 있지 않을 터였다. 그의 흥미가 자신만을 향하고 있다는 것은 알고 있었다.

"실은 미키가 가출을 해서. 돈이 들어온 그날 없어졌지 뭐야. 우리 집은 불량 표본이 있으니까 걱정은 하고 있었는데, 설마 그 아이까지 나갈 줄은 몰랐어. 정말이지 쓸쓸해서. 더 못 견디겠다."

마사코는 입을 다물었다. 요시에는 출구에서 나올 수 없다.

"200만이나 들어왔는데 그것도 모르고 자기는 이제 진학하기 틀렸다고 생각했나 봐. 바보지. 정말, 인생은 마음처럼 되지 않아."

"돌아올 거야, 분명."

"아니, 안 와. 위에 거랑 똑같아. 보나마나 별 볼일 없는 남자한테 걸린 거야. 정말이지 바보 같은 계집애라니까. 그러니까 별수 없는 거야. 별수 없어."

길을 걸으면서 요시에는 그 말을 반복하고 있었다. 변명처럼 들렸으나 그 이유가 뭔지는 알 수 없었다.

폐공장을 넘어서 그 옆의 영업하지 않는 볼링장과 민가 옆을 지나 두 사람은 자동차 공장의 긴 담이 이어지는 넓은 길에 부딪쳤다. 그곳에서 왼쪽으로 꺾으면 바로 도시락 공장이었다.

"후유."

요시에는 허리를 두드리면서 쭉 뻗었다. 반듯했던 허리가 조금

굽어지면서 노파로 보였다.

"이걸로 마지막인가."

"뭐가?"

"도시락 만들기."

"그만두게?"

"응. 아무래도 여기서 일할 마음이 들지 않아서."

마사코는 자신도 그렇다는 말은 하지 않았다. 마사코도 오늘밤으로 마지막이라고 생각하고 온 거였다. 그 수속을 하고 가즈오에게 맡긴 돈과 여권을 받는다. 오늘 밤을 무사하게 넘기면 사타케에게서 도망칠 수 있을지도 모른다.

"그래서 너랑 오래 이야기가 하고 싶어서. 일부러 이쪽으로 온 거야."

그렇다면 돌아갈 때 휴게실에서 천천히 이야기를 하면 될 텐데. 어째서 그런 소리를 하는 걸까. 마사코는 요시에의 본뜻을 알지 못하고 그녀가 자전거를 주차하러 간 동안 외부 계단에서 기다리고 있었다. 머리 위에는 두껍게 구름이 낀 것처럼 별이 하나도 보이지 않는 밤하늘이 펼쳐져 있었다. 그러나 구름 또한 보이지 않는다. 찌부러질 것 같은 답답함을 느끼고 마사코는 머리 위를 덮쳐누르는 도시락 공장 건물을 올려다봤다.

"가토리 씨."

2층에 있는 입구 문이 열리고 목소리가 들렸다. 위생 감시원 고마다가 서 있었다.

"왜 그러세요?"

"아즈마 씨 오늘 왔습니까. 몰라요?"

"지금 자전거 두러 갔는데요."

그 말을 듣고 고마다가 계단을 뛰어 내려왔다. 손에 접착테이프 롤러를 든 채였다. 고마다가 아래에 도착한 것과 요시에가 돌아온 것이 동시였다.

"아즈마 씨!"

절박한 목소리로 말한다.

"큰일 났어요, 어서 돌아가요."

"무슨 일인데 그래요?"

요시에가 묻는다.

"집에 불이 났대요. 지금 전화 왔어요."

"알겠습니다."

요시에의 얼굴이 순식간에 핏기를 잃었다. 고마다는 가엾다는 듯이 시선을 내리깔았다.

"어쨌든 빨리 돌아가 봐요."

"어차피 이미 늦었겠죠."

요시에가 후련하게 말했다.

"그럴 리가요. 어서, 어서."

고마다는 재촉했으나 요시에는 반대로 느릿느릿 자전거 주차장으로 돌아간다. 다른 파트타임 종업원들이 또 출근했기 때문에 일이 있는 고마다는 계단을 올라가기 시작했다.

"고마다 씨."

마사코는 그 등에 대고 물었다.

"그 집 시어머니는요?"

"몰라요. 하지만 완전히 다 탔대요."

고마다는 싫은 소리를 해 버렸다고 후회를 나타내더니 그것을 뿌리치는 것처럼 곧바로 공장으로 되돌아갔다. 마사코는 밖에서 혼자 요시에를 기다렸다. 이제부터 대치할 현실에의 경계 때문인지, 이상하게 시간을 들여 요시에가 자전거를 끌고 돌아왔다. 마사코는 요시에의 지친 얼굴을 쳐다봤다.

"미안하지만 뒤처리는 같이 못해."

"알아. 너라면 그렇게 말할 거라고 생각하고 작별 인사 하러 온 거야."

"화재보험은."

"조금이지만 들었어."

"그럼, 잘 지내."

"응. 신세 많이 졌어."

요시에는 그렇게 말한 후 고개를 숙이고 온 길과 반대 방향으로 달려갔다. 자전거의 아련한 경보등이 멀어져 간다. 마사코는 그 뒷모습을 한참 동안 보고 있다가 자동차 공장 저편을 쳐다봤다. 먼 수도권의 흥취가 밤하늘을 어렴풋이 분홍빛으로 물들이고 있었다. 그 위로 멀리 이글이글 불씨를 날리며 타오르는 요시에의 낡은 집이 보이는 것 같았다. 요시에의 출구는 있었다. 딸이 집에 없으니, 절망한 요시에는 주저하지 않았으리라. 그 등을 민 것은 다름 아닌 자신이 아닐까. 사타케의 복수를 빗대 빈정댈 때 그런 생각을 내비쳤음을 깨달은 마사코는 그 환영에서 얼마 동안 눈이 떨어지지 않았다.

이윽고 마사코는 외부 계단을 올라 공장 현관으로 들어갔다. 고마다가 마사코를 보고 놀랐다.

"가토리 씨, 당신 같이 안 가 줬어요?"

"네에."

그렇게 사이가 좋았는데 믿을 수 없다는 얼굴로 고마다가 기분 나쁜 듯이 롤러로 난폭하게 등을 밀었다.

업무 시작 시간이 가까웠다. 마사코는 휴게실에 들어가서 가즈오의 모습을 찾았다. 브라질인 종업원들이 모인 자리에도 탈의실에도 그 모습은 없었다. 타임카드를 보니 오늘 밤은 비번인 듯하다. 마사코는 고마다가 막는데도 무시하고 그대로 신발을 신고 바깥으로 뛰어나갔다.

갑자기 모든 것이 변하는 날이 찾아온다. 오늘 밤이 바로 그날일지도 모른다. 마사코는 가즈오의 기숙사를 향해 밤길을 달려갔다.

이 앞에 사타케가 기다리고 있다. 마사코는 마물이 숨은 어둠을 경계하는 것처럼 주시하면서 도로를 왼쪽으로 꺾었다. 드문드문 늘어선 농가며 민가 앞에 가즈오를 비롯한 브라질인 종업원들이 사는 아파트가 있었다. 올려다보니 가즈오가 있는 2층 끝 집에만 불이 켜졌다. 마사코는 철제 계단을 소리가 나지 않게 조심조심 올라갔다. 문을 두드리자 포르투갈어로 대답이 돌아왔다. 문이 열리고, 티셔츠에 청바지를 입은 가즈오가 놀란 표정을 지었다. 텔레비전 수상기가 어른어른 상을 비추고 있다.

"마사코 씨."

"혼자?"

"네."

가즈오는 마사코를 집에 들여 넣어 주었다. 집은 정체 모를 이국의 향료 냄새가 배어들어 있었다. 창가에 이층 침대가 있고 옷장 노릇을 하는 벽장이 활짝 열려 있다. 다다미 위에 나무무늬 코팅이 된 작은 사각 테이블이 놓여 있었다. 가즈오는 축구 시합 영상을 끄고 마사코를 향했다.

"돈입니까?"

"미안하지만 오늘 밤 가지러 가 줄 수 있을까. 비번인 줄 모르고."

"알겠습니다."

가즈오는 걱정스러운 듯이 마사코의 얼굴을 봤다. 그 시선을 피해 마사코는 담배를 꺼내고 재떨이를 찾는다. 가즈오도 담배를 물고 코카콜라 로고가 들어간 양철 재떨이를 테이블 위에 놨다.

"곧 갑니다. 여기서 기다리세요."

"미안해."

마사코는 이 좁은 방이 유일한 안전지대로 느껴져서 둘러봤다. 룸메이트는 야근에 나간 듯하다. 침대는 깔끔히 정돈되어 있었다.

"무슨 일입니까? 괜찮으면 얘기해 주세요."

가즈오는 조급하게 굴었다가 마사코가 도망칠 게 두려워서인지 조심스럽게 물었다.

"어떤 남자에게서 도망치고 있어."

마사코는 실온에 조용하게 녹아드는 얼음처럼 천천히 이야기했다.

"그 이유는 말할 수 없어. 그래서 그 돈으로 어디 다른 나라로 도망칠 작정이야."

가즈오는 얼마 동안 생각에 잠겼다. 고개를 숙이면서 연기를 토해 내고 거무스름한 얼굴을 든다.

"어느 나라입니까? 어디도 쉽지 않습니다."

"그렇겠지. 어디든 좋아. 여기서 탈출할 수 있다면."

가즈오는 이마에 손을 댔다. 목숨이 걸려 있다는 사실은 설명하지 않아도 마사코의 낌새를 보면 알 수 있다고 말하고 싶은 것처럼 보였다.

"가족은?"

"남편은 혼자서 살아가겠대. 사회에서 숨어 사는 것처럼. 그게 그 사람의 방식이야. 아무도 들어갈 수 없어. 아들은 컸으니까 이제 괜찮아."

어째서 가즈오에게 이런 이야기까지 하고 있는 걸까. 아무에게도 고한 적 없었다. 일본어가 그다지 통하지 않을지도 모른다는 편안함이 마사코의 마음을 녹이고 있다. 입에 내자 저도 모르게 눈물이 넘쳐 나왔다. 마사코는 손등으로 눈물을 닦았다.

"외톨이군요."

"그러네. 옛날에는 세 가족이서 사이가 좋았는데 말이야. 누구 한 사람이 나빴던 건 아닌데 어느새 무너지기 시작했어. 하지만 정말로 망가트린 건 나라고 생각해."

"어째서?"

"혼자서 나가 버리니까. 자유로워지고 싶으니까."

가즈오도 눈물을 글썽거렸다. 다다미에 뚝뚝 눈물이 떨어진다.

"혼자가 되는 것이 자유로워지는 것입니까?"

"지금은 그렇게 생각하고 있어."

탈출. 무엇에서 탈출해서 어디로 가려 하고 있는 걸까. 알 수 없었다. 가즈오는 중얼거렸다.

"너무 쓸쓸합니다. 불쌍해요."

"하지만."

마사코는 고개를 저으며 무릎을 끌어안았다.

"나는 불쌍하지 않아. 나는 자유로워지고 싶었으니까. 이걸로 된 거야."

"그렇습니까."

"설사 죽는다 해도, 이것으로 좋아. 나는 절망하고 있었으니까."

가즈오의 얼굴이 확 어두워졌다.

"무엇에."

"살아가는 데에."

가즈오는 다시 울기 시작했다. 마사코는 자신의 말에 눈물을 흘려 주는 젊은 이국의 남자를 지켜봤다. 가즈오의 오열은 좀처럼 그치지 않았다.

"어째서 당신이 우는 거야."

"제게 그런 중요한 이야기를 해 줬으니까요. 당신은 먼 존재였습니다."

마사코는 미소 지었다. 가즈오는 말없이 두꺼운 팔로 눈물을 닦았다. 마사코는 커튼 대신 창문에 쳐진 녹색과 노란색 브라질 국기를 쳐다봤다.

"저기, 어느 나라가 좋을까. 나 외국 가 본 적 없어."

가즈오는 시선을 들었다. 커다랗고 까만 눈이 눈물로 빨개졌다.

"브라질 가겠습니까. 지금 여름입니다."

"어떤 곳이야?"

가즈오는 수줍게 웃었다.

"말로는 잘 표현이 안 됩니다. 굉장히 좋습니다. 굉장히 좋아요."

여름. 마사코는 꿈꾸듯 눈을 감았다. 이번 해 여름은 운명을 바꾼 여름이었다. 치자나무 냄새. 주차장에 우거진 여름풀. 속도랑을 흐르는 물의 순간적인 반짝임. 문득 기척을 느끼고 시선을 들자 가즈오가 나갈 준비를 하던 참이었다. 티셔츠 위에 검은색 점퍼를 걸치고 모자를 썼다.

"다녀오겠습니다."

"미야모리 씨, 이대로 3시까지 있게 해 줘."

가즈오는 상관없다고 몇 번이나 끄덕였다. 앞으로 세 시간. 그러면 사타케가 돌아간다. 마사코는 테이블에 팔꿈치를 짚고 그대로 눈을 감았다. 잠깐의 휴식을 얻은 기분이었다.

가즈오가 돌아온 소리로 눈이 뜨였다. 시간을 죽이고 온 모양인지 이미 오전 2시였다. 전신에서 차가운 바깥 공기 냄새가 나는 가즈오가 점퍼 안주머니에서 봉투를 꺼냈다.

"여기요."

"고마워."

마사코는 가즈오에게서 봉투를 받아 들었다. 봉투는 가즈오의 체온으로 따뜻했다. 안을 들여다봤다. 새 여권에 띠지가 감긴 100만 엔 다발이 일곱 개. 이것으로 출구로 향한다. 마사코는 봉투에서 꺼낸 지폐 다발 하나를 테이블 위에 올렸다.

"이건 맡아 준 답례. 받아 줘."

가즈오는 안색을 바꿨다.

"필요 없습니다. 당신의 도움이 될 수 있어서 기쁩니다."

"하지만 앞으로 1년 넘게 여기 있을 거잖아."

가즈오는 점퍼를 벗고 입술을 깨물었다.

"크리스마스 전에 돌아갑니다."

"그렇구나."

"네. 여기 있어도 별수 없으니까."

책상다리로 앉은 가즈오는 좁은 방을 힐끗 둘러본 후 창에 걸린 국기를 쳐다봤다. 그 눈에 그리움과 안녕이 있는 것을 확인하고 마사코는 부럽게 생각한다.

"당신을 돕고 싶었습니다. 그 사고, 이것과 관계 있습니까?"

가즈오는 티셔츠 안에 숨기고 있던 열쇠를 끄집어냈다.

"있어." 하고 끄덕인다.

"돌려주지 않아도 됩니까?"

"응."

가즈오는 안심하며 웃었다. 겐지의 집 열쇠. 마사코는 그 열쇠가 사건의 시작으로 여겨져 얼마 동안 가즈오의 손 안에 놓인 열쇠를 쳐다봤다. 그러나 모든 것의 실마리는 마사코 자신에게 있었다. 절망과 자유에의 동경. 그 생각이 자신을 여기까지 데려왔다.

마사코는 종이봉투를 숄더백에 넣고 일어섰다. 가즈오가 테이블 위에 놓인 지폐 다발을 돌려주려고 한다.

"됐어. 그거 사례니까."

"하지만 너무 많습니다."

가즈오는 지폐 다발을 마사코의 백에 밀어 넣으려고 했다.

"그냥 써. 어차피 그런 종류의 돈이니까."

가즈오는 마사코의 말을 듣더니 손을 멈추고 얼굴을 일그러트렸다. 가즈오의 결벽에 가까운 정의감이 더러운 돈을 쓰는 것을 용서하지 않는 것이리라.

"돌려주지 마. 당신, 그 공장에서 있는 대로 고생하며 일했으니까 받아 둬. 돈에 깨끗한 것도 더러운 것도 없잖아."

가즈오는 그 말을 듣고 커다란 한숨을 내쉬었다. 포기하고 지폐 다발을 테이블에 놓는다. 그러지 않으면 마사코에게 실례라고 생각했나 보다.

"고마워. 그럼 갈게."

가즈오에게 살며시 끌어안겼다. 남자의 몸에 안기기는 폐공장 앞에서 가즈오에게 끌어안긴 후로 처음이었다. 최근 몇 년 동안 결코 없었던 감촉. 그립고, 다정하고, 마음속에 단단히 뭉쳐 있던 응어리가 조금씩 풀려 가는 느낌이 들었다. 마사코는 얼마 동안 가즈오의 가슴에 몸을 맡기고 있었다. 다시 눈물이 맺혔으나 이번에는 흐르지는 않았다.

"갈 테니까."

몸을 떼었을 때 가즈오가 주머니에서 작은 종잇조각을 꺼내서 건넸다.

"뭐야?"

"상파울로의 주소."

"고마워."

마사코는 그것을 잘 접어서 청바지 주머니에 넣었다.

"꼭 여기 와요. 크리스마스에 와요. 저 기다리고 있을 테니까. 약속해요."

"약속할게."

마사코는 뭉개진 운동화를 신었다. 문 틈새로 차가운 바람이 불어 든다. 가즈오는 입술을 깨물고 고개를 숙이고 있었다. 마사코는 문을 열고 가즈오에게 고했다.

"그럼 안녕."

"안녕."

가즈오는 그것이 몹시 슬픈 말인 것처럼 말했다.

마사코는 올라왔을 때와 마찬가지로 소리가 나지 않게 아파트 계단을 내려갔다. 주위는 쥐 죽은 듯 조용하고 집집마다 덧문을 꼭꼭 닫았다. 간격이 벌어진 가로등 외에는 불빛이 없었다.

마사코는 다운재킷 지퍼를 올리고 자신의 발소리가 땅바닥에 울리는 저벅저벅 소리만을 들으면서 주차장을 향해 걸어갔다. 지독히도 고독했다. 도중에 폐공장 속도랑 뚜껑 옆에서 얼마 동안 망설이다가 가즈오에게서 받은 주소를 잘게 찢어서 버렸다.

잘 도주할 수 있으면 좋겠지만 죽을지도 모른다고 각오하고 있었다. 가즈오의 호의는 잠시 동안 마사코를 따뜻하게 해 주었다. 그러나 자신이 연 문은 좀 더 가혹한 운명을 준비하고 기다리고 있다.

주차장으로 다가간다. 초소의 조명은 꺼져 있었다. 오전 3시부터 6시까지 경비는 무인 상태가 된다고 알고 있다. 만일 사타케가 자신을 일이 끝날 때까지 기다리고 있었다 하더라도 아침은 밤보다 단연 보는 눈이 많다. 사타케도 거기까지 대담한 짓은 하지 않으리라. 마사코는 주차장에 들어가기 전에 사타케의 모습을 찾았다. 아무도 없다. 안심하고 굳은 흙 위에 군데군데 흩뿌려진 자갈을 밟았다. 카롤라 오른쪽 미러에 뭔가가 걸려 있는 것이 보였다. 마사코는 손에 들고 작은 비명을 질렀다. 구니코의 검은색 속옷이었다. 사타케의 집 문고리에 걸어 두고 왔던 것이니 사타케가 앙갚음을 한 것이리라. 몹시 더러운 것으로 느껴져 마사코는 땅바닥에 내버렸다.

그때 등 뒤에서 마사코의 목에 긴 팔이 감겨든 것이 느껴졌지만 목소리를 낼 틈은 없었다. 도망치고자 몸부림친다. 그러나 사타케의 팔은 강철처럼 마사코를 잡고 놓지 않는다. 따뜻한 손가락이 턱을 누르고 목 아래에 경비원 제복을 입은 팔이 들어왔다. 숨이 막힌다. 그러나 마사코는 공포를 느끼지 않았다. 꿈에서 느꼈던 것과 같은 황홀감도 없었다. 다만 돌아올 장소에 돌아왔다는 안도가 존재하는 것은 신기했다.

밤에 빨려들고 싶다. 사타케는 차창을 활짝 열고 밤공기가 완전히 자신을 감싸기를 기다렸다. 그러면 안심이 됐다. 형무소에서 못해서 괴로웠던 유일한 일. 그것은 대기를 실감하는 것이었다.

찬 공기에 노출된 팔다리가 냉기에 마비되고 동체까지가 떨리기 시작한다. 한여름처럼 피가 끓어오르는 일도 없이 의식은 선명했다. 어둠에 휩싸인 공기마저도 낮에는 몰랐던 두께와 무게를 이 손에 느끼게 해 준다. 사타케는 운전석에서 긴 팔을 뻗어 대기를 헤쳤다. 차가운 공기가 완만하게 움직인다.

경비원 제복을 입은 채로 사타케는 차 안에서 마사코를 기다리고 있었다. 그의 차는 마사코의 주차 공간 앞에 세워져 있었다. 주차장의 후미진 오른편 어둠 속. 그는 여기서 오전 6시까지 기다릴 작정이었다. 근무를 마치고 녹초가 된 마사코가 자신의 차에 되돌려진 구니코의 속옷을 보고 어떻게 반응할 것인가. 그것을 꼭 보고 싶었다. 마사코의 눈 아래의 기미를, 헝클어진 머리칼을 보고 싶었다.

담배에 불을 붙이려던 그때, 주차장 자갈 밟는 소리가 났다. 가벼운 여자의 발소리다. 사타케는 담배를 급히 주머니에 넣고 숨을 죽였다. 놀랍게도 마사코가 돌아왔다. 마사코는 주위를 살펴보더니 사타케의 모습이 보이지 않자 안심하고 자신의 차로 다가간다. 그 발걸음은 주위를 전혀 경계하지 않고 있었다. 사타케는 소리가 나지 않게 문을 열고 바깥으로 슬그머니 나갔다.

마사코가 사타케의 장난을 보고 작은 비명을 질렀다. 완벽한 틈이 생긴 것을 확인한 그때, 사타케는 충동적으로 등 뒤로 덮쳐들고 있었다. 목에 팔을 감은 순간 마사코의 본능적인 공포가 사타케의 전신에 전자파처럼 전해졌고 사타케는 그녀를 사랑스럽다고 생각했다.

"꼼짝 말고 있어."

그러나 마사코는 필사적으로 날뛰었다. 사타케는 마사코의 마른 목을 팔로 조이고 오른손으로 팔을 눌렀다. 그러나 화학섬유 제복 천을 꿰뚫을 것처럼 마사코의 손톱이 팔에 파고들었고 차올리는 발은 사타케의 가랑이 부근까지 닿았다. 사타케는 전신을 이용해 마사코의 육체를 얽어매고 난폭하게 마사코를 기절시켜야 했다.

드디어 붙잡았다. 사타케는 축 늘어진 마사코를 어깨에 짊어지고 차에 돌아가 로프와 검은색 백을 꺼냈다. 412호실을 쓸 수 없게 된 지금, 어디로 끌고 들어가 죽여야 하나. 장소가 없다. 또 찾고 있을 시간도 없었다. 사타케는 폐공장을 향해 걷기 시작했다.

마사코를 짊어진 채로 속도랑을 넘으려고 했다. 군데군데 뚜껑이 벗겨진 것을 깨닫고 사타케는 회중전등으로 발밑을 비췄다. 검은 물이 어둠 속에 빛난다. 콘크리트 뚜껑은 불안정하게 두 사람 분의 체중에 흔들리며 사타케를 위협한다. 사타케는 고생고생하여 속도랑을 건너 마른 풀 위에 마사코를 던졌다. 녹슨 셔터를 조사한다. 아래에서 힘껏 들어 올리자 셔터는 귀에 거슬리는 소리를 내면서 올라갔다. 그때 마사코가 괴로운 듯이 신음하는 것을 듣고 사타케는 행동을 서둘렀다. 몸을 숙이고 들어갈 수 있을 정도로 셔터를 열고 마사코를 급히 안으로 밀어 넣었다.

내부는 어두컴컴하고 싸늘하게 식어서 습한 곰팡이 냄새가 났다. 사타케는 회중전등으로 이곳저곳을 비추며 살폈다. 마치 커다란 콘크리트로 된 텅 빈 관 같다. 그러나 위쪽에 채광창이 몇 개나 나 있는 것이 보인다. 해가 오르면 밝아질 것이다.

예전에는 도시락 공장이었던 듯 벨트컨베이어가 돌아가는 스테인리스 대며 트럭 반입구의 카운터가 남아 있었다. 저 스테인리스 대에 마사코를 붙들어 매면 무척이나 차가우리라. 사타케는 그것을 상상하고 희미한 웃음을 띤다.

마사코는 아직 정신을 잃고 있었다. 사타케는 입을 빠끔 연 마사코를 예전에 벨트가 지나던 흔적이 보이는 긴 스테인리스 대 위에 올렸다. 그녀는 수술 전의 마취된 환자처럼 무방비하게 누워 있었다.

사타케는 마사코의 다운재킷을 벗기고 트레이너를 잡아 뜯었다. 운동화를 아래에 버리고 양말과 청바지를 벗기는데 피부에 닿는 스테인리스 대가 차가워 그녀가 정신이 들었다. 그러나 자신이 어디에 있고 무슨 짓을 당하고 있는 건지 모르겠는지 위를 보고 누운 채로 이상하다는 듯이 주위를 둘러보고 있다.

"가토리 마사코."

사타케는 이름을 불렀다. 빛을 얼굴에 대 준다. 마사코는 눈이 부셔서 고개를 돌리고 빛의 원 바깥에 있는 사타케를 찾는 시늉을 했다.

"젠장할."

"아니야. '비열한 자식, 날 속이다니.' 라고 해야지. 말해 봐."

사타케는 아직 움직임이 둔한 그녀의 두 팔을 스테인리스 대에 억눌렀다. 날뛰던 마사코가 순간 움직임을 멈추고 의아하다는 얼굴을 했다.

"어째서."

"됐으니까 말하라고."

마사코는 맨발로 느닷없이 사타케의 배를 걸어찼다. 방심하던 사타케의 하복부에 발뒤꿈치가 푹 꽂히고, 사타케는 괴로움에 신음한다. 그 틈에 마사코가 몸을 휙 돌려 스테인리스 대에서 뛰어내렸다. 중년 여자 치고는 민첩했다. 붙잡으려는 사타케의 팔을 빠져나가 마사코는 공장 구석의 어둠 속으로 뛰어 들어간다.

"도망칠 수 있을 거라고 생각하지 마라."

사타케는 회중전등 빛으로 마사코를 쫓았으나 넓은 공간에 비해 광량은 너무 무력했다. 어디를 비춰도 마사코의 모습은 보이지 않는다. 사타케는 입구의 셔터 앞에 우뚝 섰다. 입구만 막으면 마사코는 독 안에 든 쥐다. 이 사태를 어딘가 재미있어하고 있는 자신이 있다. 그래, 이렇게 해서 좀 더 흥분시켜 줘. 사타케는 마사코라는 끈질긴 사냥감에 감탄하고, 그만큼 증오도 더했다.

"마사코. 포기해라."

사타케의 목소리가 공허한 공장 안에 울렸다. 얼마 후 마사코의 대답이 들렸다. 먼 구석에 있는 모양이다.

"포기하지 않아. 당신이 어째서 내게 복수하려 하고 있는 건지 가르쳐 줘."

"말썽의 뒷수습이지."

"그거라면 야마모토 야요이한테 하면 되잖아."

"그 녀석한테는 이미 했다."

"어떻게."

추위 내문인지 공포 때문인지 마사코의 목소리가 떨렸다. 마사코는 티셔츠 차림에 맨발이었다. 굉장히 추울 것이다. 사타케는 마사코에게 눈치 채이지 않도록 사뿐히 컨베이어 스테인리스 대까지 나아가서 마사코가 옷을 찾으러 오지 못하게 한데 모아 구석에 뒀다. 어둠 속에서 마사코가 말했다.

"보험금을 훔친 거로군. 어째서 그것만으로 끝내지 않아? 당신은 어째서 나만 미워하는 거야?"

"글쎄, 어째서일까."

사타케는 마사코가 숨은 방향에 대고 중얼거렸다.

"나도 몰라."

"당신의 가게를 엉망으로 만들어서?"

"그것도 있지."

그 자신은 진짜 사타케 미쓰요시라는 남자를 안 적이 있다. 오 랫동안 주의 깊게 숨겨 왔다. 그 표피를 마사코가 억지로 벗겼기 때문이다.

"하지만 그것만이 아니야."

마사코의 냉정한 목소리가 들렸다.

"당신은 내게 흥미가 있어."

사타케는 대답하지 않고 마사코가 있는 방향을 향해 한 발 한 발 나아갔다.

"이상해. 나는 마흔세 살이라 남자가 관심 가질 나이가 아닌 데 다가 그런 여자도 아니야. 뭔가 이유가 있을 거야."

튼튼한 안전화를 신은 사타케의 발이 알루미늄 캔에 부딪쳐 요 란한 소리를 냈다. 그 이후 마사코의 목소리는 나지 않았다. 도망 쳤군. 사타케는 귀를 기울였다.

등 뒤에서 작게 무슨 소리가 들렸다. 사타케는 짐승같이 민첩하 게 그쪽을 살핀다. 트럭 반입구 셔터를 비틀어 열고 마사코가 탈 출을 시도하고 있었다. 조금만 더 늦었으면 놓칠 참이었다. 사타 케는 달려가서 이미 상체를 바깥으로 들이민 마사코를 붙잡았다.

다리를 잡고 앞으로 끌어와서 손바닥으로 얼굴을 힘껏 때렸다. 마사코는 몸이 뒤집혀 쓰레기투성이 콘크리트 바닥에 쓰러진다.

그 표정을 보려고 회중전등을 비춘다. 마사코는 머리칼을 흐트러트리고 사타케를 노려보고 있었다. 똑같다. 그때와 똑같다. 사타케는 마사코의 머리카락을 움켜쥐고 얼굴을 들게 했다.

"당신은 진짜 비겁한 인간이야."

마사코가 내뱉듯이 말했다.

"그래, 맞아."

사타케는 마사코의 비통한 얼굴을 들여다본다.

"하지만 만나고 싶었다."

마사코는 냉수를 뒤집어쓴 것 같은 표정을 지었다. 목소리가 또렷해졌다.

"당신은 꿈을 꾸고 있어."

"아니, 꾸고 있지 않아."

사타케는 마사코의 얼굴을 관찰했다. 뾰족한 칼끝 같은 그 여자의 면영은 손톱만큼도 없었다. 적의를 불태우며 사타케를 노려보고 있는 것은 다른 누구도 아닌 가토리 마사코였다. 이목구비는 닮지 않았다. 그 여자보다 금욕적인 얇은 입술을 지녔다. 그러나 눈매는 꼭 같았다. 사타케의 마음이 조수가 차오르는 것처럼 기쁨과 기대에 물들어 간다. 마시코는 얼마만큼의 희열을 줄까? 17년간 마음속 깊은 곳에 숨겨 왔던 쾌락은 다시 자신을 찾아와 줄까. 그 경험은 대체 뭐였는지 가르쳐 줄까.

사타케는 난폭하게 마사코의 티셔츠를 쥐어뜯었다. 소박한 하얀색 브래지어와 팬티 차림이 된 마사코는 아직 사타케를 주시하고 있다.

"하지 마. 이대로 죽여 줘."

사타케는 못 들은 척 속옷을 뜯어 냈다. 전라가 된 순간 마사코는 날뛰기 시작했다. 그런 마사코를 두 팔을 눌러 금속 대에 올리고 체중을 실어 조용히 시켰다. 마사코는 사타케의 무게에 숨차했다. 호흡이 멎기 전에 힘이 빠진 마사코의 두 팔을 머리 위에 모아 묶었다. 그 줄을 스테인리스 대에 고정시킨다.

"차가워."

마사코는 그렇게 소리치며 얼음 같은 스테인리스 대 위에서 몸을 비틀었다. 사타케는 회중전등에 비춰진 마사코의 몸을 얼마 동안 바라보고 있었다. 윤기 없이 비쩍 말랐고 가슴도 밋밋하다. 사타케는 천천히 자신의 옷을 벗었다.

"소리 질러도 돼. 아무도 안 올 테니까."

"당신이 몰라서 그래. 바로 옆에서 철거 작업하고 있으니까."

"허튼소리나 해 대고."

마사코의 뺨을 다시 한 번 손바닥으로 때렸다. 이번에는 힘을 조절했다고 생각했는데 마사코의 목이 옆으로 확 꺾어졌다. 너무 심하게 굴면 빨리 죽고 만다. 의식을 잃어버려서는 재미가 없다. 사타케는 마사코가 기절했는지 걱정이 되었다. 그러나 마사코는 입술에서 한 줄기 피를 흘리며 태연하게 사타케를 쳐다봤다.

"빨리 죽여."

그때도 여자는 얻어맞으면서 한 걸음도 물러서지 않고 "빨리 죽여."라고 사타케에게 외쳤다. 마사코와 그 여자, 현실과 꿈을 고속 엘리베이터를 탄 것처럼 오가면서 사타케는 흥분해 간다. 사타케는 마사코 위에 엎드리고 느닷없이 피가 흐르는 입술을 깨물었다. 마사코가 악문 입술 사이로 저주의 말을 토하는 것을 듣고 난폭하게 그녀의 다리를 벌렸다.

"젖지 않았군."

"미친 자식."

마사코가 힘껏 저항하며 다리를 닫고자 발버둥친다. 그 다리를 억지로 열고 사타케는 안으로 들어갔다. 놀라우리만큼 뜨거웠다. 습기가 부족한 탓인지 그녀가 아프다고 소리를 고래고래 질렀다. 그 익숙하지 않은 표정을 보고 사타케는 그녀의 경험이 의외로 적은 것을 실감했다. 천천히 움직인다. 산 여자와 관계를 가지는 것은 그 후로 처음이었다. 검은 환상. 사타케의 마음속에 웅크리고 있던 환상이 지금 일어나 현실이 되어, 자신을 이제부터 어딘가로 데리고 가리라는 것이 느껴졌다. 지옥으로, 그리고 천국으로. 그 낙차를 메우는 것은 마사코와 자신의 관계 끝에 있다고 사타케는 믿었다. 이것을 위해 태어난 것이다. 그리고 이것을 위해 죽는다. 그러나 최초의 관계는 생각도 못했을 정도로 금방 끝났다.

"이 변태."

마사코가 거친 숨을 몰아쉬고 있는 사타케에게 피가 섞인 침을 뱉었다. 사타케는 얼굴에 묻은 침을 손으로 닦아 마사코의 얼굴에 문질렀다. 벌로 유두를 세게 깨물어 준다. 마사코가 뭐라고 고함을 질렀지만 말을 이루지 못한다. 추위로 이가 딱딱 울렸다. 어렴풋이 새벽이 밝아오고 있었다.

아침 해가 오르자 빛이 비쳐 들면서 공장 안이 갑자기 밝아졌다.

공장의 세부가 드러난다. 벽에 붙어 있었던 넓은 타일은 전부 떨어지고 콘크리트 벽이 그대로 보였다. 일찍이 화장실이며 주방이었던 장소는 벽이 허물어져서 변기와 수도꼭지만 남아 있었다. 콘크리트 바닥에는 석유 깡통이며 플라스틱 양동이가 여기저기 굴러다니고, 입구 부근에는 음료수 병이며 깡통이 수없이 버려져 있다. 황량한 콘크리트 관이었다. 작은 소리가 들려서 돌아보니 도둑고양이가 들어왔다가 사타케의 모습을 보고 도망쳐 나간다. 쥐가 있는 게 틀림없다.

사타케는 바닥에 책상다리로 앉아서 담배에 불을 붙였다. 그리고 스테인리스 대에 매인 마사코가 추위로 전신을 덜덜 떨면서 쉴 새 없이 몸을 뒤트는 것을 쳐다보고 있었다. 앞으로 1시간만 있으면 이 스테인리스 대에도 아침 해가 비칠 것이다. 그렇게 되면 마사코의 얼굴을 차분히 보면서 범할 수 있다. 사타케는 그것을 기다리고 있었다.

"추우냐?"

"당연하잖아."

"뭐, 기다려 봐."

"뭘."

"해가 오르기를."

"못 기다려. 추워."

마사코는 분노를 쥐어짰다.

이가 맞물리지 않고 말도 명료하지 않다. 얻어맞은 뺨이 부었고 입술도 아래쪽만 부풀었다. 전신에 소름이 돋아 있는 것이 떨어진 곳에서도 보였다. 사타케는 나이프로 그 좁쌀 같은 알갱이를 긁어 내고 싶어 했던 것을 떠올렸다. 그러나 날붙이는 아직이다. 마지 막의 마지막까지.

사타케는 얇고 예리한 칼끝이 마사코의 옆구리를 도려내는 순간을 상상했다. 17년 전과 마찬가지로 그 쾌감을 맛볼 수 있을까. 그것은 그 여자와 만났을 때부터 이제까지의 사타케 미쓰요시라는 남자를 검증하는 일이기도 했다. 빨리 옛날의 자신과 만나고 싶다. 그는 백에서 검은 가죽 칼집에 든 단도를 꺼내서 바닥 위에 가만히 놓았다.

마사코의 몸에 겨우 아침 햇빛이 비쳤다. 추위로 창백해진 피부가 빛에 비춰진 부분부터 아주 조금씩 해동되는 것처럼 생기를 되찾아 가는 것이 보였다. 마사코의 긴장이 풀려 간다. 사타케는 다가갔다.

"도시락은 이 위에서 만드는 거지."

마사코는 노려본 채로 입을 열지 않는다. 사타케는 난폭하게 마사코의 턱을 잡았다.

"응? 어때."

"그걸 알아서 뭐 하게."

마사코가 추위에 혀가 돌지 않는 입으로도 분노를 노골적으로 드러내며 말했다.

"자신이 붙들려 매일 줄은 생각도 못했겠지."

마사코는 고개를 돌렸다.

"어이, 어떻게 시체를 토막 냈어?"

이렇게 했느냐는 듯 마사코의 목을 누르고 손가락으로 자르는 시늉을 하며 목에서 치골까지 일직선으로 줄을 그었다. 힘준 사타케의 손가락이 차가워진 피부에 옅은 보라색 흔적을 남겼다.

"어째서 토막 내자는 생각을 했지? 기분은 어땠어?"

"아무래도 좋잖아."

"너는 나랑 꼭 닮았어. 너도 돌아올 수 없는 길을 나아가고 있는 거야."

마사코가 사타케의 눈을 본다.

"당신에게 무슨 일이 있었던 거야?"

"다리를 벌려."

사타케는 대답하지 않고 명령했다.

"싫어."

마사코는 완강하게 다리를 닫았다. 억지로 열려고 하는 사타케의 얼굴을 발로 찬다. 아직 저항할 수 있는 것을 보고 사타케는 기뻐했다. 다시 덮쳐누르고 마사코를 범했다. 그녀의 얼굴 위에서 겨울의 아침 해가 빛나고 있다. 사타케는 눈을 꾹 감고 이를 악 문 그녀의 얼굴을 보고 손가락으로 눈꺼풀을 비틀어 열려고 했다.

"나를 봐."

"싫어."

"못 쓰게 만든다."

사타케는 마사코의 두 눈에 엄지손가락을 눌러 댔다.

"당신을 볼 바에야 그편이 나아."

사타케가 손가락을 떼자 마사코는 일부러 눈을 가늘게 떴다. 분노로 불타고 있었다.

"좀 더 날 노려봐."

"어째서."

마사코는 문득 제정신으로 돌아와서 되물었다.

"미울 거 아냐. 나도 네가 밉다."

"어째서 미워하는 거야."

"네가 여자니까."

"그럼 죽여."

마사코가 분한 듯이 소리친다. 아직도 모르나. 그 여자는 이해해 줬는데. 사타케는 초조해져서 마사코의 얼굴을 몇 번 손바닥으로 후려쳤다.

"당신은 망가졌어."

마사코는 다시 소리쳤다.

"그래. 너도 망가진 거야. 나는 처음 봤을 때부터 알고 있었다."

사타케는 다정하게 마사코의 머리카락을 쓰다듬었다. 마사코는 입을 다물었다. 이번에는 진짜 증오를 담아 사타케를 노려봤다. 사타케는 마사코의 입술을 처음으로 빨았다. 찝찔한 피 맛이 났다. 묶은 줄이 손목에 파고들어 해져서 피가 배어났다. 그때와 같았다.

사타케는 팔을 뻗어 스테인리스 대 아래에 놓아뒀던 단도를 주워 든다. 한 손으로 칼집을 빼고 마사코의 머리 옆에 둔다. 날붙이의 냉기와 위기감을 얼굴 옆에 느낀 듯 그녀가 비명을 질렀다.

"무서우냐."

마사코는 아무 말도 하지 않고 눈을 꼭 감았다. 사타케는 손가락으로 눈꺼풀을 비틀어 연다. 거기에 공포가 없는가, 그것을 뛰어넘는 증오가 없는가. 사타케는 필사적으로 그녀 안의 뭔가를 찾으면서 안았다. 스스로도 뭘 찾고 있는 건지 알 수 없었다. 그 여자인가, 마사코인가. 아니면 자기 자신인가. 그것은 환상인가, 현실인가. 시간조차도 알지 못하고, 끝내는 자신과 섞이는 이 여자의 육체도 자신의 육체 같은 기분이 들기 시작한다. 여자의 쾌락은 자신의 것이 되고, 자신의 쾌락도 여자의 것이 된다. 그러면 자신은 소멸한다. 이 세상에 없어도 좋다. 처음부터 화합할 수 없었다.

사타케는 마사코와 좀 더 살을 섞고 싶다는 바람을 참을 수 없어졌다. 세게 입술을 빨다가 그녀가 마찬가지로 사타케를 쳐다보고 있는 것을 깨달았다. 사타케는 애달픈 마음에 그녀에게 다정하게 물었다.

"기분 좋으냐."

마사코는 대답하지 않고 크게 헐떡였다. 두 사람은 진짜 성교를 하고 있었다. 절정에 오를 것 같은 그녀의 기척을 느끼고 사타케는 천천히 곁에 놔뒀던 단도를 손에 들었다. 그녀의 안에 더 깊이 파고든다. 장을 휘젓는 그 온기를 전신으로 느낀다. 그리고 둘이서 진짜 황홀감 속으로 빠져들었다.

"부탁이야."

마사코가 속삭였다.

"뭐냐."

"줄 좀 끊어 줘."

"안 돼."

"그러지 않으면 갈 수 없는걸. 당신과 가고 싶어."

마사코가 갈라진 목소리로 애원한다. 어차피 찌를 거다. 사타케는 단도로 그녀의 손목을 묶은 줄을 끊었다. 자유로워진 팔로 마사코가 사타케의 어깨에 꽉 매달렸다. 사타케는 그녀의 등 뒤로 팔을 둘러 목을 받쳤다. 처음 하는 방식이었다. 그녀의 손톱이 사타케의 등에 파고들면서 몸은 하나가 되었다. 사타케는 극에 달했다. 목소리가 나온다. 마침내 증오를 뛰어넘은 기분이 든다. 사타케는 손을 더듬어 단도를 찾았다.

순간, 사타케의 등 뒤에서 칼날이 햇빛에 번뜩이는 것이 보였다. 어느새 마사코가 얼굴 옆에 있던 단도를 잡고 사타케에게 내리찍으려 하고 있었다. 사타케는 그녀의 팔을 힘껏 눌러 단도를 바닥에 떨어트리고 주먹으로 얼굴을 사정없이 후려갈겼다.

마사코는 얼굴을 누른 채로 얼마 동안 옆을 보고 있었다. 사타케는 몸을 떼고 거친 숨을 토하면서 분노로 고함쳤다.

"멍청이, 처음부터 다시 시작해야 하잖아!"

마사코에게 살해당할 뻔했던 것보다도, 기껏 도달하려던 경지를 잡친 분노가 더 강했다. 그 이상으로 마사코가 자신과 같은 기분을 느끼지 못했다는 것이 안타까웠다.

마사코는 기절하고 말았다. 사타케는 때린 마사코의 뺨을 손가락으로 더듬었다. 마사코가 가엾고, 상대 여자를 죽이지 않으면 황홀감을 얻을 수 없는 자신이 슬펐다. 확실히 자신은 망가졌다. 처음 겪는 감정에 사타케는 머리를 끌어안았다.

"화장실 보내 줘."

얼마 지나서 눈을 뜬 마사코가 얼굴을 푹 숙인 채로 말했다. 부들부들 떨고 있다. 너무 때렸다. 이대로 소모시키면 기쁨을 맛보기 전에 죽어 버릴지도 모른다.

"가."

사타케는 허락했다.

“추워.”

마사코가 비틀거리며 콘크리트 바닥에 내려서서 떨어져 있던 다운재킷을 느릿느릿 맨살 위에 걸친다. 사타케는 마사코가 공장 구석 화장실로 향하는 것을 뒤에서 따라갔다.

벽도 기둥도 없이 그저 바닥에 나 있는 것처럼 양변기가 세 개 있었다. 물이 나오는지 어떤지도 알 수 없이, 변기는 회색으로 더러워져 있었다. 그러나 마사코는 아무 생각도 못 하겠다는 것처럼 가까운 변기에 앉았다. 마사코는 사타케가 보고 있는데 개의치도 않고 소변을 봤다.

“어서 해.”

마사코가 느릿느릿 일어서서 이쪽으로 돌아온다. 다리가 후들거리며 석유 깡통에 발이 걸려 넘어져서 바닥에 두 손을 짚었다. 사타케는 달려가서 다운재킷 깃을 잡고 일으켜 세웠다. 마사코는 주머니에 손을 넣고 정신을 멍하니 빼고 있었다.

“어서 와.”

다시 한 번 때리고자 손을 치켜든 바로 그때 뭔가 차가운 것이 섬뜩하게 사타케의 뺨에 닿았다. 마치 여자의 차가운 손가락이 매만진 것 같았다. 그 여자의 손가락인가. 사타케는 유령에게 만져진 것 같은 기분이 들어서 허공을 쳐다보고, 그리고 뺨에 손을 가져갔다. 왼쪽 뺨의 살이 뻐끔히 벌어져서 피가 콸콸 뿜어져 나오고 있었다.

마사코는 추위를 느끼면서 누워 있었다.

아침에 눈을 뜨는 것과 달리 몸은 이미 완전히 깨어났는데 의식이 무겁고 언제까지고 꾸물꾸물 불투명한 세계에 머물러 있고 싶은 것은 어째서일까.

과감하게 눈꺼풀을 열자 넓은 공간이 느껴지는 어둠에 에워싸여 있는 것을 깨달았다. 차갑고 어두운 구멍 안에 있다. 위쪽이 어렴풋이 밝다. 하늘이다. 작은 창으로 밤하늘이 보인다. 마사코는 어젯밤, 별이 보이지 않는 하늘을 바라봤던 것을 떠올렸다.

후각이 돌아왔다. 잘 아는 냄새가 난다. 차가운 콘크리트와 시종 그것을 씻어 내는 물 냄새. 그리고 그 두 가지가 썩어 곰팡이가 생긴 냄새. 자신이 누워 있는 것이 그 폐공장 안이라는 것을 깨닫기까지는 거기서 다시 조금 더 시간이 걸렸다.

어째서 다리가 다 나와 있는 건가. 마사코는 티셔츠와 속옷만 입은 자신의 몸을 손으로 만졌다. 피부는 자신의 것이 아닌 것처럼 돌처럼 차갑게 메말랐다. 지독하게 춥다. 강한 빛이 얼굴에 닿았다. 눈부심에 눈을 찡그리고 손으로 얼굴을 덮는다.

"가토리 마사코."

사타케의 목소리가 들렸다.

잡혀 있었다. 아까 주차장에서 등 뒤로 목을 졸린 것을 떠올리고 마사코는 절망에 커다란 탄식을 내쉬었다. 이제부터 사타케의 장난감이 되어 살해당한다. 그 공포가 자신을 미망의 세계에 붙들고 있었던 것이다. 기껏 출구가 보인 참이었는데. 자신의 순간적인 방심이 분해 마사코는 광원을 향해 고함쳤다.

"젠장할."

그러자 사타케가 이상한 명령을 했다.

"'비열한 자식, 날 속이다니.' 라고 말해라."

마사코는 사타케가 과거에 있었던 뭔가에 붙잡혀 그 재현을 지금 꾀하고 있다는 것을 깨달았다. 겐지의 사건보다 그 과거의 사건이 훨씬 더 강하게 사타케의 마음을 얽매고 있으면서 자신에의 집요한 복수를 낳은 것이라고 생각이 미치자 그저 무서웠다. 야요이에게 말한 대로 자신들은 '괴물'을 깨웠다.

사타케의 배를 걷어차고 그 팔을 빠져나가 어둠 속으로 도망쳐 들어가서, 이대로 공기에 녹아들어 영원히 숨어 있을 수 있으면 얼마나 좋을까 생각했다. 사타케의 존재는 해가 저물면 밤을 두려워해 우는 아기처럼 근원적인 공포를 불러일으킨다. 그러나 밤은 인지를 넘은 신비한 힘 또한 불러 깨운다. 마사코 안에 자리 잡고 있던 자각하지 못했던 무엇도 사타케에 의해 깨어났다. 마사코가 도망치고자 했던 것은 사타케와, 자신이 모르는 또 한명의 자신으로부터였다.

맨발바닥에 온갖 것이 박히고 얽혔다. 콘크리트 파편부터 쇠 부스러기, 비닐봉지, 밟으면 구불텅 휘어지는 정체 모를 쓰레기까지. 그러나 그런 것에 상관하고 있을 수 없었다. 마사코는 회중전등이 닿지 않는 어둠에서 어둠으로 뛰어들면서 필사적으로 출구를 찾았다.

"마사코. 포기해라."

사타케의 목소리가 입구 쪽에서 들린다. 마사코는 대답했다.

"포기하지 않아."

사타케는 쉽게 대답하지 않지만 그것이 단순한 복수가 아닌 것을 마사코는 이미 깨달았다. 그를 움직이고 있는 것의 정체를 알고 싶었다. 어둠 속에서 사타케의 목소리가 습한 공기를 진동시키며 들려올 때마다 마사코는 그 숨겨진 표정을 상상했다.

사타케가 이동해 오는 기척이 난다. 마사코의 목소리를 목표로 살금살금 다가온다. 마사코는 그에게 눈치 채이지 않도록 트럭 반입구를 향해 기어갔다. 거기에도 녹슨 셔터가 있다. 어떻게든 비틀어 열 수 없을까. 그 사이 사타케는 입을 다문 채로 그녀가 얼마만큼 할 수 있을지 시험하며 즐거워하고라도 있는 것처럼 회중전등 불빛을 여기저기 비추고 있었다.

간신히 반입구의 카운터에 도달했다. 80센티미터 정도 높이의 커다란 콘크리트 짐대를 기어 올라가 작은 셔터를 억지로 연다. 위로 올릴 때 소리가 났으나 상관하지 않았다. 단 몇십 센티미터면 밖에 나갈 수 있었기 때문이다. 늦지 않으면 된다. 마사코는 셔터를 비틀어 열고 가슴까지 밖으로 기어나갔다. 한순간 맡은 바깥 공기는 속도랑의 흙탕물 냄새가 났지만 참을 수 없이 달콤했다.

사타케에 의해 어둠으로 끌려 들어가서 얻어맞고 쓰러트려져서도 육체의 아픔은 아무렇지도 않았다. 자유가 바로 저기에 있는데, 자신은 이제 두 번 다시 손에 넣을 수 없을지도 모른다. 여기까지 왔는데. 그 분한 마음이 거센 정신의 아픔이 되어 마사코는 다시 일어날 수 없었다. 사타케가 어째서 자신만을 표적으로 삼고 있는 건지 짐작이 가지 않는 것도 불안했다.

마사코는 얼음처럼 차가운 스테인리스 대에 묶였다. 금속 표면이 자신의 육체로 덥혀져도 그 체온은 곧바로 다 달아났다. 그런 추위는 경험한 적이 없었다. 그러나 마사코는 이대로 몸이 얼어 버리리라고는 생각하지 않았다. 아직 포기할 수 없다. 목숨이 있는 한은 영원히, 자신의 몸이 스테인리스 대와 싸우고 있어 주기를 바란다. 마사코는 몸을 뒤틀며 운동에 의해 몸이 열을 뿜도록 했다. 그러지 않으면 스테인리스 대와 육체가 동화되어 버릴 것 같았다.

사타케가 다시 마사코의 얼굴을 때렸다. 아픔에 신음하면서 마사코는 그의 눈 속에서 광기를 찾고자 필사적으로 쳐다봤다. 광기라면 포기라도 하리라. 그러나 그에게 광기는 없다. 이것은 놀이도 고문도 아니었다. 그는 마사코를 때려서 증오가 콸콸 솟아나는지 어떤지 시험하고 있는 것이었다. 자신에게 세차게 미움받고 싶은 거라는 사실을 마사코는 깨달았다. 그렇게 해서 증오의 비등점까지 끊임없이 불을 태우다가 그 가운데서 죽이려고 하고 있다.

사타케가 몸에 들어왔을 때 마사코의 마음은 굴욕으로 가득 찼다. 몇 년 만의 성교가 강간이라니. 젊지 않은 자신이 남자의 뜻대로 당하고 있다니. 아까 가즈오에게 끌어안겼을 때는 치유받은 느낌이 들었는데 사타케에게는 거센 증오를 느낀다. 그가 여자인 자신을 증오하고 있는 것처럼, 이 순간 마사코도 남자인 사타케를 증오했다. 확실히 성교는 증오의 원천이었다.

사타케는 꿈속에 있는 거라고, 범해지면서 마사코는 생각했다. 그밖에 알 수 없는 끝없는 꿈속에 있으면서 자신을 살아 있는 도구로 쓰고 있는 것뿐이라고 느낀다. 타인의 꿈속에서 어떻게 하면 도망칠 수 있을지는 생각하지 않는 편이 좋다. 그보다 사타케를 이해해야 한다. 그리고 선수를 치는 것밖에 남겨진 길은 없었다. 그러지 않으면 의미 없이 괴로워하게 된다. 그가 사로잡혀 있는 과거의 사건을 알고 싶었다. 마사코는 덮쳐누르는 사타케의 무게를 견디며 허공을 쳐다봤다. 남자의 등 바로 위에는 자유가 있었다.

끝난 후, 분한 마음에서 저도 모르게 '변태'라고 사타케를 욕했다. 그러나 그게 아니라는 것을 알고 있었다. 그는 변태도 광인도 아니다. 그저 뭔가를 열렬히 구하며 방황하고 있을 뿐. 자신에게 그것이 있는 거라면 얼마든지 꺼내 보여 주자고 마사코는 타협한다. 그렇게 하면 살 수 있을지도 모르기 때문이다.

마사코는 이 폐공장에 해가 비쳐 조금이라도 온도가 올라가기를 애타게 기다렸다. 이 추위에는 이제 더 견딜 수가 없었다. 한기가 격심한 아픔 또한 동반하는 줄은 몰랐다. 아무리 체온을 올리고자 운동하려고 해도 몸은 멋대로 떨기 시작해서 마치 경련하고 있는 것처럼 멈추지 않았다.

그러나 태양이 중천에 올 때까지 싸늘하게 식은 폐공장의 공기는 결코 따뜻해지지 않을 것이다. 그때까지 체력이 버티지 못한다. 포기하고 싶지는 않았지만 이대로는 얼어 죽을 게 뻔했다. 마사코는 찔름찔름 덮쳐 오는 경련을 참으면서 건물 내부를 둘러봤다. 공장의 잔해. 마치 콘크리트 관 같다. 똑같은 장소에서 2년이나 밤을 새며 일해 왔던 것을 생각하니 여기서 죽는 것도 운명인가 하는 생각도 들었다. 문을 연 자신을 기다리고 있던 가혹한 운명이 이것이었던 건가. 살려 줘. 마사코는 마음속으로 중얼거렸다. 자신을 살려 주기를 바라는 상대는 요시키도 가즈오도 아니다. 지금 자신을 괴롭게 하고 있는 사타케였다.

가만히 고개를 들어 사타케를 찾는다. 그는 마사코가 누운 스테인리스 대에서 조금 떨어진 곳에 책상다리로 앉아 마사코가 떠는 모습을 쳐다보고 있었다. 마사코의 괴로움을 재미있어하는 게 아니라 뭔가를 기다리고 있는 눈치였다.

뭘 기다리고 있는 걸까. 마사코는 어둠을 뚫고 사타케의 얼굴을 봤다. 그는 때때로 창을 올려다본다. 해가 나기를 기다리고 있는 모양이다. 그도 추위에 떨고 있지만 아무것도 걸치지 않은 것을 보면 한기를 견딜 수 없는 건 아닌 것 같다.

마사코의 시선을 느낀 사타케가 이쪽을 봤다. 암흑 속에서 눈이 맞는 것을 알았다. 사타케는 초조한 것처럼 라이터를 켜고 그녀 쪽을 잠깐 비췄다가 담배에 불을 붙였다. 그녀의 낌새를 살피고 있다. 그녀는 사타케가 뭔가를 열렬히 추구하고 있다는 데에 생각이 미쳤다. 그는 어서 밝아지기를 기다리고 있는 것이다. 밝아져서, 자신이 찾는 것을 충분히 바라볼 수 있기를 가만히 기다리고 있다. 그것이 발견됐을 때 자신은 살해당할 것이다. 마사코는 눈꺼풀을 닫았다.

공기의 움직임을 느끼고 눈을 뜨자 사타케가 일어서서 백 안에서 뭔가를 꺼내는 것이 보였다. 검은 칼집. 아마도 날붙이다. 저것으로 몸이 찢기는 걸까. 자신의 등이 닿은 금속의 냉기가 더욱 예리하게 몸속에 꽂히며 내장을 도려내는 무서운 상상이 한기에 박차를 가한다. 마사코의 경련이 공포로 더욱 심해졌다. 그러나 사타케에게는 한기 때문만이라고 생각하게 하고 싶었다. 눈치 채이지 않겠노라며 마사코는 얼굴을 돌렸다.

겨우 햇빛이 비쳐 들어왔다.

추위로 바싹 건조해져 모공을 꼭 닫은 피부가 가만히 풀어지는 것을 알 수 있다. 마사코는 그것을 피부의 호흡으로 느꼈다. 조금 더 따뜻해지거든 잠을 자야만 한다. 그렇게 생각한 후 사타케가

꺼낸 칼을 떠올리고 마사코는 자조를 담아 웃었다. 틀렸다. 어차
피 살해당하는데.

평소라면 아침 해가 떠오르는 지금쯤은 공장에서 돌아와서 아
침 식사 준비를 하거나 세탁기를 돌리고 있을 때다. 해가 높아지
면 잠을 자야 할 시간이었다. 요시키나 노부키는 이제 두 번 다시
돌아가지 않을 마사코를 뭐라고 생각할까. 하지만 만일에 여기서
살해당하든 탈출하든, 그들에게서는 이미 너무 멀어져 버렸다. 요
시키는 "찾지 않겠다."고 말했다. 이걸로 됐다고 그녀는 작게 안심
한다. 먼 곳에 왔다는 실감이 들었다.

공장 안은 충분히 밝아졌다. 사타케가 다가온다.

"도시락은 이 위에서 만드는 거지."

재미있어하고 있었다. 마치 그녀가 벨트컨베이어에 얹힌 음식
물인 것처럼. 마사코는 긴장을 감추려고 한다. 사타케의 말대로
확실히 자신이 붙들려 매일 줄은 생각도 못했다. 공장의 컨베이
어. 컨베이어의 속도를 결정하는 요시에의 출구. 자신의 출구는
지금 이 남자에게 막힐 위기에 있다.

"어이, 어떻게 시체를 토막 냈어?"

사타케는 섬세한 손끝으로 마사코의 목 주위에 선을 그었다. 그
리고 턱 아래부터 치골까지 해부하는 시늉을 하는 손가락으로 자
국을 남겼다. 한기로 이미 저릿저릿 아픈 피부가 더한 아픔에 비
명을 질렀다.

"어째서 토막 내자는 생각을 했지? 기분은 어땠어?"

마사코는 사타케가 그녀의 증오를 끌어내려 하고 있다는 인상
을 받았다.

"너는 나랑 꼭 닮았어. 너도 돌아올 수 없는 길을 나아가고 있는 거야."

확실히 그녀의 길은 돌이킬 수 없었다. 뒤에서 닫히는 문소리를 몇 번이나 들었다. 겐지를 토막 낸 그날, 최초의 문이 닫혔다. 그러나 사타케에게는 뭐가 일어난 걸까. 마사코는 그에게 물었으나 그는 대답하지 않는다. 마사코는 어슴푸레한 가운데 사타케의 눈을 봤다. 커다란 늪, 아니, 허공이 있는 것 같았다.

사타케가 갑자기 다리 사이에 차가운 손가락을 집어넣어 마사코는 비명을 질렀다. 자신 안에 그가 다시 들어왔을 때, 그녀의 몸은 그의 따스함에 놀랐다. 싸늘하게 식어 있던 몸이 태양의 열보다 쉽게 따스함을 얻은 것에 솔직하게 기뻐했다. 뜨겁고 단단한 것이 뱃속에서부터 그녀를 녹이기 시작했다. 아마도 이 공간 어디보다도 두 사람이 이어져 있는 부분이 뜨거울 터였다. 당장이라도 쾌락이 느껴질 것 같은 기분에 마사코는 당혹스러워한다. 자신의 육체가 그를 환영하고 있는 것을 다른 누구보다도 사타케에게 들키고 싶지 않았다. 보이지 않겠노라고 눈꺼풀을 닫는다. 그는 그것을 거부라고 생각한 것 같다.

"눈을 떠."

사타케가 말했다.

거부하고 있다고 두 눈을 엄지손가락으로 못 쓰게 하려고 했다. 그래도 좋다고 마사코는 생각했다. 환영하고 있는 것을 들킬 바에야 못 보게 돼도 좋지 않은가. 사타케가 밉다고 진심으로 생각했다. 그러나 지금만은 그 감정이 눈에 나타나지 않을 것이다. 그 사실이 몹시 분했다.

사타케는 "마사코가 여자라서 밉다."고 말한다. 그렇게 밉다면 안지 말고 죽이면 될 텐데. 그는 증오를 부채질하기 위해 마사코를 때린다. 증오하지 않으면 기쁨을 얻을 수 없는 그를 마사코는 동정했다. 그의 과거가 어렴풋이 보인다.

"당신은 망가졌어."

"그래. 너도 망가진 거야. 나는 처음 봤을 때부터 알고 있었다."

자신의 망가진 구석은 그런 사타케에게 끌리는 점이다. 그것도 만난 그날부터. 마사코는 사타케와 자신의 관계의 신비함을 생각하고 자신 안에서 움직이는 사타케에게 좀 더 강한 의지로 증오를 안았다. 사타케가 입술을 빤다. 거기에 담긴 정열에 마사코는 그도 자신에게 몹시 끌리고 있음을 안다. 그는 단도의 칼집을 슬며시 빼서 마사코의 얼굴 옆에 놓았다.

얼굴 바로 옆에서 칼은 냉기를 전하며 마사코를 위협한다. 본능적으로 공포를 느끼고 굳게 눈꺼풀을 닫자 사타케가 비틀어 열고 들여다봤다. 마사코는 사타케를 마주 쳐다본다. 어떻게든 이 남자를 이 칼로 꿰뚫어 주고 싶다. 지금, 남자가 자신을 꿰뚫고 있는 것처럼.

폐공장의 구석구석까지 빛이 비쳐들었다. 동시에 사다게의 눈 속 늪에도 신비한 빛이 나타났다. 마사코를 인정하고 사랑하려 하고 있다. 그러나 뭔가를 새로이 탄생시키고자 하는 것은 아니었다. 사타케에게라면 살해당해도 좋다고 생각했던 자신과 마찬가지로, 사타케 또한 자신에게 스러져가고 싶어 한다. 마사코는 순간 사타케를 이해했다. 사랑스럽다.

마사코가 그렇게 생각한 순간, 사타케를 속박하던 꿈이 녹아들며 그가 현실로 이동해 온 것을 느꼈다. 두 사람은 눈을 마주 보고 일체가 되었다. 사타케의 눈에는 자신만이 비치고 있다. 믿을 수 없는 황홀감의 파도가 마사코를 집어삼키려 하고 있었다. 이대로 죽어도 좋다. 그 순간, 얼굴 옆에서 칼이 번쩍이며 햇빛을 반사시켰다. 그녀는 다시 현실로 떠밀려 왔다.

마사코는 사타케에게 주먹으로 맞고 기절했다.

얼마 후, 입이 열리지 않을 정도로 심한 턱의 아픔으로 정신이 들었다. 구역질이 난다. 그가 초조한 눈치로 이쪽을 보고 있다. 조금만 더 있으면 바라는 장소에 도달할 수 있었는데 그녀가 그것을 망친 것을 화내고 있다. 마사코는 화장실에 가고 싶다고 말했다.

사타케의 허락을 받고 바닥에 내려선다. 팔의 줄이 풀려서 걷는 게 몇 시간만일까. 발로 바닥에 서자 곧 피가 통하기 시작했다. 추위가 아픔이 되어 전신을 치달린다. 마사코는 지나친 고통에 저도 모르게 소리를 질렀다.

그녀는 떨어져 있던 다운재킷을 걸쳤다. 찬 공기에 노출되어 있던 피부가 차가운 나일론과 친숙해지는 느낌을 마사코는 눈을 감고 맛봤다. 사타케는 그것을 봐도 아무 말도 하지 않는다.

공장 구석에 변기가 있다. 마사코는 그쪽으로 향했다. 다리가 휘청거리며 잘 걸을 수 없었다. 뾰족한 것을 밟고 발바닥에서 피가 났지만 아픔은 아직 느껴지지 않았다. 지저분한 변기에 앉아서 소변을 본다. 사타케가 보고 있는 것을 알고 있었지만 아랑곳 않았다. 마사코는 소변에 두 손을 대 봤다. 싸늘하게 식어 곱은 손이 갑자기 끼얹어진 뜨거운 액체에 심하게 아파 왔다. 마사코는 그

신음소리를 눌러 죽인다. 어차피 물 따위 나오지 않으리라고 그대로 일어서서 주머니에 손을 넣고 사타케에게로 돌아간다.

"어서 해."

석유 깡통에 발이 걸려 넘어졌다. 몸은 평형감각을 잃어 제대로 설 수 없었다. 사타케가 달려와서 아기 고양이라도 드는 것처럼 재킷 목덜미를 사정없이 잡고 일으켜 세웠다. 그 눈이 어서 그다음을 하고 싶다며 초조해하고 있었다. 마사코는 두 손을 다시 주머니에 찔러 넣고 온기를 얻었다. 손가락은 아직 생각대로 움직이지 않는다.

"어서 와."

마사코는 주머니 속에서 손가락을 비볐다. 사타케가 움직임이 둔한 마사코를 위협하는 것처럼 오른손을 들었을 때, 마사코는 주머니에 넣어 뒀던 수술용 메스로 사타케의 얼굴을 그었다. 사타케는 순간 무슨 일이 일어난 건지 알지 못하는 것처럼 멍하니 허공을 바라보고, 그러고서 뺨을 만졌다. 마사코는 숨을 삼키고 그 모습을 쳐다봤다. 사타케가 믿을 수 없다는 얼굴로 자신의 뺨에서 뿜어져 나오는 피를 손으로 받았다. 메스는 뼈에 도달할 정도로 날카롭고 깊게 사타케의 왼쪽 뺨의 살을 도려냈다. 눈 끝에서부터 턱 아래까지.

사타케는 바닥에 엉덩방아를 찧었다. 뺨을 누른 손가락 사이로 선혈이 넘쳐났다.

그것을 봤을 때 마사코는 저도 모르게 큰 소리로 외치고 있었

다. 뭐라고 외쳤는지 모르겠다. 돌이킬 수 없는 짓을 했다는 상실
감이 마사코를 그 자리에 못 박고 소리를 지르게 하고 있었다.

"했겠다."

사타케가 순식간에 입속에 고인 피를 뱉어 내면서 중얼거렸다.

"당신도 죽이려고 했어."

"그랬지."

사타케는 왼손을 떼고 손바닥에 질척하게 묻은 자신의 피를 쳐
다봤다.

"목을 노렸지만 손이 곱아서 빗나갔어."

마사코는 냉정함을 잃고 있었다. 자신이 뭐라고 지껄이고 있는
지조차 몰랐다. 아직 오른손에 메스를 쥐고 있는 것을 깨닫고 바
닥에 내던진다. 메스는 쨍그랑 소리를 내며 콘크리트 바닥 위를
튀어 날아갔다. 집을 나올 때 와인 코르크에 박아서 주머니에 넣
어 온 것이었다.

"넌 정말 대단한 여자야."

사타케가 오히려 기뻐하고 있는 것을 깨닫고 마사코는 뒷걸음
질했다.

"아까 네게 살해당했던 편이 좋았겠어. 그러면 기분 좋았을 텐
데."

입 속까지 베여 공기가 새는 모양이다. 사타케는 잘 돌아가지
않는 입으로 힘겹게 말한다.

"날 죽이고 싶었어?"

"글쎄……."

사타케는 고개를 젓고 천장을 올려다봤다.

지금은 폐공장의 창이라는 창마다 햇살이 비쳐 들어와 눈부실 정도였다. 먼지 줄기가 극장의 조명처럼 네모난 창과 더러운 콘크리트 바닥을 비췄다. 마사코도 떨면서 사타케를 따라 창을 올려다봤다. 추워서 떠는 게 아니었다. 자신이 저지른 짓에 의해 그를 영구히 잃어버릴지도 모른다는 예감에 두려워하고 있었기 때문이었다. 연한 푸른색 하늘이 펼쳐져 있다. 어젯밤의 수라장이 거짓말처럼 변함없는 겨울의 평온한 하루가 시작되려 하고 있었다. 사타케는 뿜어져 나오는 피가 바닥에 고여 가는 것을 보고 대답한다.

"죽이고 싶지는 않았어. 하지만 네가 죽는 것을 보고 싶었던 거겠지."

"어째서."

"그런 너를 진심으로 사랑스럽게 생각해서일 거야."

"그러지 않으면 사랑을 느낄 수 없어서?"

사타케는 마사코의 눈을 봤다.

"그럴지도 몰라."

"죽지 말아 줘."

마사코는 조용히 말했다. 신음하던 사타케가 놀란 것처럼 그녀를 봤다. 뺨에서 흐르는 피가 사타케의 진신을 빨갛게 물들이기 시작했다.

"나는 구니코를 죽였다. 그 전에도 한 명 죽였고. 널 꼭 닮은 여자였지. 그때 한 번 죽은 거라고 생각해. 널 봤을 때, 다시 한 번 죽어 보자고 생각했다."

"난 살아 있어. 그러니까 죽지 마."

마사코는 맨몸에 걸친 다운재킷을 벗어 던졌다. 사타케를 끌어안는 데에 방해됐기 때문이다. 얻어맞은 얼굴이 부어서 무거웠다. 아마 거울로 보면 깜짝 놀랄 정도로 얼굴 모양이 바뀌어 있을 것이다. 그러나 그런 건 아무래도 좋았다.

"나는 이제 틀렸어."

사타케는 시원스러웠다. 한기가 드는지 떨고 있다. 마사코는 그에게 다가가서 얼굴의 상처를 살펴봤다. 날카롭고 깊이 도려내어져 있었다. 마사코는 지혈하기 위해 양손 손가락으로 상처를 맞추고 위에서 꽉 눌렀다.

"관둬, 소용없어. 동맥이 잘렸지?"

그녀는 그만두지 않았다. 사타케는 죽어 가고 있다. 이 순간을 공유하기 위해 이 남자와 만난 건가 생각하고 마사코는 폐공장 안을 다시 둘러봤다. 이곳은 두 사람이 만나고, 서로를 이해하고, 헤어지기 위해 준비된 거대한 관이었다.

"담배 하나 주지 않겠어?"

사타케는 잘 돌아가지 않는 입으로 부탁했다. 마사코는 제정신으로 돌아왔다. 사타케가 벗어 놓은 바지 주머니에서 담배를 꺼내 불을 붙여 입에 물려 준다. 담배는 눈 깜짝할 사이에 필터 부분부터 피에 젖어 갔다. 개의치 않고 사타케는 가느다란 연기를 토해 냈다. 마사코는 사타케 앞에 무릎을 꿇고 앉아서 정면에서 사타케의 얼굴을 쳐다봤다.

"그러지 말고 우리, 병원에 가."

"병원."

사타케는 웃은 것 같다. 힘줄이 끊어진 건지 그 웃음은 피에 젖지 않은 한쪽 뺨을 누그러트린 것에 그쳤다.

"내가 죽인 여자도 그렇게 말하며 죽어갔지. 똑같이 죽어가는 건가. 이것도 운명이로군……."

사타케는 담배를 툭 떨어트렸다. 아직 긴 담배는 피웅덩이에 떨어져 불이 꺼졌다. 포기한 것처럼 사타케는 눈꺼풀을 닫았다.

"그래도 가."

"가면 나도 너도 잡혀 들어가."

마사코도 사타케도 이 모습으로 폐공장을 나가면 사회의 응징을 피할 수 없으리라. 마사코는 떨기 시작한 사타케의 어깨를 붙잡았다. 사타케가 품에 마사코를 끌어안는다. 피부를 맞대니 이미 사타케의 피부가 더 차가웠다. 두 사람의 몸이 사타케의 선혈에 젖어 간다.

"그래도 살아 줬으면 좋겠어."

"어째서."

사타케가 낮은 목소리로 물었다.

"네게 지독한 짓을 했는데."

"당신이 죽으면 나 자신이 죽은 것과 똑같으니까. 그런 슬픈 기분으로 살아갈 수는 없어."

"그렇게 살아왔는데 말이지."

사타케는 눈꺼풀을 닫았다. 그리고 얼마 동안 침묵했다.

"괜찮아. 죽게 하지 않을 테니까."

사타케의 상처를 어떻게든 닫아 보고자, 피를 멈추게 해 보고자 마사코는 필사적이 되었다. 그러나 그의 의식은 점점 멀어져 가는 모양이다. 그는 눈을 어렴풋이 뜨고 마사코의 얼굴을 보며 다시 한 번 물었다.

"어째서 내가 살기를 바라지?"

"지금 당신을 이해했으니까. 당신과 동류인걸. 그러니까 같이 살아가."

마사코는 사타케의 입술에 입을 맞추려고 봤지만 피투성이였다. 그저 가라앉은 눈만이 어느새 빛나며 그녀를 쳐다보고 있었다.

"처음이로군, 그렇게 생각하기는. 그렇지, 5000만이나 있으니까. 나리타까지 가면 어떻게든 될지도 모르지."

사타케는 자신에게 희망 따위 어울리지 않는다는 것처럼 더듬더듬 말했다.

"브라질이 좋대."

"데리고 가 줘."

"좋아. 나도 돌아갈 수 없으니까."

"서로 돌아가지 못하고 나아가지도 못하는 건가."

어찌할 도리가 없다. 마사코는 피에 물든 손가락을 바라본다.

"자유로워지자고."

사타케가 중얼거렸다.

"응."

사타케가 팔을 뻗어 마사코의 뺨을 가만히 더듬었다. 그 손가락 끝은 차가웠다.

"피가 멈추기 시작했어."

그게 거짓말이라는 것을 아는 건지 사타케는 살짝 고개를 끄덕일 뿐이었다.

마사코는 신주쿠 역 통로를 걷고 있었다. 걷고 있다는 의식 없이 그저 좌우 발을 교대로 내딛고 있을 따름이었다. 통로에는 자연스레 사람의 흐름이 이뤄져 있었다. 마사코는 그 흐름에 휘말려 들어가 어느새 신주쿠 역 바깥을 향해 옮겨져 갔다.

개찰구를 나왔다. 마사코는 인파를 가르고 지하가를 걷는다. 신발가게 거울에 자신의 모습이 비쳤다. 선글라스를 써서 눈의 부기를 감추고 떨리는 마음이 새어 날까 두려워하며 다운재킷 앞을 꼭 여민 자신이 비쳤다. 마사코는 멈춰 서서 선글라스를 벗고 얼굴을 봤다. 사타케에게 맞은 뺨은 아직 발갛게 부었지만 눈에 띌 정도는 아니었다. 하지만 눈의 부기는 어떻게 하기가 힘들었다. 심하게 울었기 때문이다.

마사코는 다시 선글라스를 썼다. 눈앞에 역 빌딩 엘리베이터가 있다. 주저 없이 올라타 꼭대기층 버튼을 눌렀다. 갈 곳은 아무 데도 없었다.

꼭대기층은 식당가였다. 여기라면 얼마 동안은 사람 눈에 띄지 않고 앉아 있을 수 있을 것 같다. 마사코는 창가의 벤치에 앉아서 검은 나일론백을 무릎에 올려놨다. 안에는 사타케의 현금 5000만 엔과 자신의 돈 600만 엔이 들었다.

마사코는 담배를 꺼내 입에 물었다. 마지막 한 모금을 빨던 사타케의 모습을 떠올리며 마사코는 선글라스 아래로 쓸쓸하게 시선을 움직였다. 갑자기 피울 마음이 사라져 마사코는 불이 붙은 담배를 눈앞의 스테인리스 재떨이에 던져 넣었다. 재떨이 안의 찬물에 떨어진 꽁초는 슈욱 소리를 내며 불이 꺼졌다. 사타케가 입에서 떨어트린 담배의 불이 피웅덩이에 빠져 꺼진 소리와 조금 비숫했다.

더 참지 못한 마사코는 나일론백을 들고 일어섰다. 커다란 유리창으로 신주쿠의 거리를 바라본다. 야스쿠니도오리 저편에 가부키초가 펼쳐져 있었다. 마사코는 창에 한 손을 짚고 가부키초를 하염없이 쳐다봤다. 겨울 오후의 수그러진 햇살 아래에 아직 불이 켜지지 않은 네온이며 현란한 간판이 빛바래 보인다. 이제부터 눈을 뜰 짐승처럼, 지금은 해이하게 긴장이 풀려 있지만 눈뜨면 사나움을 감추지 않고 사냥감을 노리는 거리. 저것은 사타케의 거리다. 추잡하고 욕망에 찬 천한 거리. 도시락 공장의 야근을 고른 데에서부터 열린 마사코의 문은 이때까지 거의 발도 들여 넣은 적 없는 사타케의 거리로 통하고 있었던 것이다.

이제부터 가부키초에 가서 사타케의 카지노가 있었던 곳을 보자고 마사코는 생각했다. 그 발상은 마사코의 온갖 감정을 끓어오르게 했다. 이틀간 아무것도 입에 대지 않고 비즈니스호텔의 침대에 누워서 몸부림치며 견뎌 냈던 공허함이며 어찌할 바 없는 슬픔을 느닷없이 떠올렸다. 그리고 이제 두 번 다시 만날 수 없는 사타케의 감촉을 몸 깊숙이에서 느끼고, 마사코는 허덕임을 닮은 작은 비명을 질렀다. 사타케라는 남자를 다시 한 번 만나고 싶었다.

그 거리에서 사타케가 들이켠 공기를 들이켜고 사타케가 본 경치를 보자. 그리고 사타케를 닮은 남자를 찾으며 사타케의 꿈을 쫓자. 마사코의 안에 잃어버렸던 희망이 생겨났다.

마사코는 갑자기 발길을 돌려 달리려고 했다. 공들여 왁스칠된 타일 바닥에 그 자리에도 나이에도 맞지 않는 마사코의 운동화가 귀에 거슬리게 큰 마찰음을 냈다. 소리에 놀라 마사코는 멈춰 섰다. 창을 돌아본다. 순간 바깥에 폐공장의 어둠이 보인 것 같은 기분이 들었다.

그만두자. 마사코는 생각했다.

사타케가 과거의 꿈에 사로잡혀 있었던 것처럼, 자신도 사타케의 포로가 되어 살아가는 것은 그만두자. 그것은 아마도 사타케 같은 희귀한 남자만이 계속해서 가질 수 있는 마음이었다. 돌아가지도 나아가지도 못하는 사타케는 자신의 마음을 파고들어갈 수밖에 없었다. 여자와 자신을 과거에 봉인해 넣고, 거기에서 혼의 자유를 보는 남자의 꿈.

그렇다면 이때까지의 자신은 어떻게 되는 건가. 마사코는 손가락이 상할 정도로 짧게 잘린 자기 손톱을 바라봤다. 도시락 공장일 때문에 2년간 한 번도 길게 기른 적이 없다. 창백한 손은 지나친 살균 소독으로 완전히 거칠어졌다. 신용금고에서 20년간 일해온 것. 아이를 낳고, 집안일을 하고, 가족과 살아온 것. 그 나날은 뭐였던 걸까. 몸에 배어든 이것들의 흔적은 분명히 다름 아닌 마사코 자신이었다. 사타케는 공허한 꿈에 살고, 마사코는 현실을 구석구석까지 핥으며 산다. 마사코는 자신이 바랐던 자유가 사타케가 희구하던 그것과는 조금 다르다는 걸 깨달았다.

마사코는 엘리베이터 버튼을 힘줘 눌렀다. 이제부터 항공권을 살 생각이었다. 사타케와도, 요시에나 야요이와도 다른 자신만의 자유가 어딘가에 반드시 있을 것이다. 등 뒤에서 문이 닫혔다면 새로 문을 찾아 열 수밖에 없다. 바람의 울림을 닮은 엘리베이터 올라오는 소리가 바로 옆에서 들린다.

〈끝〉

해설
'OUT'한 여자들

—마쓰우라 리에코

　내가 기리노 나쓰오의 초기 작품 『천사에게 버림받은 밤』의 해설을 쓴 것은 5년 전인 1997년, 마침 지금 이 문장을 쓰고 있는 것과 같은 무렵이었다. 그때부터 나는 기리노 나쓰오의 애독자를 자처하고 있었는데, 그 후 기리노의 진보와 변모에 끊임없이 감탄해 온 현재를 생각해 보니 그 무렵은 소박하고 태평한 독자에 지나지 않았다는 기분이 든다. 신이 아닌 이상 당연한 일이지만 해설문을 쓰고 나서 불과 2개월 만에 『OUT』이라는 작품이 등장할 줄은 생각지도 못했으며, 다시 그 후에 『부드러운 볼』, 『옥란』과 같은 작품이 쓰이리라는 것 또한 알 길이 없었다.

　새삼스레 적을 것까지도 없이 수십만 명의 독자에게 읽히며 나오키상 후보가 되고 간행 이듬해에 제51회 일본추리작가협회상을 수상한 본 작품 『OUT』은, 기리노 나쓰오가 우수한 작가로서의 역량을 누구에게나 뚜렷하게 내보인 대히트작이자, 이미 애독자를 자처하고 있던 나 같은 이에게도 이것이 진정 기리노 나쓰오라는 재발견과 흥분을 낳게 한 깊은 감개를 지닌 작품이다.

기억을 더듬어 보면 5년 전 처음으로 읽었을 때 먼저 주목한 것은, 본 작품에는 현대 일본 사회의 '계급'이 그려져 있다는 것이었다. 최근 몇 년간 일본 또한 계급사회라는 의견도 새로운 것이 아니게 되었지만, 1997년 당시는 그렇지 않아 '1억 모두 중산층'이라는 틀에 박힌 말에 사로잡혀 있는 사람이 아직 많았다고 생각한다. 『OUT』에서 그린 도시락 공장의 야근 일을 하는 여자들이야말로 모두가 중산층이라는 이미지가 퍼진 이후 처음으로 소설에 등장한, 그런 되지 않는 환상을 무너트리기에 충분한 구체성을 갖춘 인물이 아니었을까.

일본에도 '계급'은 있다. 강한 경제력이나 구속력이 있는 것이 아니라 각오하고 노력하면 아래에서 위로 상승하는 것도 불가능하지는 않다지만, 특별히 상승 지향이 싹틀 계기가 없으면 다른 계급의 인간과 친밀하게 어울리는 일도 없이 부모와 같은 계급 아래에서 일생을 보낼 정도로 '계급'이 뿌리를 내리고 있다. 일본의 경우 '계급'의 기준은 학력이니까, 대학 진학률이 올라간 시대라 해도 부모가 대학을 나온 쪽이 그렇지 않은 쪽보다 대학 진학률이 높고 대기업에의 취직률도 높으며, 나아가서는 경제적으로도 풍요롭다는 실례를 들면 쉽게 통하리라.

『OUT』의 여자들도 학력을 보면 주인공 마사코가 고졸, 요시에는 중졸, 구니코는 명기되어 있지 않지만 표현된 것으로 봐서 4년제 대학 출신은 아닐 듯하며, 애당초 그렇게 혜택받은 계급에서는 태어나지 않은 것을 알 수 있다. 남편을 죽이는 야요이는 전문대

졸이지만, 취직한 데가 중견 타일회사라는 점으로 미루어 취직에 활용할 수 있는 유명 기업과의 연줄도 없이 단지 외동딸이었기 때문에 지방의 전문대에 진학할 수 있었다는 정도 수준의 집안 출신이라고 추측할 수 있다.

그녀들의 남편들 또한 모두 엘리트가 아니다. 세상에는 하층계급으로 태어난 여성이 상층 계급의 남성을 잡아 결혼함으로써 상승하는 경우도 없지는 않지만, 아까 서술한 대로 특별히 상승에의 지향이 싹틀 계기라도 없는 한 다른 계급의 인간과 친밀하게 어울릴 일도 없이 흐름대로 살아가는 것이 일반적인 인간이다. 따라서 전문대졸로 미모를 지닌 야요이조차도 근무처에 드나드는 '작은 건축자재 회사'에 일하는 남자라는 가까운 범위에서 남편을 고를 수밖에 없다. 구니코에 이르러서는 허영심이 강하고 사치를 좋아함에도 불구하고 사치를 시켜 줄 만한 경제력이 있는 남자가 아니라 '시부야 중앙가에서 어슬렁대던' 바보 같은 남자를 '낚게' 된다.

네 명의 여자가 도시락 공장의 야근을 하게 된 것은 소속된 계급 때문만은 아니지만, 계급이라는 배경에 빚이나 급료를 집에 가져오지 않는 남편이나 수발을 들어야만 하는 가족이 있는 등 불운한 요소가 겹쳐지면 심야의 단순 육체노동을 선택할 수밖에 없었다는 관련성이 분명해진다. 그리고 선택할 수밖에 없었던 일은 출세도 승급도 없고 비축이 가능할 정도의 고임금도 아니며 단지 나날의 연명을 가능하게 할 뿐 미래의 희망으로는 전혀 이어지지 않는다. 그녀들은 그런 식으로 세상의 주류에서는 멀리 떨어진 'OUT'한 장소에 갇혀 있는 것이다.

어떻게 하면 여자들은 갇혀 있는 'OUT' 한 장소에서 탈출할 수 있는가. 『OUT』은 그것을 고찰한 소설이지만, 작자는 여자들을 안락한 생활로 이끄는 후한 이야기는 하려 하지 않는다. 여자들이 동료 중 한 명이 남편을 살해한 뒤처리에 관련됨으로써 점점 'OUT' 한 영역으로 빠져 든다는 것이 본 작품의 기본 플롯이다. 'OUT' 한 여자들이 침전 상태에서 움직이기 시작할 때는 계획적이고 이성적이고 요령 좋게가 아니다. 야요이의 남편 살해 은폐를 돕는 마사코는 이유를 묻자 "글쎄, 나중에 생각하지."라고만 대답한다. 이 장면처럼 본 작품의 플롯은 우연한 계기에서 충동적, 임기응변적이면서 동시에 목적도 목적지도 확실히 정하지 않고 움직이는 형태를 취할 수밖에 없다는 인식에서 비롯된 것으로 보인다.

이 암담한 인식에 기인한 소설 구성을 5년 전의 나는 '계급' 의 묘사에 감탄하며 별다른 생각 없이 읽었는데, 이번에 다시 읽어 보고 어쩌면 이것은 과감한 선택이었으리라는 걸 깨달았다. 보통 근대소설 속의 등장인물은 그 인물의 성격이나 혹은 피치 못할 상황 등 일정한 법칙에 따라서 타인이 보더라도 납득이 가는 논리적인 행동을 취하며, 그것이 현실과는 또 다른 소설 세계의 리얼리티이다. 그런데 『OUT』처럼 등장인물을 본인에게도 명확하지 않은 동기로 움직이게 하면 리얼리티가 떨어진다거나 소설 구성이 비논리적이고 서툴다고 판단될 수 있기 때문이다.

물론 노골적인 설명은 없어도 등장인물이 엉뚱하게 움직이는 것은 아니며 행동의 방향을 정하는 기준은 있다. 예를 들면 마사코가 취하는 행동은 그녀가 하층 계급 중에서는 위층에 속하며 머리도 좋고 일찍이는 신용금고의 유능한 직원이었던 인물임을 생각하면 걸맞지 않게 어리석어 보이기도 하지만, 한편으로 공들여 묘사된 마사코의 공허한 생활을 떠올린다면 그것들은 자살 원망의 발로, 혹은 자살의 대체 행위로 해석이 가능하다. 실제로 남자 사원과 여자 사원의 차별 개선을 바란 탓에 직장인 신용금고를 쫓겨난 마사코는, 남편 요시키에게 지적받은 대로 상처 입은 나머지 몸에 익힌 경리로서의 능력을 살리지 않고 도시락 공장의 야근을 선택했다. 거기서 이미 스스로의 능력을 죽인다는 부분적 '자살'을 행하고 있다.

다만 누구라도 알 만한 명쾌한 동기 설명은 『OUT』에서는 처음부터 포기한 것인데, 그러한 제약에서 마사코가 자신을 얽매는 생활과 결별하기까지를 각종 행위를 통해 그려 내는 작가의 수완은 훌륭하다고밖에 말할 수 없다.

『OUT』 이후 기리노 나쓰오의 작품으로 미스터리 소설의 체제를 취하면서 작중에서 수수께끼를 해명하지 않는 『부드러운 볼』, 서브스토리가 암세포처럼 성장해 메인스토리에 접목되는 『광원』, 호러 소설, 판타지 소설과는 거리가 먼 문장 세계에 느닷없이 유령이 출현하는 『옥란』 등등을 읽었다. 그리하여 기리노 나쓰오가 근대소설의 법칙을 깨고서라도 '쓰는 것＝읽는 것' 이라는 원초적인 재미를 탐닉하려는 지향을 가진 공격적인 소설가인 것은 분명하며, 돌아보면 그러한 지향은 『OUT』에 이미 드러나 있었다고 할 수 있다.

또 한 가지, 5년 전 내가 그다지 주의를 기울이지 않고 읽고 만 것이 클라이맥스에서 마사코와 대치하는 사타케라는 남자다. 아마도 일찍이는 쾌락 살인자라는 괴물적인 성향에만 눈이 갔던 것 같은데, 다시 읽어 보니 사타케는 단순히 여자를 괴롭혀 죽이면서 관계해야 절정에 이르는 소수 성애자가 아니다. 단 한 번 쾌락 살인을 범한 후에는 자신의 '꿈을 봉인하고' 거듭된 범행에 이르는 일 없이 불능 상태에 만족하고 있으며 소수 성애자 가운데에서도 더욱 변경에 있다. 상류, 중류, 하류라는 경제적, 문화적인 계급 분류가 의미 없을 정도로 'OUT' 한 장소에 있는 것이 사타케이며, 'OUT' 한 여자 마사코와 농후하게 얽히는 데에 상응하는 남자는 과연 이만큼 'OUT' 해야만 하리라고 생각게 한다.

'계급' 에 대한 암담한 인식에서 출발하고 있음에도 본 작품이 고전적인 프롤레타리아 문학이나 독자를 의기소침하게 만드는 비참한 이야기가 되지 않은 것은 경탄할 만한 일이다. 하층 계급의 여자들에게 작자와 함께 깊은 공감을 느끼는 독자는, 어두움을 견뎌 내고 마사코의 긴 방황 끝에 놓인 해방을 마지막까지 지켜봤을 때 분명 다른 곳에서는 쉽게 맛볼 수 없는 카타르시스를 얻을 것이다. 『OUT』은 바로 그런 소설이다.

밀리언셀러 클럽을 펴내면서

지난 수백 년 동안 소설은 기묘하면서도 교양 넘치고, 자유로우면서도 현실에 뿌리 박고 있으며, 흥미진진하면서도 감동적인 이야기로 독자들의 사랑을 독차지해 왔다.

민담이나 전설 등에 비해 비교적 최근에 탄생한 이야기 형식인 소설이 순식간에 이야기 왕국의 제왕으로 올라선 것은 현대인들이 살아가면서 느끼는 희망과 절망, 불안과 평화 등 온갖 삶의 양상들을 허구 속에 온전히 녹여 내어 재창조함으로써 이야기를 읽는 기쁨과 더불어 삶을 재발견하는 즐거움을 주어 온 까닭이다.

사실 이야기를 읽음으로써 삶을 다시 생각하고, 삶을 생각함으로써 이야기를 다시 만들어 온 것은 인간이라면 피할 수 없는 숙명이다.

그런데도 최근 이야기의 제왕이라는 소설의 위기를 말하는 목소리가 점점 늘어나고 있다. 만약에 이 말이 사실이라면, 그리하여 사람들이 소설을 점차 외면하고 있다면, 핏속에 스며들어 있으며 뼛속에 틀어박힌 이야기 본능이 무언가 다른 것에 홀려 있음에 틀림없다.

사람들은 이제 이야기를 소설이 아니라 거리에서, 인터넷에서, 영화에서, 드라마에서, 광고에서, 대중가요에서 즐기고 있는 것이다.

'밀리언셀러 클럽'은 이러한 소설의 위기를 넘어서려는 마음에서 기획되었다. 국내뿐만 아니라 전 세계 각국에서 독자들의 사랑을 한껏 받은 작품들을 가려 뽑아 사람들 마음을 다시 소설로 되돌리고 이야기를 한껏 즐길 수 있도록 배려하였다.

'밀리언셀러'라는 이름을 단 것은 소설이 다시 사람들의 마음을 끌어 널리 읽히기를 바라기 때문이고, '클럽'이라는 이름을 단 것은 소설을 사랑하는 독자들이 이 작품들을 가운데 놓고 오랫동안 이야기를 나누기를 바라기 때문이다.

앞으로 '밀리언셀러 클럽'에는 예로부터 오늘날까지, 동양에서 서양까지 시대와 장소를 가리지 않고 널리 독자들의 사랑을 받아 온 작품들 중에서 이야기로서 재미에 충실할 뿐만 아니라 인간 본연의 모습을 확인시켜 줄 수 있는 소설들이 엄선되어 수록될 것이다.

이 작품들이 부디 독자들을 소설의 바다로 끌어들여 읽기의 즐거움을 극대화함으로써 이야기 본능을 되살려 주어 새로운 독서 세대를 창출하기를 바라는 마음 간절하다.

옮긴이 | 김수현

배화여자대학교 일어통역학과를 졸업하고 일본 문학 전문 번역가로 활동하고 있다.
본격과 장르의 벽을 허무는 중간 문학 및 최신 미스터리 소설을 애호하며 무라카미 류, 세이료인 류스이, 마이조 오타로, 다케모토 노바라 등의 작가들을 즐겨 번역하고자 한다.

아웃 2

1판 1쇄 펴냄 2007년 5월 15일
1판 13쇄 펴냄 2025년 5월 14일

지은이 | 기리노 나쓰오
옮긴이 | 김수현
발행인 | 박근섭
편집인 | 김준혁
펴낸곳 | 황금가지

출판등록 | 2009. 10. 8 (제2009-000273호)
주소 | 135-887 서울 강남구 신사동 506 강남출판문화센터 5층
전화 | 영업부 515-2000 **편집부** 3446-8774 **팩시밀리** 515-2007
홈페이지 | www.goldenbough.co.kr

도서 파본 등의 이유로 반송이 필요할 경우에는 구매처에서 교환하시고
출판사 교환이 필요할 경우에는 아래 주소로 반송 사유를 적어 도서와 함께 보내주세요.
06027 서울 강남구 신사동 506 강남출판문화센터 6층 민음인 마케팅부

ISBN 978-89-6017-109-1 04830
ISBN 978-89-6017-107-7 04830(세트)

㈜민음인은 민음사 출판 그룹의 자회사입니다.
황금가지는 ㈜민음인의 픽션 전문 출간 브랜드입니다.